ASFALTO MALDITO

S.A. COSBY
ASFALTO MALDITO

Tradução
Carolina Rodrigues

TRAMA

Título original: *Blacktop Wasteland*

Copyright do texto © 2021 by S.A. Cosby
Publicado mediante acordo com Flatiron Books.
Todos os direitos reservados.

Direitos de edição da obra em língua portuguesa no Brasil adquiridos pela Trama, selo da Editora Nova Fronteira Participações S.A. Todos os direitos reservados. Nenhuma parte desta obra pode ser apropriada e estocada em sistema de banco de dados ou processo similar, em qualquer forma ou meio, seja eletrônico, de fotocópia, gravação etc., sem a permissão do detentor do copirraite.

Editora Nova Fronteira Participações S.A.
Rua Candelária, 60 — 7.º andar — Centro — 20091-020
Rio de Janeiro — RJ — Brasil
Tel.: (21) 3882-8200

Dados Internacionais de Catalogação na Publicação (CIP)

C834a	Cosby, S.A. Asfalto maldito/ S.A. Cosby; traduzido por Carolina Rodrigues. – 1.ª ed. – Rio de Janeiro: Trama, 2022. 288 p.; 15,5 x 23 cm Título original: *Blacktop Wasteland* ISBN: 978-65-89132-77-6 1. Literatura americana. I. Rodrigues, Carolina. II. Título. CDD: 82-344 CDU: 813

André Queiroz – CRB-4/2242

Conheça outros
livros da editora:

www.editoratrama.com.br

  / editoratrama

Para o meu pai, Roy Cosby

Seu alcance às vezes era maior que a distância, mas, depois que dominava aquele volante, você dirigia como se tivesse roubado o carro.

Vai nessa, seu doidão. Vai nessa.

"Um pai é um homem que espera que seu filho seja um homem tão bom quanto ele deveria ser."

— Frank A. Clark

Um

Shepherd's Corner, Virgínia
2012

Beauregard achou que o céu noturno parecia uma pintura. No ar pairavam risadas abafadas pela cacofonia de motores acelerando enquanto a lua deslizava por detrás das nuvens. O baixo que vinha do sistema de som de um Chevelle ali perto batia tão forte em seu peito que parecia que alguém estava fazendo uma massagem cardíaca nele. Havia pelo menos uns dez modelos recentes de carros estacionados de qualquer jeito em frente à antiga loja de conveniência. Junto ao Chevelle, tinha um Maverick, dois Impalas, alguns Camaros e mais cinco ou seis modelos produzidos nos dias de glória de uma grande montadora estadunidense. Fazia frio, e o ar era dominado pelo cheiro de gasolina e óleo, além do odor forte e acre de fumaça de escapamento e de borracha queimada. Um coro de grilos e passarinhos tentava, em vão, ser ouvido. Beauregard fechou os olhos e aguçou os ouvidos. Dava para ouvi-los, mas bem ao longe. Gritavam em busca de amor. Ele pensou que muita gente passava boa parte da vida fazendo a mesma coisa.

O vento balançou a placa em cima dele, pendurada no cabo de um poste de seis metros de altura. Ela rangia quando a brisa batia e a balançava.

CARTER SPEEDE MART, anunciava a placa em letras pretas garrafais em contraste com o fundo branco. Ela começava a ficar amarelada pelo tempo. As letras estavam desgastadas e borradas. A tinta barata descascava como pele ressecada. O segundo "e" tinha desaparecido da palavra "Speedee". Beauregard se perguntou o que teria acontecido com Carter. Se ele teria desaparecido também.

— Nenhum de vocês tá pronto pro lendário Olds, seus filhos da puta! Vocês já podem ir voltando pra casa e pra suas mulheres feias e tentar uma trepadinha de terça-feira. Tô falando sério, vocês não chegam nem perto do lendário Olds! Ele chega a cem por hora em um segundo. Quinhentos dólares de uma ponta a outra. E aí? Vocês tão muito quietos. Qual é, o Olds já mandou um monte de garoto pra casa com o bolso mais vazio. Já fiz mais policial comer poeira com o Olds do que os Gatões! Vocês não vão ganhar do Olds, rapaziada! — se gabava um cara chamado Warren Crocker.

Ele se exibia por aí com o seu Oldsmobile Cutlass 1976. Era um belo carro. A carroceria era verde-escura com rodas de liga leve cromadas e acabamentos cromados pela superfície que faziam o carro brilhar como um raio. O vidro fumê e os faróis de LED emitiam um brilho etéreo azulado como se o carro fosse uma criatura marinha bioluminescente.

Beauregard se recostou em seu Duster enquanto Warren discursava sobre a invencibilidade do Oldsmobile. Beauregard deixou o homem falar. Falar não significava nada. Falar não dirigia um carro. Falar era só fazer barulho. Ele tinha mil dólares no bolso. Era tudo o que havia lucrado nas duas últimas semanas na oficina, depois que pagara a maioria das contas. Estava devendo oitocentos dólares do aluguel do imóvel onde ficava seu negócio. Teve que escolher entre o aluguel e os óculos para o filho caçula, o que no fim das contas estava longe de ser uma escolha. Por isso, procurou o primo Kelvin e pediu que ele descobrisse onde seria o próximo racha. Kelvin ainda conhecia um pessoal que conhecia um pessoal que sabia onde encontrar corridas valendo dinheiro.

Foi desse jeito que eles foram parar ali, nos arredores de Dinwiddie County, a 16 quilômetros da feira onde provas de arrancada permitidas por lei aconteciam. Beauregard fechou os olhos outra vez. Ouviu o carro de Warren esquentando. Além daquela cena de um cara se exibindo e pagando de machão, Beau ouviu um barulhinho inconfundível.

Uma das válvulas do motor de Warren estava ruim. Com isso, só havia duas possibilidades. Ou ele sabia, mas achava que era um defeito aceitável que podia ser superado apenas pela potência do motor. Talvez ele tivesse turbinado com nitro e não desse a mínima para uma válvula danificada. Ou ele não sabia que ia dar merda e só estava falando um monte de besteira.

Beau assentiu para Kelvin. O primo tinha se misturado à multidão, tentando arrumar uma boa corrida valendo dinheiro. Já tinham quatro competidores, mas ninguém estava disposto a dar mais de duzentos dólares. Isso não era o bastante. Beau precisava de uma aposta de pelo menos mil dólares. Precisava que alguém olhasse para o Duster e visse uma grana fácil. Olhasse para sua carcaça ferrada e presumisse que seria moleza.

Ele precisava de um babaca como Warren Crocker.

Crocker já tinha vencido uma corrida, mas isso havia sido antes de Beauregard e Kelvin chegarem. Num mundo ideal, Beau teria gostado de observar o sujeito dirigir antes de fazer a aposta. Ver como ele manejava o volante, como andava pelo asfalto esburacado daquele trecho da Route 83. Mas não se pode ter tudo na vida. Eles levaram uma hora e meia para chegar até ali, mas tinham vindo porque Beauregard sabia que ninguém no condado de Red Hill podia ganhar dele. Não com o Duster.

Kelvin foi até a frente de Warren enquanto ele se vangloriava ao lado do carro.

— Meu camarada, ali tem dez amigos que dizem que ele vai a 110 em um segundo, enquanto você ainda tá tentando sair do lugar — disse Kelvin, deixando sua voz retumbante preencher a noite. Todas as conversas pararam. Os grilos e os passarinhos estavam em frenesi.

— Ou você é só garganta? — perguntou Beauregard.

— Eeeita, porra — disse alguém na multidão que tinha se reunido ali. Warren parou de se pavonear e se inclinou por cima do teto do carro. Ele era alto e magro. Sua pele escura parecia azulada sob o brilho do luar.

— Olha, tem que ter coragem pra falar isso, seu filho da puta. Tem grana pra pagar pra ver? — perguntou ele.

Beauregard puxou a carteira do bolso e tirou dez notas de cem dólares como se fossem cartas de baralho em suas mãos grandes.

— A questão é: você tem colhão pra pagar pra ver? — perguntou Kelvin. Ele parecia o DJ de uma rádio de R&B falando. Sorriu como um lunático para Warren Crocker, que enfiou a língua no lado de dentro da bochecha.

Os segundos passavam, e Beauregard sentiu um buraco surgindo no peito. Ele conseguia ver as engrenagens girando na cabeça de Warren e, por um momento, achou que ele ia dar para trás. Mas Beauregard sabia que ele não ia fazer isso. Como poderia? O sujeito estava encurralado, e seu orgulho não ia deixar que ele recuasse. Além disso, o Duster não causava uma grande impressão. Estava limpo, e a carroceria não tinha nada enferrujado, mas a pintura cor de maçã do amor não dava para exposições de carros e os bancos de couro tinham alguns rasgos e rachaduras.

— Beleza. Daqui até o carvalho serrado no meio. O Sherm pode segurar a grana. A não ser que você queira apostar o carro — falou Warren.

— Não. Ele pode segurar a grana. Quem você quer que fique olhando a chegada? — perguntou Beauregard.

Sherm assentiu para outro sujeito.

— Jaymie e eu olhamos. Quer que o seu garoto venha também? — perguntou ele, que falava de um jeito esganiçado.

— Quero — respondeu Beauregard.

Kelvin, Sherm e Jaymie entraram no carro de Sherm, um Nova com uma demão de tinta. Eles seguiram até a árvore serrada que ficava a quatrocentos metros dali na estrada. Beauregard não vira mais nenhum motorista desde quando eles chegaram. A maioria das pessoas evitava aquele trecho e pegava a estrada de quatro faixas que serpenteava da interestadual até Shepherd's Corner de fato. O progresso tinha deixado essa parte da cidade para trás. Estava abandonada igual à loja. Um asfalto maldito assombrado pelos fantasmas do passado.

Ele se virou e entrou no Duster. Quando ligou o carro, o motor rugiu como um bando de leões enfurecidos. A vibração subia do motor até o volante. Ele acelerou o carro algumas vezes. Os leões viraram dragões. Ele acendeu os faróis. As duas linhas amarelas no meio da pista ganharam vida. Ele agarrou o câmbio e engatou a primeira. Warren saiu do estacionamento e Beauregard assumiu a posição ao lado dele. Um dos outros caras que estava no meio da multidão foi até eles e ficou entre os dois. Ele ergueu o braço na direção do céu. Beauregard olhou mais uma vez para as estrelas e a lua. De esguelha, viu Warren colocar o cinto de segurança. O Duster não tinha cintos. O pai dele costumava dizer que, se um dia eles batessem, a única coisa que o cinto faria seria dificultar a vida do cara da funerária na hora de tirá-los do carro.

— Estão prontos? — gritou o cara entre os dois.

Warren fez um sinal de positivo com o polegar.

Beauregard assentiu.

— UM, DOIS... TRÊS! — berrou o sujeito.

O segredo não está no motor. Tá, isso também faz parte, mas não é o principal. O que pega pra valer, o que a maioria das pessoas não quer falar, é como você dirige. Se dirigir como se tivesse medo, vai perder. Se dirigir como se não quisesse ter que reconstruir o motor inteiro, vai perder. Você tem que dirigir como se nada mais importasse, a não ser alcançar a linha de chegada. Dirija como se você tivesse roubado essa porra.

Beauregard ouvia a voz do pai sempre que dirigia o Duster. Às vezes, ele a ouvia quando dirigia para bandos. Nessas horas, isso oferecia a ele um sábio conselho amargo. As conversinhas sem sentido o lembravam de não ter o mesmo fim que o pai. Um fantasma sem túmulo.

Beauregard pisou fundo no acelerador. Os pneus giraram, e uma fumaça branca subiu pela traseira do Duster. A força G pressionou seu peito, esmagando seu esterno. O carro de Warren arrancou e as rodas da frente se descolaram da estrada. Beauregard passou a segunda enquanto as rodas da frente do Duster agarravam o asfalto como garras de águia.

As árvores passavam como um borrão cintilante dos dois lados enquanto ele disparava pela noite. Ele olhou de relance para o velocímetro. Cento e dez quilômetros por hora.

Beauregard pisou na embreagem e colocou a terceira. O câmbio não tinha nenhum número. Era uma bola 8 que o pai tinha fincado ali na marcha. Ele não precisava de números. Sabia qual era a marcha só pela sensação. Pelo som. O carro tremia como um lobo sacudindo a pelagem.

Cento e quarenta quilômetros por hora.

O volante encapado em couro estalou sob o aperto firme dele. Beau via o carro de Sherm mais adiante parado no acostamento. Ele engatou a quarta marcha. O motor passou de um rugido para o grito de guerra de um deus. Seu assovio era como trompetes que anunciavam sua chegada. O acelerador encostava no assoalho. O carro parecia se contorcer e pular para a frente como uma cobra prestes a dar o bote. O velocímetro bateu 170 quilômetros por hora.

O Duster tinha passado Warren como se ele estivesse grudado em cola. O velho carvalho partido ia sumindo com rapidez no retrovisor externo. Pelo interno, ele conseguia ver Kelvin comemorando. Beauregard pisou na embreagem e foi diminuindo as marchas até voltar para a primeira.

Reduziu ainda mais, fazendo uma meia-volta fechada, e seguiu na direção da antiga loja de conveniência.

Beauregard voltou para o estacionamento com Warren logo atrás. Poucos minutos depois, chegaram Sherm, Kelvin e Jaymie. Beauregard desceu, foi até a frente do carro e se recostou no capô.

— Até que esse Duster velho dá pro gasto! — falou um cara corpulento, com um nariz largo e gotas de suor se acumulando na testa. Estava encostado em um Maverick preto e branco, a resposta da Ford para o Duster.

— Valeu — respondeu Beauregard.

Sherm, Kelvin e Jaymie desceram do Nova. Kelvin trotou até o Duster e ergueu a mão esquerda. Beauregard bateu na mão dele sem olhar.

— Você ficou na cola dele como se fosse um escravo fujão — disse Kelvin, e uma risada profunda explodiu em seu peito.

— Aquela válvula estragada que fodeu ele. Olha o escapamento. Tá queimando óleo — falou Beauregard.

Um fio de fumaça preta saía pelo escapamento do Olds. Sherm se aproximou e entregou a Beauregard dois maços de dinheiro. Os mil que ele já tinha mais a parte de Warren.

— O que é que tem embaixo do capô dessa coisa? — perguntou Sherm.

— Dois foguetes e um cometa — respondeu Kelvin. Sherm deu uma risada.

Warren enfim desceu do Oldsmobile. Ficou parado ao lado do carro de braços cruzados. Seu rosto exibia uma carranca de raiva.

— Ele queimou a largada e você tá dando meu dinheiro pra ele? — perguntou.

A multidão barulhenta fez um silêncio mortal. Beauregard não se mexeu no capô nem olhou para Warren. Sua voz cortou a noite como uma lâmina.

— Tá dizendo que eu trapaceei?

Warren descruzou os braços e tornou a cruzá-los. Ele balançou sua cabeça grande em cima do pescoço fino.

— Só tô dizendo que você tava na frente antes da contagem chegar no três. Só isso — respondeu Warren. Ele enfiou as mãos nos bolsos do jeans folgado. Então as tirou de novo dali. Parecia não saber o que fazer com elas. Sua braveza inicial ia se evaporando.

— Eu não preciso trapacear pra ganhar de você. Pelo barulho da válvula que está vazando, a qualquer momento seu motor vai ficar mais apertado que uma boceta virgem. O eixo de transmissão e a traseira são muito pesados. É por isso que você fica pipocando quando arranca — falou Beauregard. Ele se desencostou do capô e se virou para encarar Warren. O sujeito observava o céu da noite. Examinava os próprios pés. Fazia de tudo, menos olhar para Beauregard.

— Aí, cara, você perdeu. Aceita que dói menos e admite que o Olds não é tão lendário quanto você achava — falou Kelvin. Isso provocou algumas gargalhadas na multidão. Warren trocou o peso de um pé para o outro. Beauregard encurtou a distância entre eles em três passos.

— E então, por que não conta de novo como foi que eu trapaceei? — disse ele.

Warren passou a língua pelos lábios. Beauregard não era alto como ele, mas era duas vezes mais corpulento, com ombros largos e músculos firmes. Warren deu um passo atrás.

— Só tô falando — disse ele. Sua voz estava mais fina do que papel crepom.

— Você só está falando. Você está falando, falando, mas não tá dizendo porra nenhuma — respondeu Beauregard. Kelvin ficou entre os dois.

— Vem, Bug, vamos embora. A gente já tá com o dinheiro — disse ele.

— Não até ele retirar o que disse — falou Beauregard.

Mais alguns motoristas tinham se reunido ao redor deles. Kelvin achou que estavam a dois segundos de ouvir "Porrada! Porrada!", como se tivessem voltado para os tempos de escola.

— Aí, cara, retira o que disse — falou Kelvin.

Warren girou a cabeça de um lado para o outro. Ele não olhava diretamente para Beauregard ou para a multidão ao redor deles.

— Olha, talvez eu tenha me enganado. Só tô falando que... — Ele começou a falar, mas Beauregard ergueu a mão. A boca de Warren se fechou com um estalido audível.

— Não diz que você "só está falando" outra vez. E não fala que você estava enganado. Retira. O. Que. Disse — avisou Beauregard.

— Não deixa ele crescer pra cima de você, cara! — gritou alguém no meio da multidão.

Kelvin se virou e encarou Warren. Ele falou em um tom de voz baixo.

— Não deixa esses caras fazerem você sair com a cara toda fodida. Meu primo leva essa merda muito a sério. Retira o que disse e você volta pra casa com todos os dentes no lugar.

As mãos de Beauregard estavam ao lado do corpo. Ele as abria e fechava com força a intervalos regulares. Olhou Warren nos olhos, que ficavam para lá e para cá como se estivesse procurando uma saída que não envolvesse ser obrigado a retirar o que tinha dito. Beauregard sabia que ele não ia voltar atrás. Ele não podia. Caras como Warren se alimentavam da própria arrogância. Era como oxigênio para eles. Não tinham como voltar atrás assim como não podiam parar de respirar.

Faróis iluminaram o estacionamento. E então luzes azuis piscaram do lado de fora da desgastada SpeeDee Mart.

— Ah, merda, são as luzes do sexo — falou Kelvin. Beauregard viu um carro de polícia vermelho sem identificação estacionar na diagonal em frente à saída da SpeeDee Mart. Alguns caras andavam devagar na direção de seus carros. A maioria estava imóvel.

— Luzes do sexo? — perguntou o sujeito suado.

— É, porque, quando você vê essas luzes, está fodido — respondeu Kelvin. Dois policiais desceram do carro e pegaram suas lanternas. Beauregard ergueu a mão para proteger os olhos.

— Então, o que é que temos aqui, camaradas? Uma corridinha noturna? Mas não estou vendo nenhuma placa da NASCAR. Você está vendo alguma placa da NASCAR, oficial Hall? — perguntou o policial que não era Hall. Era um cara branco e louro com um maxilar tão quadrado que deve ter precisado estudar geometria para aprender a fazer a barba.

— Não, oficial Jones, não estou vendo nenhuma placa da NASCAR. Rapazes, por que vocês não pegam suas identidades e se sentam aqui na calçada? — falou o oficial Hall.

— A gente não tá fazendo nada, só estacionamos aqui, policial — disse o cara suado. O oficial Jones se virou. Deixou a mão cair sobre sua arma.

— Eu perguntei alguma coisa, porra? Senta logo essa bunda na calçada. Todos vocês peguem sua identidade e sentem no chão.

Tinha uns vinte caras ali e uns 15 carros. Mas eram todos negros, e os dois policiais eram brancos e tinham armas. Todos puxaram a carteira e se sentaram na calçada. Beauregard se sentou em um matinho que tinha nascido em meio ao concreto. Ele puxou sua habilitação da carteira. Os policiais começaram cada um por uma ponta e foram se direcionando para o meio do grupo.

— Alguém tem algum mandado? Pensão alimentícia, agressão, furto? — perguntou o oficial Hall. Beauregard tentou ver de que condado eles eram, mas os policiais mantinham a luz nos olhos dele. O oficial Jones parou à sua frente.

— Você tem algum mandado? — perguntou ao pegar a habilitação de Beauregard.

— Não.

O oficial Jones apontou a lanterna para o documento. Havia um distintivo no ombro do oficial em que se lia POLÍCIA.

— De qual condado você é? — perguntou Beauregard. O oficial Jones apontou o feixe de luz para o rosto de Beauregard.

— Do condado Vai se Foder, população de um habitante — respondeu o policial. Ele devolveu a habilitação para Beauregard. Ele se virou e falou no rádio em seu ombro. O oficial Hall estava fazendo a mesma coisa. Os passarinhos, sapos e grilos tinham retomado seu concerto. Os minutos iam passando enquanto os dois policiais faziam conferências com quem quer que estivesse do outro lado do rádio.

— Tá legal, camaradas, é o seguinte. Alguns de vocês têm mandados, outros não. Mas não interessa. A gente não precisa de vocês rasgando nosso asfalto aqui em Shepherd's Corner. Então a gente vai deixar vocês irem embora. Mas, pra evitar que voltem, vamos fazer vocês pagarem a taxa de corrida — falou o oficial Hall.

— O que diabos é uma taxa de corrida? — perguntou o camarada suado. O oficial Jones sacou a arma e encostou o cano dela na bochecha do sujeito. Beauregard sentiu um aperto na barriga.

— Tudo o que tiver na sua carteira, gordão. Ou você quer ser vítima de brutalidade policial? — perguntou o oficial Jones.

— Vocês ouviram o homem. Esvaziem os bolsos, cavalheiros — falou o oficial Hall.

Começou a soprar uma leve brisa. O vento acariciou o rosto de Beauregard. O cheiro de madressilva vinha junto com a brisa. Os oficiais iam passando pela fileira de homens sentados pegando o dinheiro que eles seguravam. O oficial Jones foi até Beauregard.

— Esvazia o bolso, filho.

Beauregard ergueu os olhos para ele.

— Me leva. Me prende. Mas eu não vou te dar meu dinheiro.

O oficial Jones encostou a arma na bochecha de Beauregard. O cheiro forte de óleo de arma invadiu o nariz dele e se alojou no fundo de sua garganta.

— Talvez você não tenha escutado o que eu falei pro seu amigo ali.

— Ele não é meu amigo — respondeu Beauregard.

— Quer levar bala? Está tentando cometer suicídio usando um policial? — perguntou o oficial Jones. Seus olhos brilharam sob o luar.

— Não. Só não vou te dar meu dinheiro — falou Beauregard.

— Bug, entrega — falou Kelvin. O oficial Jones olhou para ele e apontou a arma para Kelvin.

— Ele é seu amigo, não é? Você devia dar ouvidos a ele, Bug — disse o oficial Jones. Ele deu um sorriso torto, exibindo uma fileira de dentes amarelados. Beauregard pegou seu maço de dinheiro mais o que tinha ganhado de Warren. O oficial Jones sacou os dois da mão dele.

— Bom garoto — disse.

— Tá legal, camaradas, podem meter o pé daqui. E não voltem a Shepherd's Corner — avisou o oficial Hall.

Beauregard e Kelvin se levantaram. A multidão se dispersou em meio a vários resmungos abafados. A noite foi dominada pelo uivo de Chargers, Chevelles, Mustangs e Impalas ganhando vida. Kelvin e Beauregard entraram no Duster. Os policiais tinham saído, e os carros partiam o mais rápido que a lei permitia. Warren estava sentado no Olds olhando fixo para a frente.

— Vai embora, Warren — falou o oficial Hall.

Warren esfregou as mãos pelo rosto.

— Não tá pegando — murmurou ele.

— O quê? — falou o oficial Hall.

Warren tirou as mãos do rosto.

— Não tá pegando! — repetiu ele. Kelvin riu enquanto ele e Beauregard saíam do estacionamento.

Beauregard virou à esquerda e seguiu pela estrada estreita.

— A interestadual é pro outro lado — falou Kelvin.

— É. A cidade é pra esse lado. E os bares também — disse Beauregard.

— Como a gente vai beber sem dinheiro? — perguntou Kelvin.

Beauregard parou e estacionou o Duster na entrada de uma estrada antiga, usada para transporte de madeira. Ele desligou os faróis e deixou o carro em ponto morto.

— Aqueles caras não eram policiais de verdade. Eles não tinham insígnia de nenhum condado no uniforme. E aquela arma era uma .38. Porra, a polícia não usa .38 há mais de vinte anos. E eles sabiam o nome dele — falou Beauregard.

— Filho da puta. A gente foi enganado — disse Kelvin. Ele socou o painel do carro. Beauregard o olhou com raiva. Kelvin passou a mão pelo painel, acariciando o couro. — Merda, foi mal, cara. Então o que estamos fazendo aqui?

— Warren falou que o carro dele não estava pegando. Ele foi o único a ficar pra trás — respondeu Beauregard.

— Você acha que foi ele que dedurou?

— Dedurou, não. Ele está com eles. Ele ficou pra trás pra pegar a parte dele. Nenhum de nós que estava correndo era daqui. Acho que um cara como o Warren vai beber pra comemorar — respondeu Beauregard.

— Toda aquela merda que ele ficou falando de você trapacear era só uma cena.

Beauregard assentiu.

— Ele não queria que eu fosse embora. Isso deu tempo pro pessoal dele chegar. Ele fez algumas corridas pra atrair gente. Provavelmente pra ver quanto dinheiro estava em jogo. Então, quando eu peguei a grana, ele mandou uma mensagem pra eles.

— Que filho da puta. Ah, o dr. King ia ficar tão orgulhoso. Brancos e pretos trabalhando juntos — falou Kelvin.

— É — disse Beauregard.

— Você acha que ele vem mesmo nessa direção? Quer dizer, ele não pode ser tão burro assim, pode? — perguntou Kelvin.

Beauregard não falou nada e tamborilou os dedos no volante. Tinha percebido que nem tudo que Warren tinha dito e feito era só cena. Ele era mesmo um escroto metido a besta. Caras assim acham que nunca vão ser pegos. Sempre pensam que estão um passo à frente de todo mundo.

— Eu costumava trombar com caras como ele quando dirigia para os bandos. Ele não é daqui. O sotaque dele parece de algum lugar ao norte de Richmond, talvez Alexandria. Caras assim não conseguem esperar chegar em casa pra comemorar. E ele quer comemorar. Porque ele acha que venceu. Acha que enganou a gente direitinho. Ele quer ir até o local que venda álcool mais próximo pra beber. Ele vai estar sozinho, porque os parceiros dele não podem ficar andando por aí de uniforme falso. Vai estar lá falando um monte de merda, como estava fazendo. Ele não se aguenta.

— Você acredita mesmo nisso, não é? — falou Kelvin.

Beauregard não respondeu. Não podia ir para casa sem o dinheiro. Mil dólares não eram o suficiente para pagar o aluguel, mas era melhor que nada. Sua intuição lhe dizia que Warren iria para a cidade e beberia. Ele confiava na sua intuição. Precisava fazer isso.

Os minutos iam passando, e Kelvin olhou seu relógio.

— Cara, acho que ele não vai... — Kelvin começou a falar. Um carro passou por eles. Uma pintura verde brilhante cintilando ao luar.

— O lendário Olds — falou Beauregard.

Ele saiu atrás do Oldsmobile. Eles o seguiram pelas planícies e pelos leves declives de colinas suaves. O luar foi dando lugar às luzes de varandas e à iluminação da paisagem enquanto eles passavam por casas térreas e habitações móveis. Eles passaram por uma curva muito fechada e o centro de Shepherd's Corner apareceu, uma coleção de prédios sem graça de tijolo e concreto iluminados pelas luzes pálidas dos postes. A rua tinha uma biblioteca, uma farmácia e um restaurante. Perto do fim da calçada, havia um prédio grande de tijolo com uma placa em cima da entrada em que se lia DINO'S BAR AND GRILL.

Warren virou à direita e dirigiu até os fundos do Dino's. Beauregard estacionou o Duster na rua. Ele esticou a mão para o banco de trás e pegou uma chave inglesa. Não tinha ninguém na calçada ou perambulando em frente à entrada do Dino's. Havia poucos carros na frente do Duster. A batida grave e tribal de um hip-hop vazava pelas paredes do lugar.

— Fica aqui. Se vir alguém chegando, buzina — disse Beauregard.

— Não mata ele, cara — falou Kelvin.

Beauregard não prometeu nada. Ele desceu, andou rápido pela calçada e foi até o estacionamento do Dino's. Ele parou na esquina dos fundos do prédio. Espiando por ali, viu Warren próximo ao Oldsmobile. Ele estava mijando. Beauregard correu pelo estacionamento. Seus passos foram abafados pela música que vinha do bar.

Warren começava a se virar quando Beauregard o acertou com a chave inglesa. Ele bateu a ferramenta com força no trapézio de Warren. Beauregard ouviu um estalo úmido, algo parecida com os ossos das asinhas de frango que seu avô partia na mesa de jantar. Warren caiu no chão enquanto o mijo escorria pela lateral do Oldsmobile. Ele rolou de lado, e Beauregard o acertou nas costelas. Warren rolou de costas. Um fio de sangue fluiu por sua boca e escorreu pelo queixo. Beauregard se ajoelhou ao lado dele. Pegou a chave inglesa e a colocou atravessada na boca de Warren como uma mordaça. Ele segurou as duas extremidades e pôs todo o peso ali. A língua de Warren se retorceu como um verme rosado e inchado ao redor da chave. Sangue e saliva escorriam pelas laterais até suas bochechas.

— Eu sei que você pegou o meu dinheiro. Eu sei que você e os policiais de aluguel estão juntos. Vocês viajam por aí armando corridas e enganando os otários que aparecem. Não tô nem aí. Eu sei que você pegou o meu dinheiro. Agora vou tirar essa chave inglesa e, se você falar qualquer coisa que não seja sobre o meu dinheiro, eu vou quebrar o seu maxilar em sete lugares — disse Beauregard, sem gritar ou berrar.

Ele se endireitou e tirou a chave inglesa. Warren tossiu e virou a cabeça para o lado. Ele cuspiu um glóbulo de saliva rosada que parou no seu queixo. Arquejou fundo algumas vezes e mais sangue e saliva escorreram por seu queixo.

— No bolso de trás — disse ele, ofegando.

Beauregard o rolou de bruços, e Warren uivou. Foi um gemido alto animalesco. Beauregard achou que dava para ouvir o suave tilintar dos ossos quebrados da clavícula do sujeito. Ele puxou um maço de dinheiro e o contou rapidamente.

— Só tem 750. Cadê meus mil? E os seus? Cadê o resto? — perguntou Beauregard.

— Eu... eu era só a isca — disse Warren.

— Essa é a sua parte — falou Beauregard. Warren assentiu fracamente. Beauregard fez um muxoxo. Ele se levantou e pôs o dinheiro no bolso. Warren fechou os olhos e engoliu em seco.

Beauregard guardou a chave inglesa no bolso de trás e pisou com força no tornozelo direito de Warren bem na articulação. Warren berrou, mas não havia ninguém ao redor para ouvir, a não ser Beauregard.

— Retira o que disse — falou ele.

— Que... que merda é essa, cara, você quebrou a porra do meu tornozelo.

— Retira o que disse ou eu quebro o outro.

Warren rolou de costas outra vez. Beauregard viu manchas escuras que se espalhavam desde a virilha até os joelhos do sujeito. O pau dele ainda estava para fora da calça como um verme de sangue. O cheiro de mijo invadiu o nariz de Beauregard.

— Eu retiro o que disse. Você não é um trapaceiro, tá bem? Porra, você não é um trapaceiro — falou ele. Beauregard viu lágrimas escorrendo pelo canto dos olhos de Warren.

— Beleza então — falou Beauregard. Ele assentiu, então se virou e caminhou de volta até o Duster.

Dois

As luzes com sensor de movimento que ficavam no telhado da garagem se acenderam quando Beauregard estacionou em frente ao prédio. Ele parou e deixou Kelvin descer do Duster para abrir uma das três portas de enrolar. Beauregard manobrou o carro e entrou de ré na garagem. O som do motor reverberava pelo interior cavernoso. Ele desligou o carro. Passou as mãos grandes com dedos grossos pelo rosto. Ele se virou no banco e pegou a chave inglesa no assento de trás. Ainda tinha sangue e um pouco de pele de Warren. Teria que mergulhá-la em água e alvejante antes de devolvê-la para a caixa de ferramenta.

Beauregard desceu do carro e seguiu para o escritório. Uma luz azul pálida vinha de uma luminária fluorescente que piscava. Ele foi até um frigobar atrás de sua mesa e pegou duas cervejas. Jogou a chave inglesa em cima da mesa. O som de metal contra metal ressoou em seus ouvidos. Kelvin veio logo atrás e se sentou em uma cadeira dobrável em frente à mesa. Beauregard jogou uma cerveja para ele. Eles a abriram em uníssono e ergueram as garrafas. Beauregard matou quase a cerveja toda em um gole ruidoso. Kelvin bebericou a sua duas vezes antes de apoiá-la na mesa.

— Acho que vou ter que dar um esporro no Jerome — falou Kelvin. Beauregard terminou de beber a cerveja.

— Não. Não foi culpa dele. Provavelmente os rapazes dele ficam fazendo essa merda por toda a Costa Leste — disse ele.

— Mas ainda assim é uma merda. Eu posso perguntar por aí de novo. Talvez descendo até Raleigh? Ou Charlotte? — perguntou Kelvin.

Beauregard balançou a cabeça. Arremessou a garrafa de cerveja vazia na lata de lixo.

— Você sabe que eu não posso ir tão longe assim. Não por um dinheiro que não é garantido. Enfim, o aluguel vence dia 23. Não quero pedir pro Phil estender o prazo de novo. Não conseguir aquele contrato com a construtora do Davidson realmente deixou a gente numa situação ruim — falou Beauregard.

Kelvin deu mais um gole na cerveja.

— Pensou em falar com o Boonie? — perguntou.

Beauregard se largou na cadeira giratória e pôs as botas em cima da mesa.

— Já pensei nisso — respondeu.

Kelvin terminou sua cerveja.

— Só quero dizer que estamos abertos há três anos, e aí a Precision chega e parece que as pessoas se esqueceram de que estávamos aqui. Talvez Red Hill não seja grande o bastante para ter duas oficinas mecânicas. Ou pelo menos não uma oficina de pretos — disse ele.

— Sei lá. A gente estava no páreo pra conseguir o contrato com o Davidson. Vinte anos atrás, a gente nem teria entrado na negociação. Eu só não podia baixar tanto o preço quanto a Precision — falou Beauregard.

— É por isso que estou dizendo que talvez você possa falar com o Boonie. Nada muito alto. Só alguma coisa que dê pra manter a gente de pé até… Sei lá, até que mais pessoas que não saibam trocar o óleo do carro se mudem para Red Hill — disse Kelvin.

Beauregard pegou a chave inglesa. Puxou um trapo de pano de uma pilha que ficava em um cesto de plástico perto da mesa dele e começou a limpar o sangue da ferramenta.

— Eu disse que vou pensar.

— Tá legal, bom, vou me mandar. A Christy está de folga hoje e, já que a Sasha está trabalhando, vou passar lá pra dar um oiiii — disse ele, cantando a palavra "oi" até virar um falsete.

Beauregard deu um sorriso malicioso.

— Uma delas vai cortar seu negócio fora e mandar pra você pelo correio — falou.

— Cara, tudo bem. Elas vão banhar ele em bronze e pôr num pedestal — disse Kelvin, se levantando da cadeira. — A gente se fala de manhã?

— Sim — disse Beauregard.

Ele largou a chave inglesa outra vez. Kelvin deu tchau fazendo um sinal com dois dedos e saiu pela porta do escritório. Beauregard se virou e plantou os pés no chão. Setecentos e cinquenta. Era pior do que ter mil dólares. Isso sem contar o combustível gasto para ir até Shepherd's Corner. Phil Dormer tinha lhe dito no mês anterior que não teria como prorrogar a data outra vez.

— Beau, sei que as coisas estão difíceis. Eu entendo. Mas meu chefe falou que não podemos te dar mais nenhum crédito ou mais tempo nesse financiamento. Olha, talvez a gente possa refinanciar e…

— Falta só um ano pra eu terminar de pagar — falou Beauregard.

Phil franziu a testa.

— Bom, é verdade, mas você também está tecnicamente três meses atrasado. E, segundo seu contrato de financiamento, como você está com 120 dias de atraso, o financiamento fica inadimplente. Não quero que isso aconteça, Beau. Refinancia, e você vai ter mais anos, mas não vai perder o imóvel — tinha dito Phil.

Beauregard ouvia o que ele dizia. Viu a expressão de pena no rosto dele. E, num mundo perfeito, teria acreditado que Phil estava mesmo preocupado com o seu sustento. O mundo estava longe de ser perfeito. Beauregard sabia que Phil usava todas as palavras certas. Também sabia que o lote onde estava sentado ficava bem ao lado de um empreendimento. Estavam construindo o primeiro restaurante fast-food de Red Hill. O velho Tastee Freez não contava. Tinha fechado dez anos antes. O serviço não era dos mais ágeis, mas eles faziam um milk-shake incrível.

Beauregard se levantou e pôs a chave do Duster no gancho do quadro de cortiça e pegou a chave de sua caminhonete. Ele trancou a garagem e foi para casa.

O sol surgia no horizonte enquanto Beauregard pegava a estrada. Ele passou pelos gabinetes municipais do condado de Red Hill e seus campos vastos e abertos. Sempre achara engraçado que um condado com "hill" no nome sofresse de uma terrível escassez de colinas de verdade. Ele passou por Grove Lane. Sua filha morava lá. O céu estava riscado de dourado e vermelho quando ele virou na Market Drive. Mais duas curvas virando em mais duas ruas secundárias, e ele reduzia a velocidade na estrada de terra até sua casa móvel.

Beauregard parou ao lado do pequeno Honda azul de duas portas de Kia. Ele nunca tinha dirigido aquela coisa, só a mantinha em funcionamento. Ele era do tipo que curtia carrões estadunidenses antigos. A casa estava em silêncio quando pisou na varanda. Ele andou pelo imóvel retangular, passando pelo quarto onde os filhos dormiam. O sol que entrava pelas cortinas em feixes de luz dominava a casa móvel. O quarto dele e de Kia ficava no final do trailer. Ele entrou ali e sentou-se ao pé da cama. Kia estava esparramada como um origami. Beauregard tocou sua coxa macia e exposta. A perna dela cor de caramelo estremeceu. Ela não se virou, mas falou com ele com o rosto ainda enterrado no travesseiro.

— Como foi? — murmurou ela.

— Eu ganhei, mas o cara não quis pagar. Virou uma bagunça.

Então ela se virou.

— Como assim ele não quis pagar? Que porra é essa? — perguntou ela.

Kia estava apoiada em um dos cotovelos. O lençol que mal a cobria tinha escorregado. Seu cabelo estava desgrenhado, formando padrões geométricos esquisitos. Beauregard massageou a gordura da coxa de Kia.

— Você não foi preso, foi? — perguntou ela.

Fui, por uns policiais falsos escrotos, pensou ele.

Ele tirou a mão da coxa dela.

— Não, mas o cara não tinha todo o dinheiro que ele disse que tinha. A coisa toda foi bem confusa. Ainda estou devendo oitocentos dólares — disse ele. Deixou que aquilo se assentasse entre eles por um tempo. Kia puxou o lençol para cima e levou os joelhos ao peito.

— E aquele contrato para trabalhar nos caminhões da construtora? — perguntou ela. Beauregard se aproximou mais. Seu ombro roçou no dela.

— Não conseguimos. A Precision ganhou o contrato. E aí tivemos que arranjar aqueles vidros para o Darren. E no mês passado eu precisei dar dinheiro pra Janice por causa da beca de formatura da Ariel. A coisa anda fraca nos últimos meses — disse Beauregard. Na verdade, a coisa tinha andado fraca no último ano. Kia sabia, mas nenhum deles gostava de falar isso em voz alta.

— A gente consegue mais prazo? — perguntou ela. Beauregard se esticou ao lado dela. Ela não tornou a deitar, mas abraçou os joelhos e os apertou. Beauregard ficou olhando para o teto. O ventilador girava em um eixo bambo. A esfera ao redor da luz no ventilador de teto tinha a imagem de um rottweiler.

Eles tinham aquele maldito ventilador havia cinco anos, e o objeto nunca deixou de lhe dar medo. Mas Kia adorava aquele troço. Uma coisa que ele aprendeu sobre casamento é que um ventilador novo não é uma guerra que valha a pena travar se der para evitar.

— Não sei — respondeu ele.

Ela passou uma das mãos pelo cabelo desgrenhado. Alguns minutos se passaram, e então ela se deitou de costas e encostou em Beauregard. A pele dela estava gelada e cheirava a rosas. Ela tinha tomado banho antes de se deitar. Ele passou um braço ao redor da cintura dela e descansou a mão em sua barriga.

— E se não conseguirmos uma prorrogação? — perguntou Kia.

Beauregard acariciou a barriga dela.

— Talvez eu tenha que vender alguma coisa. Talvez o elevador hidráulico. Ou a segunda montadora de pneus. Que foi o primeiro motivo pra eu ter feito a porra do financiamento — disse ele. Beauregard não falou sobre conversar com seu tio Boonie.

Quase como se pegasse a deixa, Kia virou de lado e tocou no rosto dele.

— Você está pensando nisso, não é? — perguntou ela.

— Pensando em quê?

— Em falar com Boonie. Pedir trabalho. Você sabe que isso não é uma opção, não é? Você foi abençoado. Todos fomos. Você nunca foi pego e saiu de lá e abriu sua oficina. Isso é uma bênção, amor — disse ela. Os olhos claros dela procuraram os escuros dele. Estavam juntos desde que ele tinha 19 anos, e ela, 18. Eram casados desde os 23. Quase 15 anos juntos. Ela o conhecia tão bem como qualquer outra pessoa conhecia.

Muitos casais gostam de dizer que não conseguem mentir um para o outro. Que a pessoa sabe de longe quando a outra está mentindo. Essa linha de raciocínio era uma via de mão única entre ele e Kia. Ele sabia quando ela saía para beber com as amigas. Sabia quando ela tinha comido o último cookie de chocolate. O rosto dela era um livro aberto, e ele lera cada página fazia muito tempo. Odiava mentir para ela, mas a facilidade com que fazia isso nunca deixava de espantá-lo. Mas ele também tinha muita prática em mentir.

— Não. Não estou pensando nisso. Já passou pela minha cabeça? Já. Assim como comprar um bilhete de loteria — respondeu. Ele a abraçou bem apertado e fechou os olhos. — Vai ficar tudo bem. Vou dar um jeito — falou ele.

— A dentista ligou ontem. Javon talvez tenha que usar aparelho — disse ela. Beauregard a apertou mais, mas não respondeu nada. — O que a gente vai fazer, amor? Posso tentar arrumar uns turnos extras no hotel.

— Isso não vai dar pra pagar o aparelho — falou ele. O silêncio os envolveu. Então Kia limpou a garganta.

— Você sabe que podia vender...

Mas Beauregard não deixou que ela terminasse a frase.

— O Duster não está à venda — falou. Kia deitou a cabeça no peito dele. Ele deslizou o braço pelos ombros dela e observou as lâminas no ventilador de teto até cair no sono.

— Pai, pai, pai.

Beauregard abriu os olhos. Parecia que tinha acabado de fechar cinco segundos antes. Darren estava ao lado da cama com seu brinquedo favorito. Um boneco do Batman de trinta centímetros. Uma de suas mãozinhas marrons segurava o Caped Crusader, e a outra, um biscoito que ia se esfarelando rápido.

— Oi, Fedido — disse Beauregard. Seu caçula tinha os olhos de Kia e as feições dele. Olhos verdes fortes contrastavam com a pele negra cor de chocolate.

— A mamãe falou pra você ir comer antes que ela leve a gente pra tia Jean — disse Darren. Um sorriso lampejou nos lábios dele.

Beauregard imaginou que Kia havia usado um palavreado pitoresco para instruir Darren a acordar o pai. Sempre que alguém dizia um palavrão, Darren não parava de rir. E ficava um bom tempo assim. A julgar pelo leve sorriso no rosto do filho, Kia provavelmente já tinha xingado Beauregard uma hora atrás.

— Acho que é melhor eu levantar a bunda da cama então — falou Beauregard. Darren explodiu em gargalhadas. Beauregard levantou num salto e agarrou Darren pela cintura. Ele ergueu o menino do chão e foi até a cozinha, fazendo barulhos de avião no caminho.

— Já estava na hora de levantar essa bunda da cama — falou Kia, mas não havia malícia. Era mais para Darren do que outra coisa. Ele uivou de rir outra vez.

— Aaaaah, você falou palavras feias — reclamou Darren entre suspiros profundos. — Você vai lá pra baixo! — exclamou.

Javon estava sentado na mesinha, alheio com os fones de ouvido. Beauregard achava que Javon poderia ser confundido com um gêmeo seu quando tinha aquela idade. Magro, alto, com olhos sonolentos. Ele pôs Darren no chão e, com delicadeza, puxou uma das orelhas de Javon. O garoto ergueu a cabeça e tirou os fones de ouvido.

— Bom dia pra você também — falou Beauregard.

— Terminem de comer seus biscoitos pra gente poder ir pra tia Jean — disse Kia. Beauregard pegou um e o mergulhou no molho em uma tigela na mesa. Ele enfiou tudo de uma vez na boca.

— Eu sabia que tinha me casado com você por algum motivo — falou ele, de boca cheia. Kia bufou.

— Não foi pelo biscoito — rebateu ela ao passar por ele para colocar o prato na pia.

Ele a viu em sua mente como a garota que ela era quando os dois se conheceram. Ela dançava uma música moderna e animada no capô do carro de Kelvin. Seu cabelo rebelde era cheio de tranças e ela usava um macacão preto com uma camiseta branca. Estavam todos curtindo na quadra de basquete do parque perto da escola. Ele era um adolescente, ex-menor infrator, com uma filha de dois anos. Ela tinha 18 anos e estava no último ano do ensino médio. Três semanas mais tarde, trocavam anéis de compromisso. Quatro anos depois, tinham se casado e esperavam Javon.

— Posso ir pra oficina com você hoje? — perguntou Javon. Beauregard e Kia trocaram um olhar.

— Hoje não — respondeu Beauregard.

Muito tempo antes, quando trabalhava em um ramo diferente, ele tivera o cuidado de garantir que a vida pessoal e a profissional nunca compartilhassem o mesmo espaço. Ele não queria que aquele mundo chegasse perto de sua família. Não queria maculá-los com aquela sujeira. Tinha saído daquele lugar fazia três anos, mas sabia que ainda havia armadilhas lá. Não queria que aquilo esticasse suas garras e arranhasse seus meninos ou Kia. Ele os mantinha longe da oficina caso alguém daquele mundo viesse bater à porta.

Javon colocou os fones de ouvido e se levantou da mesa. Foi até a porta e ficou ali. Beauregard sabia que o garoto queria sair com ele. Ele gostava de carros e era habilidoso com as mãos. O pai torcia para que Javon ainda se interessasse por carros quando fosse seguro o suficiente para que ele pudesse ir até a oficina.

— Vem, Darren, vamos — disse Kia. Ela ficou na ponta dos pés e beijou Beauregard na boca. Ele sentiu o sabor de hortelã no hálito dela. Ele deslizou um braço pela cintura dela e devolveu o beijo com mais entusiasmo.

— Eeeca — falou Darren. Ele pôs a língua para fora e revirou os olhos.

— Olha a boca, garoto — alertou Kia ao se afastar de Beauregard.

— Eu te ligo na hora do seu almoço — disse ele.

— Acho bom — respondeu ela.

Kia e os meninos foram embora. A escola estava em recesso, e Kia trabalhava de dez às seis no Comfort Inn, em Gloucester. Javon não tinha idade para cuidar de si e do irmão mais novo, então, enquanto Beauregard e Kia estavam no trabalho, ela levava os filhos para a casa da irmã. Jean Brooks tinha um salão de beleza nos fundos de casa. Os meninos brincavam com os primos assim como Beauregard costumava brincar com Kelvin e seu irmão Kaden na casa da tia Mara. Kaden morrera fazia sete anos. Fora assassinado quando tinha apenas 23 em um roubo a um motel. Diziam por aí que tinham armado para ele. Kaden e seu amigo foram atraídos para um motel em Church Hill por algumas garotas de programa que eles haviam conhecido na boate. Church Hill era um dos bairros mais violentos da cidade de Richmond. A coisa era tão feia que até o correio tinha parado de entregar correspondência por lá. Os dois tinham ido até o motel esperando um sexo sem compromisso e um bom baseado. O que receberam foram duas balas na cabeça e um funeral com o caixão fechado.

Quando Kelvin e Beauregard encontraram os dois caras que tinham atirado em Kaden e no amigo dele, eles tentaram culpar as garotas. Então um acusou o outro. Por fim, choraram chamando as mães.

Beauregard tirou a cueca e foi até o banheiro. Ia tomar banho e seguir para a oficina depois de algumas paradas. Ao ligar o chuveiro, ouviu um barulho agudo vindo da cama. Era seu celular. Kia o tirara do bolso dele e colocara na mesa de cabeceira. Ele correu até o quarto e pegou o aparelho em cima da mesinha de superfície marcada. Ele reconheceu o número.

— Alô?

— Alô, falo com o sr. Beauregard Montage? — perguntou uma voz levemente anasalada.

— Sim, sou eu, sra. Talbot — respondeu ele.

— Olá, sr. Montage. Aqui é Gloria Talbot da Casa de Repouso Lake Castor.

— Eu sei — disse Beauregard.

— Ah, sim, perdão. Sr. Montage, receio dizer que estamos com um problema com sua mãe — disse a sra. Talbot.

— Ela agrediu verbalmente outra cuidadora? — perguntou ele.

— Não, é que...

— Ela urinou em alguém de propósito outra vez? — perguntou ele.

— Não, não é nada dis...

— Ela ligou pra algum número de denúncia de novo e disse que estavam batendo nela?

— Não, não, sr. Montage, não é o comportamento dela... dessa vez. Parece que há um problema com a documentação do programa de saúde social dela. Esperamos que você possa vir nos próximos dias para conversar sobre isso — disse a sra. Talbot.

— Que tipo de problema?

— Acho que seria melhor conversarmos pessoalmente, sr. Montage.

Beauregard fechou os olhos e suspirou bem fundo.

— Tá legal, posso ir daqui algumas horas — disse ele.

— Seria ótimo, sr. Montage. Nos vemos, então. Até mais — falou a sra. Talbot. A linha ficou muda.

Depois do banho, ele colocou um jeans limpo e uma camisa de manga curta com seu nome sobre um dos bolsos da frente e MONTAGE MOTORS no outro. Ele preparou uma xícara de café e ficou na frente da pia bebendo em goles rápidos. A casa estava mais silenciosa do que nunca. Pela janela acima da pia, ele via seu quintal. Um barracão de madeira à direita e uma tabela de basquete à esquerda. A propriedade deles adentrava quase 180 metros pelo bosque. Duas cabras andavam pelo quintal. Sempre davam uma parada para mordiscar a grama. O ambiente ao redor da casa a essa hora do dia era tão tranquilo que as cabras não pareciam ariscas. Estavam sem pressa, como clientes em um brechó.

Beauregard terminou o café. Um dia, ele tinha sonhado morar em uma casa como aquela. Uma casa com água corrente e um teto que não vazasse como uma peneira. Uma casa onde todos tivessem seus quartos e não houvesse um balde de fezes no canto. Ele pôs a xícara de café na pia. Não sabia o que era mais triste: que seus sonhos fossem tão modestos ou que tenham sido tão proféticos. Isso havia sido antes do desaparecimento do seu pai. Reencontrá-lo tinha assumido o primeiro lugar da sua lista de desejos. Mas, depois de todos aqueles anos, ele aprendera a aceitar que alguns sonhos não se realizam.

Ele pegou suas chaves e seu telefone e saiu de casa. Eram só dez da manhã, e já fazia um calor infernal. Quando pisou para fora da varanda, sentiu o sol cair matando em cima dele como se lhe devesse dinheiro. Entrou na caminhonete e acelerou o motor para fazer o ar-condicionado gelar. Então saiu de ré, virou-se e dirigiu pela entrada dos carros, deixando uma nuvem de poeira em seu rastro.

Chegou à estrada principal, mas, em vez de virar à esquerda e tomar a direção da oficina, pegou a direita para ir até a periferia da cidade. Cruzou a Trader Lane e passou por carcaças descascadas de diversas casas vazias. Um pouco mais adiante na estrada, passou pelo Parque Industrial de Clover Hill, que estava às moscas. Anos antes, os mandachuvas do condado de Red Hill tentaram reinventar a antiga comunidade agrícola como uma meca da manufaturação. Ofereceram grandes reduções de imposto às corporações, e, em troca, elas geraram milhares de empregos na cidade. Por um tempo, foi uma relação de benefícios mútuos. Até que a recessão de 2008 chegou com tudo. Foi na mesma época em que as corporações perceberam que podiam despachar suas fábricas para o exterior e cortar gastos pela metade enquanto duplicavam os lucros.

As construções vazias pareciam monólitos esquecidos de uma civilização perdida. Mal dava para distinguir a fábrica de gelo, a fábrica de isolante térmico, a fábrica de bandeiras e a fábrica de plástico. A Mãe Natureza estava se reapropriando de suas terras com uma persistência implacável. Os pinheiros, os cornisos, as madressilvas e os kudzus iam encobrindo devagar, mas sem titubear, as velhas construções em um abraço arbóreo. A mãe de Beauregard trabalhara na fábrica de plástico desde a abertura até o derradeiro fim. Isso aconteceu dois anos antes de ela se aposentar, mas apenas uma semana após ter sido diagnosticada com câncer de mama. Um mês depois, ele tinha arranjado seu primeiro emprego. Boonie arrumara um lugar para ele com um bando da Filadélfia que precisava de um motorista. Como ele era o novato, ficava com apenas cinco mil. Essa era a taxa de entrada, ou foi o que disseram a ele. Ele só tinha 17 anos, então não questionou muito. O que foi um erro. Viria a aprender que a taxa de entrada era a partilha total ou nada. Ele não perdeu muito tempo com isso. Um erro é uma lição, a não ser que você cometa o mesmo o erro duas vezes.

Conforme se aproximava dos limites do condado, as plantações de milho e grãos começavam a dominar a paisagem. A especulação imobiliária ainda não havia chegado àquela parte da cidade. Alguma construtora acabaria colocando umas dez caixas retangulares por ali e chamaria de estacionamento de trailers.

Ele fez uma curva fechada e viu a placa. Uma lâmina de serra com 1,5 metro de largura presa a um poste de metal de um metro. Nela, lia-se RED HILL METALS com pedaços de vergalhão pintados de vermelho-vivo. A lâmina de serra fora pintada de branco, mas a tinta estava descascando como uma queimadura feia de sol. Beauregard virou na entrada de cascalho. Ela era golpeada de ambos os lados por enormes hortênsias azuis e brancas. No final, havia uma série de portões de alambrado com 4,5 metros de altura. Beauregard foi se aproximando, e os portões começaram a girar em grandes roldanas de metal. Boonie tinha colocado um sensor de movimento no portão alguns anos antes. Ele ficara cansado de ter que interromper o trabalho cada vez que alguém aparecia com um velho fogão a lenha da mãe. Em cima do portão e da cerca igualmente alta presa a ele, havia um arame farpado enferrujado. Dois homens de pele escura assentiram para Beauregard quando ele passou por eles. Ambos empunhavam duas imensas serras sabre. Parecia que o alvo deles era um AMC Gremlin destruído.

Beauregard passou por cima da balança com três metros de largura embutida no chão, fez uma curva bem fechada à esquerda e estacionou em frente ao escritório principal. Desceu da caminhonete e começou a suar na mesma hora. O calor tinha subido de calor de vulcão para calor do inferno em questão de vinte minutos. Gritos metálicos de agonia tomavam conta do ambiente enquanto dois compactadores esmagavam carros, caminhonetes e uma ou outra máquina de lavar. Cubos de aço e ferro estavam empilhados pelo pátio como peças gigantes de dominó. Um cemitério de veículos surgiu por trás do prédio do escritório enquanto aguardavam sua vez na bocarra da Mastigadora Número Um e da Mastigadora Número Dois. Kaden dera esses nomes a elas em um dia de verão há muito tempo.

O pai de Beauregard tinha levado o filho, Kaden e Kelvin para andar no Duster naquele dia.

— Preciso falar com seu tio Boonie um minuto, depois a gente pode ir no Tastee Freez. Vão querer um pouco de uísque no milk-shake de vocês? — perguntara o pai, piscando um olho.

— Sim! — respondera Kelvin. É óbvio que tinha sido Kelvin. Ele até erguera a mão.

O pai de Beauregard tinha rido tanto que até começou a tossir.

— Garoto, sua mãe daria uma coça na gente. Quem sabe daqui a uns anos?

Quando estacionaram no pátio, os três se inclinaram pelo banco da frente para ver o guindaste com garra barulhento jogar um carro dentro da trituradora. Ele caiu com o capô virado para baixo antes de entrar no compactador.

— Mastigadora Número Um, acaba com ele! — berrara Kaden. O pai de Beauregard contou para Boonie, e os nomes pegaram. Mas os meninos nunca tomaram aquela dose de uísque.

A palavra "ESCRITÓRIO" tinha sido escrita na porta usando pedaços de cano de cobre. Beauregard bateu na porta três vezes em uma rápida sequência. Nunca se sabia que tipo de negócio estava sendo feito ali, então era melhor bater antes.

— Entra — disse uma voz áspera.

Boonie estava sentado atrás de sua mesa, uma chapa de ferro sobre quatro cilindros de metal largos. Um ar-condicionado já nas últimas soprava da janela acima do ombro do homem. Produzia mais barulho que ar frio. Um punhado de gaveteiros e prateleiras preenchia as paredes. Boonie sorriu.

— Bug! Como é que você está? Rapaz, não vejo você o quê? Há uns seis meses? Um ano? — falou Boonie.

— Não tem tanto tempo assim. Só ando ocupado na oficina.

— Ah, estou só de sacanagem com você, rapaz. Sei que você está trabalhando que nem um condenado lá. Tô até meio puto com você. Eu só... parece que você não aparece mais como antes — falou Boonie. Ele tirou o boné de beisebol manchado de óleo e se abanou. O cabelo grisalho bem curto contrastava com a pele negra.

— Eu sei. Como andam as coisas por aqui?

— Ah, você sabe. Estáveis. As pessoas não ficam sem lixo.

Beauregard sentou em uma cadeira de dobrar perto da mesa.

— É, sempre tem uma merda pra se jogar fora.

— Como você está? E Kia e os meninos?

— Estão bem. Darren está usando óculos e agora Javon vai ter que usar um tipo especial de aparelho. Kia está bem. Vai fazer cinco anos trabalhando no hotel. Tem algo rolando? — perguntou ele.

Boonie pôs o boné outra vez e inclinou a cabeça para Beauregard.

— Você quer saber? — perguntou ele.

Beauregard assentiu.

— Não que eu não esteja feliz em te ver, porque você sabe que estou, mas achei que você estivesse fora — falou Boonie.

— Cheguei numa situação complicada. As coisas andam meio difíceis desde que a Precision abriu — disse Beauregard.

Boonie entrelaçou os dedos e os descansou na barriga descomunal.

— Olha, quem dera eu tivesse algo, mas as coisas secaram bem nos últimos anos. Os italianos foram expulsos pelos russos, e os russos estão usando só o próprio pessoal. Porra, Bug, tá tudo parado. Esses russos chegaram parecendo o Ivan Koloff, querendo dar um susto e o caralho — falou Boonie. Ele fez cara de quem parecia ter comido uma maçã podre.

Beauregard deixou as mãos penderem entre os joelhos e abaixou a cabeça.

— Já pensou em ir para o Oeste? Ouvi dizer que lá pra aquelas bandas ainda tem serviço pra um cara que sabe o que fazer no volante.

Beauregard grunhiu.

— Meu pai foi para o Oeste e nunca mais voltou — respondeu ele.

Boonie suspirou.

— Seu pai... seu pai era único. Só vi dois homens que sabiam lidar com um carro debaixo do capô ou atrás do volante como Ant Montage. Você é um deles. O outro está preso em Mecklenburg. Seu pai era tão bom motorista quanto bom amigo. E ele era um puta motorista — disse Boonie. Ele virou o boné para trás e encarou as vigas de alumínio no teto.

Beauregard sabia no que ele estava pensando. Vendo ele e seu pai voando em uma estrada bêbados ou fugindo em alta velocidade de um assalto a banco nas ruas da Filadélfia, berrando empolgados.

— Ainda acha que ele pode voltar? — perguntou Beauregard.

— Hã?

— Meu pai. Ainda acha que ele pode aparecer um dia na minha porta? Com uma bola de basquete e uma garrafa de Jack Daniel's pra gente conversar.

Boonie soltou o ar por entre os lábios carnudos.

— Homens como seu pai, como eu, como você já foi um dia, a gente não morre em leitos de hospital. Ant não era perfeito. Ele amava dirigir, beber e mulheres, nessa ordem. Ele viveu a vida a duzentos por hora. Homens assim... Bom, eles morrem sob os próprios termos, em geral de um jeito explosivo. Mas uma coisa eu te digo: se ele foi embora desse jeito, pode apostar o que quiser que ele levou uma galera com ele. Você se parece demais com o Ant. Cuspido e escarrado. Mas você é diferente. Seu pai... Ele não era do tipo que sossegava. Isso complicou as coisas pra ele e pra sua mãe. Como está a Ella hoje em dia?

— Indo. Está em uma casa de repouso. O câncer regrediu, mas ela ainda faz fumaça como um carburador com problema — contou Beauregard.

— Merda. Cara, o câncer vai consumindo cada centímetro das pessoas. Louise foi embora muito rápido. O médico contou em março o que ela tinha, e em setembro ela já tinha morrido. Sua mãe tem há quanto tempo? — perguntou Boonie.

— Desde 1995 — respondeu Beauregard. Ele achava que a mãe ia enterrar todos eles. Diferente da sra. Boonie, ela era ruim demais para morrer.

— Ella sempre foi forte como um touro — falou Boonie. Ele sorriu com o próprio comentário.

— Bom, acho que é melhor eu pegar a estrada, Boonie.

Beauregard se levantou.

— Ei, espera aí, vamos beber alguma coisa rapidinho — falou Boonie. Ele se virou na cadeira e pegou um pote de conserva de uma das gavetas do gaveteiro logo atrás dele.

— São onze da manhã.

Boonie abriu a tampa. Dois copinhos de *shot* também apareceram como num passe de mágica na mesa.

— Ei, como diz o Alan Jackson, são cinco da tarde em algum lugar. Estou bem feliz que a gente se encontrou — falou Boonie.

Ele encheu os dois copos. Beauregard pegou um deles e o bateu contra o de Boonie. O uísque era leve como o copo que o continha. Um formigamento quente desceu por sua garganta.

— Muito bem. Bom, pense em mim se souber de alguma coisa — falou Beauregard.

— Tem certeza? — perguntou Boonie.

— De quê?

Boonie guardou o pote de conserva de volta na gaveta.

— Só estou falando que talvez seja bom eu não ter nada. Como eu falei, você é diferente do seu pai. Essa não é a sua vida. Isso não é tudo que você tem — disse ele.

Beauregard sabia que Bonnie tinha boas intenções. Hoje em dia, ele era um contato. Um cara que te colocava em contato com outros caras. Ele também tinha contratado as Mastigadoras Um e Dois como trituradoras de lixo. Elas trituravam o tipo de lixo que sangrava e chorava chamando pela mãe antes de morrer. Ele era o sujeito que te ajudava a pegar sua grana sem ter que pagar uma taxa exorbitante de comissão. Ele também era o padrinho de Beauregard. Bonnie o ajudara a reformar o Duster. Ele entrara com Kia no casamento deles porque o pai dela estava cumprindo vinte anos em Coldwater por ter matado a mãe dela. Boonie foi a terceira pessoa a segurar Javon quando ele nasceu. Boonie fez tudo que Anthony Montage deveria ter feito. Então Beauregard sabia que ele tinha boas intenções. Mas Boonie não tinha uma filha se formando no curso de verão mês que vem. Não tinha dois filhos que pareciam espichar 15 centímetros a cada noite. Ou uma esposa que queria uma casa com fundação antes de morrer. Ou um negócio que estava a um mês de falir.

— É, tenho certeza — disse ele.

E foi embora.

Três

Kelvin chegou na oficina por volta das onze. Bug não tinha chegado ainda, então ele atravessou a rua e foi até a 7-Eleven pegar um sanduíche de frango com salada e um refrigerante. Ele se sentou em uma mesinha com sofá desgastado para comer o sanduíche e bebericar o refrigerante. A maioria daquelas lojas de conveniência não tinha lugar para comer, mas aquela já havia sido uma lanchonete. Quando comprou o imóvel, a família egípcia que é dona da 7-Eleven manteve as mesas com os sofás. Fazia um calor infernal. Não pela primeira vez, ele considerou a ideia de cortar suas tranças. Mas sabia que sua cabeça tinha um formato esquisito, com reentrâncias demais para sustentar o visual careca. Quando Kelvin terminou de comer, Bug ainda não tinha chegado, então ele atravessou de novo a rua e abriu a oficina. Eles tinham que instalar um transmissor para Lulu Morris que ia ser um saco de fazer. Shane Helton tinha deixado a caminhonete reclamando de uma vibração na coluna de direção. Kelvin achava que podia ser a cremalheira. Para Bug, era só a coifa homocinética do lado do motorista. Provavelmente ele estava certo, mas a coifa custava só trezentas pratas, e uma cremalheira não saía por menos 1.500.

Ele estava rezando para que fosse a cremalheira.

Kelvin levantou as três portas da oficina nas três baias de reparo e ligou o exaustor no teto. Assobiando, conduziu a caminhonete do Shane até o elevador hidráulico. Ao descer do veículo, viu um Toyota azul desbotado estacionar na porta da primeira baia. O carro parou, e um sujeito branco, baixo e magro desceu e entrou na oficina. Ele parou bem na frente da montadora de pneu. Tinha um cabelo castanho longo e uma barba desgrenhada da mesma cor. Os olhos castanhos confusos corriam de um lado para o outro.

— Beauregard? — perguntou ele, com uma entonação inquisitiva no fim.

— Não, eu sou o Kelvin. Ele ainda não chegou. Posso te ajudar?

O homem lambeu os lábios secos.

— Eu preciso mesmo falar com o Beauregard.

— Bom, já que ele não está aqui, posso te ajudar? — perguntou Kelvin.

O homem passou a mão pelo cabelo e chegou um pouquinho mais perto de Kelvin. Ele tinha cheiro de cigarro e suor vencido.

— Só diz pra ele que meu irmão Ronnie está procurando por ele. Quer falar com ele, acertar as coisas, talvez oferecer um serviço — disse o homem.

— Que Ronnie? — perguntou Kelvin.

— Ronnie Sessions. Ele conhece meu irmão. Eles trabalhavam juntos — respondeu o sujeito.

Kelvin suspirou. Ele sabia quem era Ronnie Sessions, ou pelo menos já tinha escutado esse nome. Ronnie era um cara maneiro e maluco de Queen County, mais pra ponta do estado. Ronnie era conhecido por duas coisas: suas 23 tatuagens do Elvis e roubar qualquer coisa que não estivesse trancafiada com parafusos de titânio. A última coisa que Kelvin soubera era que Ronnie estava cumprindo cinco anos em Coldwater sob a acusação de invasão. Tinha roubado uma marina ou algo assim. Isso foi depois de ele ferrar Beauregard por causa de um serviço.

Bug não tinha ficado contente.

Então Kelvin nem podia imaginar por que diabos Ronnie queria ficar a menos de trinta metros de Bug, que dirá dizer a ele que estava de volta à cidade. Talvez o sujeito tivesse fetiche de ser obrigado a engolir os próprios dentes.

— Beleza, eu falo pra ele — disse Kelvin. O irmão de Ronnie assentiu depressa e se virou para voltar até o carro. Ele parou no meio do caminho e se virou de novo.

— Ei, você por acaso não tem nada pra vender aí? — perguntou ele.

— Por que você acha que eu teria? Porque eu sou preto? — perguntou Kelvin.

O homem franziu a testa.

— Não. É só que quase todo mundo em Red Hill faz isso. Só estou perguntando mesmo — falou ele, que entrou no carro e bateu a porta. Tentou virar os pneus no cascalho, mas o carro morreu. Ele o ligou de novo e saiu com cuidado da vaga.

Kelvin riu. Ele acionou o botão de subir do elevador e ergueu a caminhonete do Shane até conseguir andar embaixo dela sem se curvar.

— Saiu cantando pneu achando que eu ofendi ele. Esses filhos da puta estão sempre procurando um motivo pra se sentirem desrespeitados — murmurou ele, começando a examinar o chassi da caminhonete.

A Casa de Repouso Lake Castor se esforçava muito para não parecer um asilo. A fachada do prédio tinha um pórtico de tijolo todo elaborado que encobria as portas automáticas da entrada. Arbustos de buxeiro de um verde exuberante que pareciam aparados a laser alinhavam-se à calçada como vigias verdejantes. A garagem de tijolo tinha um par de contrafortes suspensos em cada extremidade. O local todo parecia mais uma pequena faculdade administrada por um coletivo de ex-alunos decente do que um asilo. Beauregard passou pelas portas automáticas e foi atingido em cheio pelo odor pungente de urina. Toda aquela arquitetura elegante não podia fazer nada a respeito do cheiro de mijo.

Uma recepcionista loura sorriu para ele quando ele entrou no prédio. Ele não retribuiu.

— Olá, senhor, posso ajudar? — perguntou ela.

— Eu vim ver a sra. Talbot — respondeu ele sem diminuir o passo.

Beauregard conhecia muito bem o escritório da coordenadora dos pacientes. Esperava que, ao pôr a mãe em uma casa de repouso, sua vida fosse ficar um pouquinho mais fácil. Ela podia berrar com os funcionários da equipe por não colocarem sua bebida em cima do porta-copos ou por limparem sua bunda com força demais. O fato de que ela tinha só um porta-copos ou que suas hemorroidas estavam inflamadas nunca parecia passar pela cabeça dela. Colocá-la no asilo a deixara mais cruel ainda, o que, por sua vez, tornara a vida dele mais difícil. Nos dois anos em que ela estivera na Lake Castor, ele tinha sido chamado para reuniões de ação corretiva pelo menos umas trinta vezes.

Ella Montage não era uma paciente exemplar.

No começo, ele tinha amenizado as coisas com um pagamento extra aqui ou doando algum equipamento ali. Em alguns casos, ele até entregou pessoalmente ao administrador um envelope. O dinheiro estava entrando, e ele ainda tinha algumas economias dos serviços de que participara. Esses dias tinham ficado para trás fazia muito tempo. Ele ponderou se aquele seria o dia em que eles finalmente botariam sua mãe para fora naquela calçada agradável e lhe diriam para levá-la embora. Ele já podia ver o administrador dizendo a ele que ela não precisava ir para casa, mas que ela tinha que dar o fora dali.

Ele bateu na porta da sra. Talbot e depois deu uma olhada em seu relógio. Era quase meio-dia. Kelvin provavelmente já estava no trabalho, mas os dois tinham que trabalhar no transmissor de Lulu.

— Por favor, entre — disse a sra. Talbot. Beauregard obedeceu.

A mulher esguia e arrumada estava sentada diante de uma mesa com tampo de vidro. Tinha o cabelo preso em um coque austero e um par de hashis decorativos se projetava na parte de trás da cabeça. Ela se levantou e estendeu a mão.

— Sr. Montage.

Beauregard segurou a mão dela de leve e a balançou.

— Sra. Talbot.

Ela gesticulou na direção da cadeira, e Beauregard se sentou. Ele se deu conta de quantas vezes sua vida mudara depois de se sentar em frente à mesa de alguém.

— Sr. Montage, fico feliz que tenha conseguido vir hoje para discutir essa questão — falou a sra. Talbot.

— Pelo jeito que a senhora falou não me pareceu que eu tinha muita escolha.

A sra. Talbot apertou os lábios.

— Sr. Montage, vou direto ao assunto. Há uma discrepância em relação à cobertura do programa de saúde social da sua mãe.

— Não, não tem — disse ele.

A sra. Talbot piscou algumas vezes.

— Perdão? — falou ela.

Beauregard se mexeu na cadeira.

— A senhora disse que há uma discrepância. Isso faz parecer que algumas contas não estão batendo. O programa de saúde social da minha mãe não tem nenhuma discrepância. Tem alguma coisa errada com a cobertura dela? — perguntou ele.

O rosto da sra. Talbot ficou vermelho, e ela se inclinou para a frente na cadeira. Beauregard sabia que estava parecendo um babaca, mas não tinha gostado da forma como ela colocara a situação. A sra. Talbot não gostava da mãe dele, e Beauregard não podia culpá-la. Ao mesmo tempo, não havia necessidade de fazer parecer que sua mãe era uma ladra. Cruel, insensível, manipuladora, sim. Ladra, não. Quem tinha a coroa dos ladrões da família Montage eram os homens.

— Perdão, não escolhi bem as palavras. Deixe-me reformular. Sua mãe mantinha uma apólice de seguro de vida que ela não declarou quando entrou na instituição, o que a coloca agora acima do limite de renda que o programa cobre — explicou a sra. Talbot.

A boca de Beauregard ficou seca.

— Ela não pode simplesmente cancelar? Ou sacar?

A sra. Talbot comprimiu os lábios outra vez.

— Bom, ela pode fazer um saque, mas de apenas 15 mil dólares. A discrep... quer dizer, o equívoco foi notado pelo programa de saúde dois meses atrás. Eles pararam de subsidiar o tratamento dela na mesma hora. No caso, ela tem um saldo pendente de... — Ela tocou em um tablet em cima da mesa. — De 48.360 dólares. Ela pode sacar, mas ainda ficaria devendo...

— Trinta e três mil e trezentos e sessenta dólares — completou Beauregard.

A sra. Talbot piscou com força.

— Sim. A instituição está solicitando que o pagamento seja feito até o fim do próximo mês. Se você e sua família não puderem encontrar uma forma de pagar a dívida pendente, a sra. Montage terá que deixar a instituição. Sinto muito — disse ela. Para Beauregard, ela não parecia sentir muito. Ela parecia bem satisfeita.

— Você sabe dizer se minha mãe concordou em cancelar a apólice? — perguntou ele. Sua boca estava tão seca que a sensação era de que ia cuspir areia.

— Ela foi informada da situação, mas insistiu que isso é uma herança para os netos — respondeu a sra. Talbot.

Suas sobrancelhas arqueadas disseram a ele que ela acreditava naquilo tanto quanto ele. Sua mãe apenas tolerava os netos. Não, essa apólice significava puro controle. Sua mãe adorava estar no controle. Fosse por não permitir que ele tirasse a habilitação, a menos que terminasse com a mãe de Ariel, fosse por se agarrar a uma apólice de seguro de vida, Ella Montage gostava de tirar vantagem. Ela podia citar a Bíblia de vez em quando, mas sua religião era essa.

— Me deixa falar com ela. Pode imprimir pra mim a data em que o dinheiro tem que ser pago? Eu pego antes de ir embora — pediu ele.

— Com certeza, sr. Montage. Se quiser, também posso imprimir para o senhor uma lista de instituições próximas e suas listas de espera.

— Tá, certo — respondeu ele. Ele não precisava ver uma lista de outros lugares. Se a mãe fosse expulsa dali, provavelmente estaria morta antes de conseguir um leito vago em outro lugar.

Beauregard se levantou e se dirigiu ao quarto da mãe. Andando pelo corredor, ele pensou no que Boonie dissera. Uma morte silenciosa e digna em um daqueles quartos pouco iluminados não parecia uma ideia tão ruim. Isto é, até você perceber que nenhuma morte é digna. É um processo complicado. O Ceifador vem sorrateiro atrás de você e te espreme até que sua fralda geriátrica esteja cheia de merda e uma artéria exploda em seu peito. Ele enfia os dedos esqueléticos em suas vísceras e faz suas próprias células devorarem você vivo por dentro. Ele fode a sua cabeça até seu cérebro virar do avesso e você esquecer até de como respirar. Ele guia a mão de um homem que você prejudicou e aponta a arma dele para a sua cara. Não há dignidade na morte. Beauregard já tinha visto um bocado de gente morrer para entender isso. Havia só medo, confusão e dor.

A porta do quarto da mãe estava escancarada. Uma auxiliar de enfermagem estava perto da cama. Ele ouviu em alto e bom som a voz rouca de fumante da mãe. A auxiliar também e, a julgar pela tensão no pescoço e nos ombros dela, não gostava do que ouvia.

— Estou apertando o botão para "chamar" faz 45 minutos. E vocês, garotas, estão aí, com o nariz enterrado no celular, enquanto estou sentada no mijo. Eu me mijei. Você sabe qual é a sensação? Entende isso? Estou sentada aqui em uma poça de mijo. — Ela parou e inspirou profundamente o oxigênio pela cânula nasal. — Não, você não entende, mas não se preocupe, um dia vai entender. Vocês são todas bonitinhas e lindinhas agora, mas um dia vão estar aqui como eu, e espero que alguém deixe você sentada no seu próprio mijo como se suas partes íntimas estivessem em um ensopado — disse ela.

— Perdão, sra. Montage. Estamos com a equipe bem reduzida hoje — explicou a auxiliar. Ela parecia sincera. E isso foi um erro. Ella era como uma leoa do Serengeti. Podia sentir a fraqueza alheia.

— Ah, me desculpe, menina. Vocês estão com a equipe reduzida. Vou tentar morrer mais quieta — respondeu Ella.

A auxiliar engoliu o desaforo fazendo um ruído sufocado e saiu furiosa do quarto. Ela passou por Beauregard murmurando para si. Ele pescou as palavras "infeliz" e "bruxa".

— Oi, mãe — disse Beauregard. Ele deu um passo e entrou no quarto.

Ella deu uma olhada gentil e rápida no filho de cima a baixo.

— Você está emagrecendo. Sempre achei que aquela garota não sabia cozinhar — disse ela.

— Kia cozinha bem, mãe. Como você está?

— Rá! Estou morrendo. Tirando isso, estou ótima.

Beauregard entrou um pouco mais no quarto.

— Você não vai a lugar algum — falou ele.

— Pega meu cigarro naquela gaveta — disse ela.

— Mãe, você não precisa do cigarro. Não acabou de dizer que está morrendo?

— É, então um cigarrinho não vai fazer mal.

— Você tem fumado com o oxigênio ligado? Sabe que pode explodir esse lugar, né? — perguntou Beauregard.

A mãe dele deu de ombros.

— Provavelmente vou estar fazendo um favor à maioria das pessoas daqui — respondeu ela.

Beauregard teve que rir. Era isso que tinha de especial em sua mãe. Ela podia ser uma manipuladora emocional em um momento e no outro fazer você gargalhar. Era como levar uma tortada na cara com um cadeado no meio. Quando ele era pequeno, ela combinava aquela sagacidade mordaz com a aparência para conseguir o que quisesse. Todas as crianças achavam a própria mãe bonita, mas Beauregard tinha percebido desde bem cedo que outras pessoas também achavam a mãe dele bonita. O cabelo comprido e preto, como uma mancha de óleo, descia por suas costas até a cintura. A pele cor de café com muito creme revelava a história de sua ancestralidade diversa. As íris de um cinza-claro davam aos olhos amendoados uma aparência de outro mundo.

Os caixas sempre pareciam dar um troco a mais se ela estivesse sem grana no mercado. Os policiais sempre pareciam dar apenas uma advertência, mesmo que ela estivesse na velocidade da luz em área escolar. As pessoas sempre pareciam fazer o que Ella Montage as mandasse fazer. Mesmo que ela mandasse todas irem se foder. Todo mundo, menos o pai dele. Uma vez, ela dissera ao filho que o pai dele tinha sido o único homem a colocá-la em seu lugar.

— Eu o amava por isso. E também odiava — dizia ela, entre as baforadas de seu onipresente cigarro More marrom-escuro.

Ele se lembrava de ficar sentado no colo da mãe enquanto ela lhe contava várias vezes como eles tinham se conhecido. Nunca contaram para ele contos de fada na infância. Ele ouvia épicos de *Sturm und Drang* com noites de volúpia no campo como pano de fundo. Ele finalmente acabou percebendo que a mãe via aquilo como um tipo estranho de terapia. Ela tinha o próprio psicólogo cativo de oito anos de idade.

O câncer e os tratamentos tinham levado primeiro seu cabelo. Ela usava um lenço preto agora. Depois envelheceram sua pele. O estoma na garganta o encarava como se fosse a boca de um parasita estranho. Uma lampreia que tentava rastejar para fora do pescoço dela. Apenas os olhos cinzentos tinham ficado intactos. Tão claros que às vezes pareciam azuis. Olhos astutos que nunca esqueciam nada do que viam. E também nunca deixavam ninguém esquecer.

— Mãe, por que não me contou sobre a apólice?

Ella o olhou com frieza.

— Porque não era da sua conta.

Ella estendeu o braço fino na direção da gaveta ao lado de sua cama e puxou um maço de cigarros e um isqueiro. Acendeu um e tragou profundamente. Um fiapo de fumaça vazou pelo buraco na garganta e envolveu sua cabeça como uma auréola suja. Beauregard esfregou o rosto com a mão. Um suspiro profundo escapou de sua boca.

— Mãe, essa apólice conta como patrimônio. Esse patrimônio é um problema pro seu programa de saúde social. Agora você está em dívida com a casa de repouso. Tá entendendo? Estão falando de expulsar você daqui — disse ele.

— E você e a Pequena Miss Bunduda não me querem sujando sua casa móvel chique, não é? Sabia que ela nunca traz os meninos pra me visitar? Já vi mais a Ariel do que o Darren e o Javon, e a mãe dela nem gosta mais de preto — disse Ella. Beauregard pegou uma cadeira de metal em um canto e sentou perto da cama da mãe.

— Isso não é só culpa da Kia. Nós dois andamos muito ocupados mesmo, e sinto muito por isso. Olha, mãe, você sabe que eu te convidei pra morar com a gente quando você ficou doente. Você falou que não. Disse que não queria viver sob o meu teto e minhas regras. "Ia parecer o quê? Uma mãe deixando que o filho mande nela?" Lembra que você disse isso? Só que agora... você precisa de muito mais ajuda agora. Mais do que eu posso dar. — Ele esticou a mão e tocou a mão livre da mãe. A pele parecia papel crepom. Ella deu mais um trago no cigarro e pôs a mão no colo.

— Você convidou, mas não foi de coração — respondeu. Sua voz era um rangido baixo e incisivo. Beauregard encostou na cadeira e ergueu os olhos para o revestimento acústico do teto. Ele já percorrera essa estrada em particular milhares de vezes ao longo dos anos. Não precisava de um mapa ou uma sinalização para saber aonde ia dar.

— Mãe, a gente vai ter que se livrar da apólice. Não dá pra evitar isso, porque você não tem mais pra onde ir — disse Beauregard. Ella deu mais um trago profundo e demorado no cigarro.

— Se seu pai estivesse aqui, eu não precisaria estar em uma casa de repouso. Se ele não tivesse me deixado quando mais precisei dele, eu não estaria aqui, sentada no meu mijo. Eu estaria na minha própria casa com meu próprio marido. Mas, quando se trata de assumir responsabilidades, nós dois sabemos que Anthony Montage não servia para porcaria nenhuma, não é mesmo? — perguntou Ella. Beauregard deixou a pergunta no ar entre os dois.

— Ele me abandonou também, mãe — disse ele. Seu tom grave de barítono descera quatro oitavas. As palavras pareciam sair de seu peito, não da boca. Se Ella o ouviu, não estava no clima de demonstrar.

— Ele nunca deveria ter me deixado. Preto safado maldito. Ele me prometeu que sempre ia cuidar de mim — murmurou Ella. Beauregard viu os olhos dela começarem a brilhar. Ele se levantou e pôs a cadeira no lugar.

— Preciso ir, mãe — falou ele. Ella acenou com o cigarro na direção da porta.

Beauregard saiu do quarto, andou pelo corredor e deixou a casa de repouso. Ele teria que perguntar à sra. Talbot como a mãe estava conseguindo cigarro. Ele não aguentava vê-la fumar. Não que o deixasse revoltado. Ele só não suportava vê-la fazer isso consigo mesma. Tinha ficado mais perturbado com os olhos dela cheios de lágrimas. Podia contar nos dedos de uma mão quantas vezes vira a mãe chorar. Ela desistira das lágrimas com a mesma parcimônia com que fazia elogios. Se ela lacrimejou, era por estar sofrendo muito, quer espiritualmente, quer fisicamente, ou ambos. Ella Montage não era uma mulher fácil de amar, mas encarar a realidade da fragilidade dela o sensibilizou em lugares que eram delicados e amedrontados. Era como se alguém tivesse lhe dado um tiro na barriga e depois enfiado o polegar no buraco.

Quando chegou à oficina, já estava na hora do almoço. Kelvin estava sentado na mesa comendo um cheeseburguer com o rádio nas alturas. Uma música do Steve Wonder saía pelos alto-falantes avariados. Kelvin estava com os pés em cima da mesa enquanto balançava a cabeça no ritmo da música.

— Tira os pés da mesa — falou Beauregard ao entrar no escritório.

— Ora, ora, olha só quem deu as caras. Achei que eu podia botar os pés em cima da mesa já que eu fui o único funcionário que trabalhou de verdade por hoje — disse ele entre uma mordida e outra. Quando Beauregard não riu, ele desceu os pés e pôs o sanduíche na mesa. — Ei, tá tudo bem?

— Acabei de conversar com a minha mãe — respondeu Beauregard.

Kelvin respirou fundo.

— Eita, cara. E a tia Ella foi aquela pessoa maravilhosa de sempre?

Beauregard pegou uma cerveja no frigobar. Embora tivesse repreendido Boonie por beber durante o dia, ele precisava de alguma coisa depois de lidar com a mãe.

— Rolou uma confusão com o seguro dela, e talvez expulsem minha mãe da casa. A menos que eu pague — contou Beauregard. A cabeça dele começava a latejar.

— Você foi... hum... ver o Boonie? — perguntou Kelvin.

— Fui. Ele não tem nada. Então voltei à estaca zero. Não, na verdade, é pior, porque eu tenho que pagar a casa de repouso — falou Beauregard. Ele matou metade da cerveja em um gole só.

— Essa é uma das vantagens de se ter o próprio negócio. Cerveja no almoço — falou Kelvin.

Beauregard riu.

— Eu vi que você colocou a caminhonete do Shane no elevador. Qual é o problema? — perguntou ele.

— A porra da coifa homocinética. Eu estava torcendo pra que fosse a cremalheira. Não esquenta, eu já consertei — falou Kelvin.

Beauregard terminou a cerveja.

— Beleza, vamos ver esse maldito transmissor — falou ele, e jogou a garrafa no lixo.

— Ah, olha, um cara apareceu dizendo que o Ronnie Sessions estava te procurando. Acho que era o irmão do Ronnie. Ele nunca te explicou direito o que rolou naquele lance com o cavalo, né? — perguntou Kelvin.

Beauregard suspirou. Ele vinha suspirando demais nos últimos dias.

— Não, nunca.

A porra do Ronnie Sessions. O cabeça por trás do que Bug gostava de pensar como a Porra do Serviço com o Cavalo.

Ronnie tinha abordado Beauregard em uma noite no País das Maravilhas. Do jeito que Ronnie contara, um criador de cavalo ricaço em Fairfax estava vendendo um puro-sangue jovem e saudável para um treinador famoso de Kentucky.

Um dos peões no rancho do criador estava comprando oxicodona do primo de Ronnie e abriu o bico enquanto jogava conversa fora durante uma transação. Ronnie se aproximou sorrateiro de Beauregard para que ele o ajudasse a roubar o cavalo e vendê-lo para outro treinador na Carolina do Sul, que ia botar o animal para se reproduzir. Beauregard topou o serviço e então começou a planejá-lo porque, como Ronnie dissera, ele era um homem de ideias. Beauregard era o cara dos detalhes. Ele foi até Fairfax e observou a fazenda do criador, a carreta para cavalos, o engate da carreta, o peso do cavalo, tudo. Ele acabou construindo uma réplica perfeita da carreta, até mesmo a mossa do tamanho de um punho que ficava do lado direito. Ele pôs sacos de areia na carreta que equivaliam ao peso do cavalo. Quando os rapazes que traziam a carreta a reboque pararam para comer algo no restaurante de sempre durante o transporte de um cavalo para o criador, Beauregard e Ronnie já estavam aguardando. Os sujeitos pararam na parte de trás do restaurante e entraram. Beauregard e Ronnie estacionaram ao lado deles com sua carreta falsa coberta por uma lona. Sob a fraca iluminação das lâmpadas no estacionamento do restaurante, Beauregard e Ronnie trocaram as carretas. Passava da meia-noite quando, no meio do nada em Roanoke Valley, eles saíram do estacionamento e pegaram a interestadual rumo à Carolina do Sul.

— Caralho, não é que isso funcionou igualzinho a uma mágica?! — tinha dito Ronnie quando eles entraram na interestadual 85.

Infelizmente, o que Beauregard não sabia, o que ninguém sabia — a não ser o criador e seu veterinário — era que o cavalo tinha uma doença bem grave. Uma doença que precisava de certo tipo de medicamento. Um medicamento que estava no bolso de um dos rapazes que eles tinham deixado para trás no restaurante. Rich Man's Folly estava morto como John Dillinger quando Ronnie e Beauregard chegaram à Carolina do Sul.

Beauregard não tinha ficado nada satisfeito.

— Não tenho nada pra conversar com o Ronnie Sessions — falou ele. Era uma frase simples, mas Kelvin sentiu o peso da intenção sinistra que vinha agarrada nela como uma sombra.

Quando terminaram de resolver a questão do transmissor, o calor na oficina tinha atingido um nível saariano. Os dois estavam encharcados de suor apesar do ar-condicionado estar funcionando a todo vapor. Beauregard tinha estourado um dos nós dos dedos da mão direita depois que deixou cair uma chave soquete. Kelvin enxugava o rosto com uma flanela vermelha. O cheiro enjoativo e doce do fluido do transmissor estava tão impregnado no nariz de Beauregard que parecia contaminar seu cérebro. Kelvin deu uma olhada no relógio.

— Merda, são quase cinco da tarde. Chega por hoje? Aquele conversor de torque tá todo fodido mesmo — disse ele.

— Chega, mas a gente tem que chegar cedo amanhã. Quero liberar os dois carros logo pra gente receber. Estou devendo uma grana pra Snap-on e a conta de luz está duas semanas atrasada — falou Beauregard.

— Cara, você já se sentiu como o Jean Valjean? — perguntou Kelvin. Beauregard estreitou os olhos para ele. — A Cynthia gosta desse filme. Enfim, vou nessa. Até amanhã.

Beauregard pegou a própria flanela e começou a limpar as mãos. Ele só conseguiu espalhar a sujeira e a graxa ainda mais. Kelvin foi até a porta. No meio do caminho, ele parou.

— Ei, Bug. A gente vai ficar bem. Você vai dar um jeito. Você sempre dá — falou Kelvin.

— É. Até amanhã — respondeu Beauregard.

Depois que o primo foi embora, ele começou a fechar a oficina. Apagou todas as luzes, menos a do escritório. Baixou as portas de enrolar e desligou o compressor de ar e o exaustor do teto. Voltando para o escritório, parou ao lado do Duster. Ele passou a mão no capô. O metal estava quente, como se estivesse vivo. O pai dele tinha deixado o carro na casa da própria mãe quando foi para o Oeste. O automóvel ficara no quintal durante cinco anos enquanto Beauregard estava detido como menor infrator. Quando ele saiu, a avó Dora Montage lhe entregara as chaves e o documento.

— Sua mãe queria vender ele por uma merreca pro Bartholomew. Eu não deixei. O carro pode estar no nome dela, mas ele pertence a você — dissera ela.

Beauregard se lembrava de como estranhara ao ouvir o nome de batismo de Boonie. Deu a volta pela frente do carro e sentou no banco do motorista. Ele passou a mão no volante.

Seu pai estava morto. Ele tinha certeza disso agora. Provavelmente enterrado como indigente ou esquartejado ou jogado num rio pelo mesmo tipo de homem para quem ele trabalhara como motorista. Só mais um serviço para os assassinos que não estavam nem aí para o fato de ele ter um filho que amava as piadas ruins dele. Anthony Montage sempre parecera um cara cheio de vida, e era difícil aceitar que ele estava morto. Beauregard não tinha dúvida de que, se o pai estivesse vivo, a essa altura já teria voltado. A maioria dos caras da área que o queriam morto já estavam presos ou enterrados. Quando o pai não apareceu no funeral da vó Dora, Beauregard finalmente acreditou que ele tinha partido. Kia queria que ele vendesse o Duster. Provavelmente daria para conseguir pelo menos 25 mil dólares se desse um jeito na pintura. Isso nunca ia acontecer. Ela não entendia que o Duster era a lápide de seu pai. Beauregard apoiou a cabeça no volante e ficou assim por um bom tempo.

Por fim, ele desceu do carro, apagou a luz do escritório e já estava indo para casa. Tinha esquecido de ligar para Kia. Ele telefonou enquanto saía com o carro do estacionamento. Ela atendeu no primeiro toque.

— Oi, desculpa não ter ligado no seu almoço. Mas a gente fechou um pouco mais cedo, então estou indo buscar os meninos — falou ele.

— Eles não me deixaram dobrar o turno. Na verdade, eles me mandaram um pouco mais cedo pra casa, então já peguei os meninos. Estamos em casa — disse ela. Houve uma pausa. — Beau, tem uns caras aqui. Estavam esperando quando a gente chegou. Falaram que são seus amigos. Mandei eles esperarem na varanda.

Beauregard segurou o volante com tanta força que sua mão até doeu.

— Como eles são? — perguntou ele. Sentiu sua língua áspera e estranha na boca.

— Brancos. Um tem cabelo castanho comprido. O outro tem um monte de tatuagem do Elvis pelo braço todo — respondeu ela.

A visão de Beauregard ficou embaçada por um momento. Ele agarrou o volante com mais força ainda.

— Tá legal. Chego aí em uns dez minutos.

— Quer que eu fale que você está vindo? Eu disse que você só chegaria umas sete. Eles falaram que iam esperar.

— Não. Eu falo com eles quando chegar. Dá alguma coisa pros meninos comerem, e daqui a pouco estou aí — disse ele.

— Tá bem. Te amo.

— Também te amo — ele balbuciou. Desligou o telefone e o colocou no porta-copos.

Beauregard parou no cruzamento da Town Road com a rodovia John Byrd. Esticou a mão e abriu o porta-luvas. Não havia nenhum carro atrás do seu e apenas alguns passavam por ele na outra faixa diante da placa de "pare". No porta-luvas, jazia quieta como uma pedra uma Smith & Wesson calibre .45 semiautomática. Beauregard vasculhou o compartimento e achou o pente. Ele pegou a arma e o pente e o inseriu no lugar certo. Ele conseguira uma licença de porte escondido quando abriu a oficina. Naquela época, muita gente pagava ele em dinheiro.

Beauregard pensou no cenário clichê dos filmes policiais onde o personagem principal que tinha saído dessa "vida" enterra suas armas sob vários quilos de concreto só para ter que cavar tudo de novo quando os inimigos batem à porta.

Ele compreendia que esse simbolismo era apelativo para os diretores. Só que não era real. Você nunca saía totalmente dessa vida. Sempre ficava olhando por cima do ombro. Sempre tinha uma arma à mão, não a enterrava debaixo de cimento no seu porão. Ter uma arma por perto era a única maneira de fingir relaxar. Ele tinha uma arma em cada cômodo da casa. Eram como boas amigas que estavam sempre a postos para fazer algo ruim.

Beauregard não sabia por que Ronnie Sessions viera bater em sua porta, mas ele ia fazer seus amigos sr. Smith e sr. Wesson perguntarem a ele.

Quatro

Beauregard viu um Toyota azul desbotado parado atrás do Honda de Kia enquanto estacionava a caminhonete. Ele colocou a .45 no cós da calça perto da lombar. Sentia na pele a coronha do revólver e o padrão texturizado de seu punho. Desceu do carro e andou em direção à casa. Dois homens estavam sentados em cadeiras de plástico brancas dispostas na varanda. Ele não reconheceu o que tinha cabelo comprido e concluiu que era o irmão de Ronnie. Os dois se levantaram quando o viram se aproximando. Ronnie desceu da varanda primeiro e estendeu a mão.

— Beau, caramba, como é que você tá, cara? Quanto tempo — disse ele.

Era quase tão alto quanto Beau, o que significava mais ou menos 1,75 metro de altura. Era magro, mas definido. As veias saltavam na pele de seu antebraço e bíceps esquerdos. O braço direito era fechado das mãos até o ombro. A tatuagem era uma linha do tempo da história de Elvis Presley. No ombro, havia imagens de Elvis em um blazer dourado. No bíceps e no tríceps, havia diversos Elvis dos anos 1960. O antebraço era o Elvis gordo espremido no macacão branco com lantejoulas usando um colar de flores polinésio. As imagens continuavam até chegar às costas da mão. Lá, totalmente colorido, havia um Elvis com auréola e asas. Anjo Elvis. Ronnie usava uma camiseta preta com as mangas cortadas. Beauregard só o havia visto usando isso, não importava se fizesse -15°C ou 40°C. Ficava imaginando se o sujeito tinha alguma blusa com manga.

Beauregard apertou a mão esquerda de Ronnie com a direita. Ao mesmo tempo, pôs a outra mão para trás, puxou a .45 do cós e encostou o cano da arma na barriga de Ronnie.

— Por que você está na minha casa? Meus filhos estão aí. Minha mulher. Por que veio até aqui? Não temos nada pra conversar, então você vai embora agora — disse ele. Falou baixinho para que só Ronnie pudesse ouvir. O irmão estava no segundo degrau da varanda, onde não dava para escutar.

— Ei, calma aí, Beau, eu não quis desrespeitar você. Cacete, cara — respondeu Ronnie. Seus olhos azuis estavam arregalados. O cavanhaque preto agora estava mais grisalho do que Beau se lembrava. As têmporas tinham embranquecido também, dando a ele uma aparência de um George Clooney caipira.

— Vai embora, Ronnie. Não quero que a minha família me veja espalhar suas tripas pela entrada. Como foi que você descobriu onde eu moro? — perguntou Beauregard.

— Marshall Hanson me contou onde você estava. Olha, cara, eu não sabia que a porra do cavalo tinha diabetes ou o que quer que fosse — disse Ronnie.

— Mas você devia saber, Ronnie. Esse é o problema. Agora vai embora.

— Beau, espera um pouco.

— Meus filhos estão aqui. Meus filhos, Ronnie. O que a gente fazia não tem nada a ver com eles. Eu não trago essas merdas pra perto dos meus filhos.

— Qual é, Beau? Só me escuta.

Beauregard apertou o cano da arma na barriga de Ronnie. O sujeito estremeceu.

— Fiquei sabendo de um serviço, Beau. Dos grandes. Um que vai deixar a gente tranquilo por um bom tempo. Tempo pra cacete — disse ele.

Beauregard aliviou só um pouco a pressão da arma. O suor escorreu pelos olhos dele. O sol estava quase se pondo, e o calor ainda não tinha dado uma trégua. Sua sensação era a de estar dentro de um forno. Beauregard olhou por cima do ombro de Ronnie e viu Kia espiando pela janela da frente. A janela da casa deles. Ele se lembrou do dia em que a empresa tinha trazido a casa móvel. Ele e Kia ficaram de mãos dadas enquanto observavam a equipe firmar o trailer em cima dos blocos de concreto.

Beauregard afastou a arma da barriga de Ronnie. Ele apertou a trava de segurança com o polegar e soltou a mão de Ronnie.

— Que tipo de serviço? — perguntou Beauregard.

As palavras tinham um gosto azedo em sua boca. Só o fato de já estar considerando aquela idiotice ainda que por um instante lhe mostrou como ele estava numa sinuca de bico.

— Você pode guardar a arma pra gente conversar? Você vai gostar do que eu tenho pra dizer — falou Ronnie.

Beauregard afrouxou um pouco mais.

— Qual é, pelo menos me escuta. Porque eu preciso de você, cara. Preciso do Bug.

Beauregard guardou a arma de novo no cós da calça. Olhou outra vez por cima do ombro de Ronnie. Kia não estava mais lá.

— Me encontra na minha oficina em meia hora — falou ele.

— Beleza, beleza, essa é a boa, cara. Você não vai se arrepender — disse Ronnie. Ele gesticulou para o irmão, que correu até o carro e saltou para dentro. Ronnie sentou no banco do carona. Beauregard foi até a janela dele e se agachou.

— Eu perdi 3.800 dólares. É o custo de reformar o trailer e do meu tempo. Então é melhor que a sua oferta compense isso antes de mais nada. E, Ronnie? Nunca mais volta aqui na minha casa. Vou te dar um tiro na próxima. Sem perguntas, só uma bala nas tripas — falou Beauregard e se levantou.

— Saquei, cara. Foi mal, é só que eu estou... ah, eu estou mesmo muito empolgado com essa parada. Você vai ter seu dinheiro de volta e mais. Eu sei que te devo uma, cara.

Beauregard não respondeu nada, então Ronnie cutucou o irmão no ombro.

— Vamos, Reggie — disse ele.

O Toyota deu ré no gramado e acelerou pela estrada de terra como um morcego saído do inferno.

Kia andava de um lado para outro, quase abrindo um buraco no chão. Beauregard passou pela sala de estar e se sentou à mesa da cozinha. Kia foi até lá e sentou-se de frente para ele.

— O que foi isso? — perguntou ela.

— Uns caras com um trabalho pra mim — disse ele.

— Que tipo de trabalho?

Ele pegou a mão dela e a envolveu entre os dedos.

— A casa de repouso ligou hoje. Falaram que minha mãe está devendo 48 mil dólares pra eles. Deu alguma coisa errada com o plano de saúde. Com tudo que está rolando, acho que eu devia ouvir o que eles têm a dizer.

— Não. NÃO. Por que sua mãe está devendo tanto dinheiro pra eles assim? Bug, não quero parecer má, mas isso é problema dela. A gente tem os nossos problemas — disse Kia.

— É por isso que eu quero ouvir os caras — respondeu ele. Kia puxou a mão para longe dele.

— Não. Não vou deixar você fazer isso. Não posso. Você tem ideia do que é deitar na cama esperando alguém ligar pra me dizer que eu tenho que ir reconhecer o seu corpo porque você foi morto em um serviço? É, o dinheiro é bom, mas não posso suportar você entrando aqui com uma bala no ombro e a cabeça cheia de vidro quebrado. Indo até o Boonie quando devia estar em um hospital.

Beauregard esticou a mão para fazer um carinho no rosto dela. Ela se encolheu, mas não recuou.

— A gente não tem escolha. Não estamos dando conta. Se for pra valer, essa parada pode desafogar a gente.

Kia respirou fundo, segurou por um instante e soltou um longo suspiro.

— Vende o Duster. Vale pelo menos uns 25 mil. Só Deus sabe o tanto de dinheiro que você já colocou nele.

— Você sabe que isso não é uma opção. — O tom de voz dele era baixo. Sombrio.

— Por quê? Porque era do seu pai? Eu não quero que você acabe como ele. Você se apega a esse carro como se ele fosse um santo ou coisa assim, quando todo mundo sabe que ele era um dedo-duro — disse Kia.

Beauregard parou de acariciar o rosto dela.

— Bug, desculpa. Eu não devia…

Beauregard esmurrou a mesa com força. Dois potes de geleia na outra ponta caíram e se espatifaram no chão.

— A porra do Duster não está à venda — disse ele. Então se levantou e saiu pela porta da frente pisando firme. A casa toda tremeu quando ele a bateu.

Ronnie e Reggie estavam sentados em frente à garagem quando ele chegou. Beauregard não falou com eles quando desceu da caminhonete. Foi até porta, destrancou-a e entrou. Eles entenderam a deixa depois de alguns minutos e o seguiram. Ele estava sentando atrás de sua mesa quando os dois chegaram ao escritório. Ronnie sentou e Reggie ficou apoiado no batente da porta.

— Fala — disse Beauregard.

— Cacete, direto ao ponto, hein? Beleza. Então, estou de rolo com uma gatinha. Ela mora em Cutter County, perto de Newsport News. Ela trabalha em uma joalheria. A gerente é uma sapatão que provavelmente tem um cintaralho maior que o meu pau e o seu juntos. Enfim, ela está tentando comer a Jenny. Esse é o nome da garota, Jenny. Então, numa noite umas semanas atrás, essa coladora de velcro levou a Jenny pra beber e soltou que a loja estava pra receber um carregamento de diamantes. Diamantes que não foram declarados. Jenny disse que ela estava falando em dar um dos diamantes pra ela. Sabe, porque ela está toda se querendo e tal. Agora essa é a hora que você pergunta de quanto estamos falando — disse Ronnie.

Beauregard tirou a arma do cós da calça e a colocou na mesa entre eles.

— De quanto estamos falando, Ronnie? — Seu tom era monótono.

Ronnie ignorou o aparente desinteresse. Ele sabia que as próximas palavras que ia dizer mudariam isso.

— Quinhentos mil dólares. Conheço um cara na capital que fala que vai nos dar por eles cinquenta centavos por cada dólar. Isso dá 250 mil divididos por três. Oitenta mil, Beau. Dá pra comprar muito óleo lubrificante.

— Dá 83.333,33 dólares. Minha parte ficaria 87.133,33 dólares. Você me deve isso, lembra? — falou Beauregard.

Ronnie fungou fundo.

— É, eu lembro.

Beauregard se inclinou para a frente e apoiou os cotovelos na mesa.

— Quantas pessoas sabem disso além de você, eu, Jenny, seu irmão ali atrás e o receptor? — perguntou ele.

Ronnie franziu a testa.

— Bom, o Quan sabe — respondeu.

— Quem é Quan?

— É o terceiro cara. Conheci ele no norte. Ele é bom nessa parada.

— Quando você vai tentar fazer isso? — Beauregard perguntou.

— Semana que vem — disse Ronnie, sem hesitar.

Beauregard se levantou, pegou uma cerveja no frigobar e se sentou de novo. Ele tirou a tampa na borda da mesa.

— Isso não vai dar certo. Semana que vem é 4 de Julho. O trânsito vai estar pesado pra cacete nas estradas. Além disso, o clima deve estar bom, uns 25 graus. Um monte de policial fica na rua nesse tempo. — Ele deu um longo gole e matou metade da garrafa. — Além disso, a gente precisa dar uma olhada. Planejar rotas. Ver a disposição da loja. Essas coisas — falou Beauregard.

— Então você tá pensando em quanto tempo? — perguntou Ronnie. Beauregard não lhe oferecera uma cerveja, mas ele queria uma. Muito mesmo.

— Pelo menos um mês. Depende da rota — respondeu Beauregard. Ele terminou de tomar a cerveja.

— Um mês? Não tem como. Eu preciso disso pra ontem, cara — falou Ronnie.

Beauregard jogou a garrafa na lata de lixo no canto.

— Viu só? É por isso que a porra do cavalo morreu. Você está sempre com pressa — disse ele. Ronnie não respondeu. Esfregou as palmas das mãos nas coxas. Ele forçou os calcanhares para baixo com os quadríceps definidos.

— Olha, cara, podemos chegar a um meio-termo e fazer em duas semanas? — perguntou ele.

— Eu não falei que estou dentro. Só estou falando o que você precisaria fazer.

Ronnie se recostou em sua cadeira até levantar os pés dianteiros dela do chão.

— Bug, eu tenho um cara que vai estar na capital no dia 26 e vai embora no fim do dia 31. Isso nos dá no máximo três semanas para a gente se preparar. E forçando muito. Isso tem que ser discreto e rápido. Como eu falei, a gente vai ser pago. Com dinheiro de verdade. Não a merda de um dinheiro de um assalto. Dólares de verdade. Mas temos que ser rápidos. Preciso de você nessa, cara. Não só porque eu te devo, mas porque você é o melhor. Nunca vi ninguém fazer o que você faz sobre quatro rodas na estrada — falou Ronnie.

— Eu não sou uma prostituta num estacionamento que você está tentando convencer a tirar a roupa, Ronnie. Estou ouvindo o que você tem a dizer. Sorte sua que estou fazendo isso.

— Tá legal, Bug. Já entendi. Só estou tentando ajudar. Parece que você está precisando.

— O que você quer dizer com isso? — perguntou Beauregard.

O jeito como ele o olhou fez as bolas de Ronnie se encolherem até as orelhas.

— Eu não quis dizer nada. Nada. Percebi que você só tá com dois carros nos elevadores, só isso — falou Ronnie. Beauregard observou o rosto dele. As bochechas estavam coradas com manchas vermelhas que subiam desde o pescoço. Seu pomo de adão saltava quando ele engolia em seco.

— Vou pensar — disse Beauregard.

— Beleza, então. Olha, vou te dar o número do celular do meu irmão. Quando se decidir, me liga.

— Arruma um telefone descartável e liga pra oficina amanhã por volta de meio-dia — falou Beauregard. Ronnie assentiu com a cabeça como se estivesse em uma palestra e se levantou.

— Olha, cara, não acha que eu não entendo o que você está fazendo aqui. Isso tá dentro da lei e não tem nada de errado. Eu só achei que eu podia dar uma ajudinha, só isso — falou Ronnie. Beauregard não disse nada. — Bom, a gente se fala amanhã, cara.

Ele passou por Reggie e foi até a porta.

— Reggie, a gente está indo embora — falou ele. Reggie deu um salto como se um demônio tivesse falado com ele.

— Ah, é — respondeu. Ele deslizou para fora do escritório e correu atrás do irmão.

Beauregard esperou até ouvir o carro deles ligar, então se levantou e apagou as luzes pela segunda vez no dia. Trancou tudo, pulou na caminhonete e tomou o rumo de casa. Estava passando pela Long Street Mart quando viu um Ford Mustang rosa parado no posto de gasolina. Ele pisou no freio com o pé esquerdo enquanto acelerava com o direito. Girou o volante para a direita e a caminhonete inteira fez uma curva de 180 graus. Ela entrou no estacionamento pela lateral, e ele deixou que ela deslizasse até ficar atrás do Mustang. Ele desceu da caminhonete e foi até o lado do motorista.

Ela não estava no carro. E isso não significava que o veículo estivesse vazio. Um jovem preto estava no banco do passageiro. Tinha tranças arrepiadas por toda a cabeça como se tivesse enfiado o dedo no soquete de uma lâmpada. Perto do olho esquerdo, tinha uma lágrima desenhada. Beauregard achou que as linhas eram muito bem-feitas para ter sido uma obra realizada na cadeia. Ele tinha feições delicadas e finas que as adolescentes adoravam e mulheres maduras evitavam como se fossem uma praga.

— O que você quer, coroa? — perguntou o garoto quando viu Beauregard.

— Cadê a Ariel? — perguntou ele de volta.

— Por que você tá querendo saber da minha mina, mano? — indagou o garoto.

— Porque eu sou o pai dela — respondeu Beauregard.

De início, as palavras pareceram não terem sido registradas. Depois de assimilá-las, o rosto do garoto se abriu em um sorriso largo e platinado.

— Ah, porra, cara, achei que você era um coroa tentando se dar bem com a minha mina. Foi mal, cara. Ela está toda linda ali na loja de conveniência — disse o garoto.

Beauregard achou que ele estava confortável demais falando sobre como Ariel estava linda.

— Qual é o seu nome? — perguntou ao garoto.

— Lil Rip.

— Não. Seu nome. Aquele que a sua mãe usa pra te chamar quando está nervosa com você.

O sorriso do garoto vacilou.

— William — respondeu ele.

— William. Prazer em te conhecer. Eu sou Beauregard. Trate bem a minha filha, beleza?

Ele se agachou e esticou a mão pela janela aberta do carro. Lil Rip ficou olhando por um instante antes de estender a própria mão. Beauregard a segurou e apertou o mais forte que podia. Anos apertando alicates, esticando correia e manuseando pinças de freio a disco garantiam que o aperto fosse bem firme. Lil Rip se encolheu. Seus lábios se abriram de leve e algumas gotas de saliva caíram de sua boca.

— Porque, se você não for, se ela me disser uma única vez que você está sendo desagradável, você e eu vamos ter problemas. E você não quer isso, quer... William? — perguntou Beauregard. Ele apertou mais forte ainda a mão de Lil Rip antes de finalmente soltar. Então se endireitou e entrou na loja sem aguardar uma resposta. Lil Rip flexionou a mão.

— Filho da puta maluco — disse, quando Beauregard já quase não podia ouvir.

Ariel estava em frente à geladeira de bebidas. Ela exibia um short jeans rasgado e uma regata preta que Beauregard achou que era pelo menos um tamanho menor. Seu cabelo preto acastanhado estava preso no alto da cabeça em um coque frouxo. Os genes da pele cor de chocolate amargo e os genes franceses e holandeses — brancos — da mãe dela tinham dado à jovem uma tez cor de caramelo. Seus olhos cinza-claros eram um presente da avó.

— Oi — disse ele.

Ela se virou, olhou rápido para ele e voltou-se outra vez para a geladeira.

— Oi — respondeu.

— Como o Mustang está se saindo?

— Eu estou dirigindo ele, então acho que está tudo certo — disse ela, e pegou um suco na geladeira.

— Conheci seu amigo. Lil Rip. Aquele com a tatuagem de lágrima — falou Beauregard.

— Não é tatuagem. Ele me pediu pra eu desenhar com meu delineador — respondeu ela. Ariel tirou um cacho perdido do rosto, cutucou o lábio inferior e soltou um suspiro. Era seu jeito de demonstrar que estava chateada com algo. Ele a vira fazer a mesma coisa no carro quando ele não deixava que ela comesse mais doce.

— Qual é o problema?

Ariel deu de ombros.

— Nada. Só me preparando pra formatura. Eu e outros cinco imbecis que não conseguiram se formar com o resto da turma.

— Você não é imbecil. Tinha muita coisa rolando — falou ele.

— É. Tipo minha mãe ser pega dirigindo bêbada pela terceira vez e destruindo meu carro. É óbvio que isso não era desculpa, de acordo com ela e a vovó — disse Ariel. Ela balançou a garrafa de suco com indiferença na mão esquerda.

— Não liga pra elas. Só se concentra na faculdade e em conseguir o diploma de contadora.

Ariel soltou o ar pelo lábio superior.

— O que foi? — perguntou Beauregard.

— Como eu só vou fazer 18 anos em janeiro, minha mãe também precisa assinar o meu empréstimo estudantil. Ela fala que não quer colocar o nome dela nessas coisas. Fala que eu devia fazer aula na J. Sargeant Reynolds e arrumar um emprego até janeiro — disse Ariel.

— Eu posso assinar pra você — falou Beauregard.

— Acho que a Kia não ia gostar muito, né? — perguntou Ariel. Ela pôs uma das mãos no quadril e continuou sacudindo a garrafa de suco. — Tudo bem. Eu vou arrumar um emprego no hospital, ou no Walmart, ou em qualquer lugar. Vou pra faculdade na primavera. — A linguagem corporal dela dizia que ela estava resignada com o fato de colocar a faculdade em modo de espera.

Mas ela não *parecia* resignada com essa ideia. Na verdade, parecia furiosa. Beauregard achou que ela estava prestes a explodir com ele. A sensação dele era que a conversa estava à beira de uma briga clichê. Ela começaria a gritar com ele sobre por que ele não fizera mais por ela. Perguntaria por que ele não a levara embora e a criara em sua casa. Ele diria que tinha apenas 17 anos e que havia acabado de sair do centro de detenção para menores quando a mãe dela engravidou. Ele se preparou para absorver qualquer coisa que saísse da boca de sua filha. Ele merecia. Ariel merecia um pai e uma mãe melhores. Ela não merecia um pai que mal conseguia o mínimo para viver. Não merecia uma mãe que tomasse comprimidos de oxicodona como se fossem balinhas e os mandasse para dentro com vodca. Não merecia uma avó que olhava sua pele caramelo e aumentava o volume da Fox News enquanto tentava fingir que a neta não era metade negra.

Ariel não gritou com ele. Não perguntou nada. Apenas deu de ombros.

— É isso, eu acho. Tenho que levar o Rip pro trabalho.

Beauregard deu um passo para o lado. Queria pedir um abraço. Envolver a filha nos braços e dizer que sentia muito por não ter sido mais forte. Queria se desculpar por não a ter tirado do ninho de cobras que era aquela casa. Contar a ela que, toda vez que saía para fazer um serviço, ele dava à mãe dela metade do que ganhava. Dizer que ele lutara por ela, que era por causa dele que o tio Chad mancava. Puxá-la para perto e sussurrar no ouvido da filha que a avó dela tinha entrado com uma ordem de restrição para mantê-lo afastado. Sem aceitar nem mesmo pensão alimentícia. Contar que, assim que casou, ele entrou com um pedido de custódia, mas o juiz olhou para ele e rejeitou o caso. Apertá-la forte e dizer que a amava tanto quanto amava Darren e Javon. Ele queria dizer todas essas coisas. Já queria dizê-las fazia um bom tempo. Mas não o fez. Mas explicações são que nem bunda: cada um tem a sua, e são todas cheias de merda.

— Beleza, então. Me avise se tiver qualquer problema com o Mustang — disse ele.

Ariel balançou a cabeça.

— Até mais — disse ela.

Ele a observou ir até o balcão, pagar a bebida e a gasolina e sair da loja. Enquanto ela andava pelo estacionamento, era como se ele assistisse a um filme com time-lapse de trás para frente. Ela tinha 16 anos, então 12, depois cinco. Quando ela chegou ao carro, ele já a via em seus braços logo depois que ela nasceu. As mãozinhas cerradas como se estivesse pronta para lutar. Uma luta que ela estava destinada a perder porque o jogo era manipulado, e os pontos não importavam.

Pela grande janela, ele a viu entrar no Mustang e sair do estacionamento cantando pneu. Tal avô, tal pai, tal filha.

Mais tarde ele diria a si mesmo que tinha pensado muito no assunto. Que tinha pesado os prós e os contras e, por fim, decidira que os benefícios superavam os riscos. Tudo isso era verdade. Contudo, em seu coração, ele sabia que, quando Ariel tinha falado sobre não fazer a faculdade, esse tinha sido o momento em que ele decidira pegar o serviço com Ronnie Sessions e saquear a joalheria.

Cinco

Ronnie rolou até ficar deitado de costas e olhou para o teto. O ar-condicionado na janela do trailer de Reggie era mais fraco que uma galinha. Ele empurrava o calor, mas não resfriava o ar de verdade. Uma gota de suor abria caminho escorrendo por sua testa. Ele não tinha pregado o olho. Ele e Reggie tinham deixado Beauregard e ido até o País das Maravilhas para comprar um pouco de oxicodona.

Reggie ainda tinha cem dólares do pagamento por invalidez. Ronnie já não tinha mais nada dos dois mil que ele conseguira por ter levado algumas enguias roubadas para Chuly Pettigrew na Filadélfia. Enguias eram uma iguaria em restaurantes chiques em todo lugar de Nova York e Chicago. Os homens de Chuly tinham roubado uma remessa de enguias de um pescador da Carolina do Sul que agora estava dormindo com os peixes. Elas não valiam muito na Carolina do Sul, por volta de setenta dólares por libra. Mas leve-as até a Filadélfia ou Nova York, e um chef celebridade vaidoso ficaria animado diante de um sushi de enguia. O cara na Filadélfia tinha pagado mil dólares por libra. Havia 125 libras de enguia no porta-malas do carro que ele e Skunk Mitchell tinham dirigido até lá.

Foram 125 mil dólares por umas minhocas do mar viscosas. Skunk era um dos principais homens de Chuly. Ronnie tinha ficado um tempo com outro dos principais homens de Chuly, Winston Chambers. Ele indicara Ronnie como um bom sujeito que sabia usar uma arma e ficar de boca fechada. Tudo tinha dado certo, e, menos de uma semana depois de sair da prisão, Ronnie estava com os bolsos cheios de grana. Que ele torrou rapidamente, assim como o World Trade Center. Isso não era uma surpresa nem grande coisa. No entanto, a maneira como ele torrara a grana era bem preocupante. Ronnie jogou os pés para o lado e se sentou. Pegou a camiseta no encosto do sofá em que ele tinha dormido e a vestiu. Reggie estava no quarto dele com a garota que eles pegaram no País das Maravilhas. Ela era grandona, mas Ronnie não se importou. Ela tentara muito agradar os dois, mas Reggie não havia conseguido ficar de pé e Ronnie fora rápido demais. Ela não pareceu se importar com isso e se enrolou com Reggie depois que Ronnie saiu de cima dela.

Ronnie se levantou e foi até a minicozinha para pegar uma cerveja na geladeira. Depois de voltar da Filadélfia, ele tinha ido para a Carolina do Norte e comemorara o serviço bem executado em uma boate de strip-tease que Chuly tinha nos arredores de Fayetteville. Uma boate que tinha mesas de pôquer e jogos de dado nos fundos. Resumindo, ele tinha bebido duzentos dólares, fez chover cem dólares em notas de um e apostou o resto. Então ele fez algo tão abissalmente estúpido que o fez pensar que era ele que deveria receber o pagamento por invalidez. Ele pegou uma nota promissória com o cara do Chuly na boate. Eles o deixaram jogar sem parar até que Skunk falou para o sujeito pará-lo. Àquela altura, ele já estava devendo 15 mil dólares.

Skunk ligara para Chuly, e Chuly tinha dito que ele teria trinta dias para pagar.

— Ele te deu trinta dias porque gosta de você — falara Skunk naquela voz grave que lhe dava arrepios. Parecia que tinha feito um gargarejo com ácido sulfúrico.

— O que acontece se eu não tiver o dinheiro em trinta dias? Vocês vão me matar? — perguntara Ronnie, enquanto era conduzido para fora da boate.

Skunk tinha empurrado ele no banco do carona do carro de Reggie e fechado a porta.

— Não, não de cara. Primeiro, eu vou atrás de você e vou te levar pra fazenda. Vou cortar uns dedos do seu pé e vou deixar você olhar enquanto dou os dedos pros porcos comerem — respondeu ele. Ele bateu no teto do carro e gesticulou para Reggie ir embora.

— Meu Deus, Ronnie, o que você vai fazer? Ele estava falando de cortar seus dedos fora. Acho que esse desgraçado faria isso mesmo. Ele tem olhos de maluco — falou Reggie, enquanto saía correndo do estacionamento e pegava a estrada.

— Cala a boca, Reggie — disse Ronnie. A cabeça dele começara a girar e não era por causa de todo o álcool que ele havia bebido.

Ronnie deu um gole na cerveja. O sol brilhava através da janelinha acima da pia. Os raios de sol encontravam cada rachadura e fenda do trailer, deixando-as destacadas. Ronnie puxou um maço de cigarros amassado do bolso de trás da calça. Virou-se para o fogão e acendeu o cigarro na chama azul da boca dianteira. Tinha ido ao País das Maravilhas na noite anterior para encontrar outro motorista. Ele tinha vacilado para cacete com Beauregard. Isso era óbvio. Teria sido mais fácil achar uma agulha no palheiro. Não havia um único motorista decente entre os fregueses viciados em comprimidos e os drogados que tomavam bebidas clandestinas aos montes no País das Maravilhas. Pelo menos, não um em quem ele confiasse a vida. E nenhum deles tinha sequer um grama do talento de Beauregard. Ronnie ouviu um barulho no quarto de Reggie. Talvez eles conseguissem fazer isso sem Beauregard. Ele, Reggie e Quan. Ele afastou o pensamento. Ele amava o irmão, mas o pouco de inteligência que Deus lhe concedera tinha sido devorado pelos comprimidos e, de vez em quando, pela heroína. Tecnicamente, Reggie podia operar um veículo motorizado. Ele só não conseguia dirigir.

Reggie saiu cambaleando do quarto. Ele tropeçou, se endireitou, então foi até a geladeira.

— Preciso levar Ann de volta pro País das Maravilhas. Quer ir junto? — perguntou Reggie. Ele abriu a geladeira e puxou uma garrafa de suco de laranja, tirando a tampa.

— Não bebe isso. Essa merda está estragada. Dá pra sentir o cheiro daqui — falou Ronnie, e deu um trago no cigarro.

— É melhor terminar com isso. Minha cesta básica só vem semana que vem — respondeu Reggie.

Ronnie deu mais um gole na cerveja. Quando você cresce na pobreza, se acostuma a esperar. Esperar por um cheque de auxílio social pelo correio. Esperar na fila por uma esmola da caixinha da igreja. Esperar que os paroquianos observem você com um olhar marcado por pena no rosto. Esperar que seu irmão fique grande demais para usar o tênis de marca genérica e você possa assumir a função de colá-los. Esperar, esperar, esperar. Esperar a morte para finalmente quitar as dívidas. Ele estava exausto de esperar.

— E aí, você vem? — perguntou Reggie.

— Não. Preciso encontrar alguém pra me ajudar nessa parada — respondeu Ronnie.

— Vai ligar pro Bug? Ele falou pra ligar.

— Acho que não vai rolar. Enfim, também não comprei o telefone descartável.

— Eu comprei. Peguei um numa loja de conveniência ontem de noite quando a gente foi embora do País das Maravilhas — falou Reggie. Ele deu um gole no suco de laranja.

Ronnie apagou a bituca no fogão.

— Que horas foi isso? — perguntou. Nem se lembrava de ter parado em uma loja na noite anterior. Talvez ele é que precisasse parar com essas bebidas clandestinas.

— Acabei de falar. Quando saímos do País das Maravilhas. A Ann queria comer alguma coisa, então parei lá — disse Reggie.

— Bom, não me surpreende porra nenhuma — falou Ronnie. Reggie fez uma careta.

— Pô, ela pode te ouvir — sussurrou ele.

— E daí? O que ela vai fazer? Sentar em mim?

— Por que você é tão escroto, Ronnie? — perguntou Reggie. Ronnie terminou a cerveja. Ele sentiu que ela tentava voltar, mas ele a forçou a descer por pura força de vontade.

Ressaca se cura com mais bebida o cacete, pensou ele.

— Cadê o telefone?

Reggie apontou para a porta com o polegar.

— No carro. Você vai ter que botar pra carregar.

— Nossa, valeu. Eu não tinha ideia de que ia ter que botar um telefone novinho em folha pra carregar. Só fiquei cinco anos fora. Não sou a porra do Buck Rogers. Você e a grandalhona esperem um pouco — disse Ronnie. Ele saiu pela porta e desceu os degraus bambos.

— Quem? — perguntou Reggie enquanto Ronnie saía.

Ronnie colocou o celular para carregar e então ligou para o serviço de informação para pegar o telefone da Montage Motors. Ele ligou o carro e o ar-condicionado. A refrigeração dele era melhor que a do trailer.

— Montage Motors — atendeu uma voz.

— Oi, Beau? É o Ronnie.

— Tá.

— Então, hum... aquela parada. Vamos nessa ou você não... — Ronnie gaguejou. Ele não sabia quanto devia falar pelo celular.

— Você está falando daquele carro que você quer eu veja? Eu dou uma olhada nele sim — falou Beauregard. Ronnie estava escorregando para a direita. Ele se sentou tão rápido que bateu a cabeça no teto do carro.

— É. Isso, essa parada aí. Então quando você quer se encontrar pra conversar? — perguntou Ronnie. Parecia que ele tinha ficado sentado muito perto de um fogão a lenha. Estava acontecendo. Ele ia fazer aquilo. Ele ia conseguir manter todos os dedos.

— Posso ir dar uma olhada mais tarde hoje. Onde está o carro? — perguntou Beauregard.

Ronnie não respondeu nada. Estava perdido.

— Hum... Eu, há, estou com ele na casa do meu irmão. Subindo a Fox Hill Road — respondeu ele, por fim.

— Beleza. Vou ficar ocupado aqui até umas sete. Te encontro depois disso. Se eu te ligar e não conseguir falar com você, fica na sua. Eu sei que você anda tendo problema com esse telefone. Espero que não precise se livrar desse — falou Beauregard.

Ronnie entendeu. Ele precisava se livrar do telefone.

— Beleza, beleza, beleza. Te vejo mais tarde — falou.

A linha ficou muda. Ronnie saiu do carro, jogou o telefone no chão e o esmagou com as botas pretas de motociclista. Pegou os pedaços e levou para o trailer, jogando no lixo. Grunhidos e gemidos abafados vinham do quarto de Reggie. Ronnie se jogou no sofá e pegou o celular de Reggie na mesinha de centro. Ligou para Quan.

— E aí? — disse Quan.

— O cara de quem te falei está dentro. Estamos quase lá. Pode vir até a casa do meu irmão lá pelas sete e meia? — perguntou ele.

— Cara, eu não quero ir até essa roça no cu do mundo, cheia de mosquito gigante. Por que vocês não chegam aqui em Richmond?

— Porque sou eu que estou planejando a parada. Você tá dentro ou não? Se não quiser oitenta mil dólares, eu posso arrumar outra pessoa — falou Ronnie.

— Segura a onda, branquelo, eu vou até aí. Porra. Malditos mosquitos que dirigem caminhonetes nesse lugar — disse Quan.

— Não esquenta, é só colocar uma bandeira dos confederados na janela de trás, e você está salvo.

— Vai se foder, Ronnie — falou ele. A linha ficou muda.

Ele ligou para o telefone de Jenny, que sabia de cor.

— Oi, e aí? — respondeu ela naquela voz melosa e rouca que o deixava maluco.

— Oi, estamos dentro. Quer vir hoje de noite pra comemorar? — perguntou ele. Tudo o que ouviu foi o zumbido da chamada.

— Comemorar o quê? Planejar um assalto? Sei lá, talvez a gente devesse cancelar tudo — disse Jenny. Ele conseguia vê-la em sua cabeça. Esparramada em seu futon naquela quitinete em Taylor's Corner. O cabelo vermelho espalhado ao redor de sua cabeça como um círculo de fogo.

— Qual é, gatinha? A gente já cansou de falar sobre isso. Ninguém vai se machucar. Ninguém vai ser pego. Eu já planejei tudo. Não me deixa na mão agora. Preciso de você. Nada disso vai funcionar sem você, gatinha — repetiu Ronnie.

Ele a conhecia desde o ensino médio. Eles ficaram naquele vaivém por décadas. Sempre que ela estava bem, eles se separavam. Quando ela se perdia, eles voltavam. Em geral, um fazia o outro se sentir bem por algumas semanas. Era uma proporção melhor do que alguns supostos casais monogâmicos.

— Estou trabalhando lá faz só alguns meses, Ronnie. Você não acha que eles vão cair em cima de mim se o lugar for roubado? — perguntou ela.

— Não, se você ficar de boa. Se ficar fora do circuito por uns meses e aí meter o pé. A gente pode ir pro sul. Pra Flórida. Quem sabe até as Bahamas? Se tem mesmo o tanto que você falou que tem, a gente vai viver podre de rico pro resto da vida — falou Ronnie.

Ele não podia deixar ela dar pra trás agora. Os trinta dias estavam quase acabando. O cara na capital que ia pagar pelos diamantes estava aguardando. Ele conseguira fazer Beauregard topar. Ia bajular Jenny até ela dizer chega se fosse preciso, mas ele não podia deixar ela dar pra trás.

Mais silêncio.

— É o que eu faço da vida, Jenny. Você sabe. Eu faço isso desde que tenho pelo no saco. É o que eu faço da vida, e até hoje só me dei mal uma vez e foi por causa de uma porra de um dedo-duro.

Isso era em parte verdade. Ele tinha pegado cinco anos por roubar uma cúpula folheada a ouro de uma casa de veraneio em Stingray Point. Mas ele não tinha sido pego por causa de um dedo-duro. Mas sim porque Reggie não consertara as lanternas traseiras da velha caminhonete. Quando os policiais os pararam, ele assumiu toda a culpa. Reggie não tinha condições de cumprir pena. Ele não conseguia ficar em lugares apertados. Ficava louco dentro de um elevador. Pirava em portas giratórias. Se alguém gritasse com ele, Reggie apagava que nem um robô desligado. Então Ronnie levou a culpa toda. Aqueles três anos ensinaram duas coisas a ele. Uma: a comida na prisão tinha gosto de papelão encharcado de mijo. Duas: ele nunca mais ia voltar para lá.

— Não posso ir hoje à noite. Preciso trabalhar hoje de meio-dia até fechar. E amanhã eu abro a loja — disse ela.

Ronnie sorriu. Ela ainda estava dentro. Dava para ouvir ela se deixando convencer.

— Beleza. Bom, as coisas vão começar a andar rápido – falou ele.

— Eu te ligo quando terminar. Talvez você possa vir até aqui — disse ela. Ronnie achou que ela estava pensando em praias de areia branca e margaritas do tamanho de uma banheira.

— Sem dúvida.

— Tá legal. Preciso tomar um banho.

— Valeu pela bela imagem mental. Vou guardar pra depois — disse ele.

— Safado — respondeu ela. Dava para ouvir o sorriso no rosto de Jenny.

— A gente se fala depois, gatinha — falou ele.

Eles desligaram, e Ronnie se deitou. Deixou as botas caírem pelo braço do sofá. Era isso. O maior de todos. Era esse tipo de coisa que dava sonhos eróticos. Não era um cavalo doente e idiota ou uma bugiganga no teto. Isso era do tipo que permitia que você fizesse uma lista do "foda-se". Ele tinha dito para Beauregard que eram quinhentos mil dólares em diamante.

Isso também não era de todo verdade. Deitados na cama de Jenny depois de treparem, ela contou a ele que o valor era três vezes aquilo. Mesmo depois que fugisse da polícia, entregasse a Beauregard a parte dele mais a porra dos 3.800 dólares e pagasse Chuly, ele ainda poderia usar notas de dez dólares como papel higiênico. Se tudo desse certo, dali em diante as pessoas passariam a servi-lo. Se ele fosse supersticioso como a mãe tinha sido, teria desconfiado de tudo estar se encaixando com tanta facilidade. Fazer uma dívida numa semana, depois ver uma joalheria cair no seu colo na seguinte. As coisas, em geral, não funcionavam assim na família Sessions. Ele não se deixou abalar por isso. Não acreditava em superstições ou religião. Sua mãe passara a vida toda vendo televangelistas no domingo de manhã e jogando sal por cima do ombro para temperar um leitão adulto. Ainda assim, morreu endividada e sozinha no chão do banheiro de um salão de bingo em Richmond. Não era assim que ele ia se sair. Não agora. Ele começou a cantarolar "Money Honey". Era uma das canções menos conhecidas do Rei, mas uma das favoritas de Ronnie. Porque todo mundo sabia que, no fim, tudo se resumia a dinheiro, docinho.

Seis

Beauregard puxou a primeira porta e a travou enquanto Kelvin desligava o compressor de ar e as luzes do teto. O sol finalmente tinha se posto no condado de Red Hill, mas o calor não tinha diminuído em nada. Alguns vaga-lumes realizavam acrobacias aéreas perto das luzes com sensor de movimento. Eles não tinham massa suficiente para ativá-las. Beauregard parou e os observou por um instante antes de fechar as outras duas portas. Eles o lembraram de verões passados, quando ele se sentava na varanda dos avós para jogar xadrez com o avô. O homem era um mestre enxadrista. O dia em que Beauregard finalmente o derrotou foi o dia em que soube que o avô estava indo embora.

— Quer ir até o Danny's Bar jogar uma sinuca? Eu tenho um tempinho até a Sandra sair do trabalho — convidou Kelvin.

Beauregard limpou o rosto com o pano menos sujo em seu bolso.

— Quem é Sandra? Achei que você estivesse saindo com a Cynthia e a outra.

Kelvin deu um sorriso torto.

— Conheci a Sandra no Snapchat. Ela é de Richmond. Eu vou até lá quando ela sair do trabalho na fábrica de tabaco.

— Não, tenho uma parada pra fazer — disse Beauregard.

Kelvin ergueu as sobrancelhas.

— Essa parada tem alguma coisa a ver com o Ronnie Sessions? — perguntou.

— Por aí — respondeu Beauregard.

— Quer que eu vá com você?

Beauregard balançou a cabeça.

— Não. Vou só pegar mais detalhes. Pode ser que nem dê em nada.

Kelvin deu de ombros.

— Então, tá, cara. Me avisa. Vou estar no Danny's até umas dez. Se tudo der certo. Talvez eu entre se for algo que valha a pena — falou Kelvin.

— Eu te aviso — falou Beauregard.

Kelvin foi na direção de Beauregard e ergueu uma das mãos. Beauregard bateu nela quando Kelvin passou por ele e saiu pela porta. Ele ouviu o primo dar a partida no Nova e sair do estacionamento.

Ele foi até o Duster e sentou-se nele. O couro velho dos assentos cheirava a tabaco encharcado de óleo. Ele via o pai sentado do mesmo assento que ele ocupava agora. Ele se via no assento do passageiro. Beauregard não sonhava com o pai. Ele não sonhava. Nunca tivera pesadelos. Ao menos, nenhum de que se lembrasse. Ele deslizava para dentro de uma escuridão silenciosa quando dormia e depois emergia dessa obscuridade quando acordava. Em geral, com o som de Darren e Javon brigando por tudo e qualquer coisa.

Quando seu pai vinha até ele, era por meio de lembranças. Sonhar acordado era o que o segurava pelo pescoço e o empurrava de volta ao passado. Ele via a si e ao pai como eles eram. Às vezes, via os avós ou a mãe. Mas, na maioria das vezes, via o pai. Sorrindo, gargalhando, melancólico ou triste. O pai mexendo no Duster. O pai chegando por trás da mãe de Beau e a abraçando pela cintura com seus braços troncudos. O pai saindo intempestivo do trailer e batendo a porta com tanta força que a estrutura toda tremia. O pai espancando Solomon Gray com um banquinho de bar. Ele e o pai sentados no capô do Duster sob um céu estrelado procurando o cinturão de Orion. Ele se lembrava de como seu eu de cinco anos achava que a constelação ia parecer mesmo com um cinturão. Sempre que ele entrava nesses estados de fuga, se sentia como Jano. Olhando para a frente e para trás com a mesma dose de receio.

Sentado ali, na garagem no escuro, ele foi transportado para o último dia em que viu o pai. Também fazia um calor infernal. Ele havia esperado nos degraus do trailer pelo pai, que vinha buscá-lo para passear. Ele sabia que aquela visita seria diferente. A mãe dele estava mais agitada do que de costume. Beauregard tinha escutado enquanto ela falava com uma das amigas — "Anthony se meteu em alguma merda e não vai conseguir se safar" —, mas ele não sabia o que aquilo significava. No fim do dia, ficaria sabendo.

Seu telefone tocou, quebrando o encanto. Ele o tirou do bolso. Era Kia.
— Oi — disse ele ao atender.
— Os meninos querem dormir na casa da Jean. Deixaram o neto do vizinho dela lá enquanto os meninos estavam lá. Eu disse pra eles que podiam ficar — falou ela.
— Olha, peço desculpa por ontem — disse ele.

Quando Beauregard tinha chegado em casa na noite anterior, ela já estava na cama, fingindo dormir. Ele ficou na sala brincando com os meninos. Quando enfim colocou os dois para dormir e foi se deitar, ela já não estava mais fingindo. Ele saíra antes do café da manhã. O temperamento dele podia ser como um raio. Kia era como um incêndio lento na floresta. Ele sabia que precisava lhe dar espaço para deixar a coisa queimar sozinha.
— É, eu também. Eu não devia ter falado o que eu falei.
— Eu não devia ter batido a porta daquele jeito. Você sabe que só estou tentando fazer a coisa certa por você e pelos meninos. E por Ariel — disse ele.
— Se você quer fazer o certo por nós, então não faz nada com aqueles caras que apareceram aqui ontem. E em relação à Ariel, você tem tentado ajudar essa menina. Não é culpa sua se a mãe dela é uma vagabunda maluca — falou ela.

Beauregard estalou a língua no céu da boca.
— Conhecendo esses caras, provavelmente não é nada muito sério.
Kia grunhiu.
— Amor, ninguém te chama pra levar a tia até o mercado. Então não fala comigo como se eu fosse burra. Você nem estaria pensando nisso se não fosse uma parada grande. E isso significa que é perigoso — disse ela.
— Eu não quero discutir com você, Kia — falou Beauregard.
— E eu não quero perder você, Bug — respondeu ela.
Os dois ficaram em silêncio.
— Eu falo com você quando chegar em casa. Tenho que ir — disse ele.

— É, vai falar mesmo. A gente tem bastante coisa pra conversar — falou ela, e desligou.

Beauregard colocou o telefone no bolso e desceu do Duster. O lance de amar uma pessoa é que ela sabe quais são seus pontos sensíveis. Sabe todas as feridas que estão abertas. Você a deixa entrar no seu coração e ela o preenche. Sabe o que faz você se sentir fraco e o que te irrita. Como alguém desligando na sua cara. Ele abriu a boca e a fechou como um leão. Depois balançou a cabeça violentamente de um lado para o outro. Ele precisava deixar isso para lá.

Precisava estar com a cabeça no jogo. Se preparar para um serviço era como vestir um casaco novo. É preciso ter certeza de que vai servir. Se não estivesse tudo nos conformes, ele iria embora. Deixaria o casaco na mesa, não importava quanto dinheiro estivesse em jogo. Ele olhou para trás na direção do Duster. O dinheiro era importante. Só Deus sabia o quanto eles precisavam. Tanta gente estava dependendo dele. Kia, sua mãe, os meninos, Ariel, Kelvin. Ele pensou no que Boonie dissera. Sobre como ele não era como o pai. Era nisso que ele gostava de acreditar. Que eles eram completamente diferentes. Em alguns aspectos, isso era verdade. Não importava quão pressionado ele fosse, Beauregard não deixava a família ou os amigos para trás. Ele não era Anthony Montage. Então por que sentia uma agitação no peito como se houvesse uma vespa presa em suas costelas? Se ele não era como o pai, por que sentia falta da Vida?

Havia noites em que ele andava por aí e encontrava uma corrida por conta própria sem Kelvin. A maioria de garotos com algum carrinho de brinquedo vindo de uma loja de produtos usados no exterior. Em outros momentos, ele pegava o Duster e zunia com ele por uma estrada em um lugar ermo. Passando pelas árvores e pelos guaxinins como um cometa, correndo em alta octanagem. Ele chegava a 250 quilômetros por hora antes de enfiar o pé no freio e fazer um drift até parar. Não importava o quanto era rápido ou quantas corridas vencia, nada se comparava a dirigir para um bando. Estar ao volante, com os tiras logo atrás e a estrada adiante, enquanto todos ao seu redor estavam se borrando. Era uma onda que não podia ser reproduzida com drogas ou bebidas. Ele havia tentado as duas coisas e não chegara nem perto.

Eles nunca conversaram sobre isso, mas ele tinha certeza de que, se pudesse falar com o pai, o homem teria se sentido do mesmo jeito. As palavras "desejo de velocidade" deviam ter sido gravadas em brasa no brasão da família Montage. Junto com uma caveira e ossos.

Ele trancou a garagem e pulou na caminhonete. Enquanto dirigia, o sol projetava sombras compridas na fachada da oficina. Dedos negros estreitos espremendo o prédio, bem apertado.

Sete

Beauregard andou por uma estrada de terra toda esburacada que o condado, em sua infinita sabedoria, decidira chamar de Chitlin Lane. Quando a Virgínia entrou em um sistema emergencial de GPS de todo o estado, foi exigido que qualquer estrada, viela ou beco sem saída com mais de três residentes tivesse um nome de verdade. Os administradores do condado decidiram abraçar o estereótipo do *ethos* sulista e nomearam todas as vias secundárias com nomes que pareciam títulos de música country rejeitados. Eles acharam que ia ajudar no turismo. O único problema disso é que Red Hill não é o destino de ninguém. É um lugar por onde se passa, não para onde se vai.

Arbustos de amoras silvestres margeavam a via, intercalando-se com pinheiros ou ciprestes aqui e ali. Não havia lua no céu preto. A caminhonete rangeu e grunhiu enquanto cruzava o terreno irregular. Ele passou por um rancho decrépito de um andar e duas casas móveis novas parecidas com a dele. Por fim, a via se alargou, virando uma clareira com um trailer enferrujado no meio dela. O Toyota azul estava estacionado ao lado de um Bonneville enfeitado com aro de 24 polegadas e a pintura em preto fosco. Beauregard parou atrás do Bonneville, desceu e bateu na porta do trailer.

Ronnie Sessions abriu e sorriu para ele. Beauregard não devolveu o sorriso. Ronnie deu um passo para o lado e fez um sinal para que Beauregard entrasse.

— Quan acabou de chegar. A gente já ia pegar uma cerveja. Quer uma? — perguntou Ronnie.

Beauregard analisou a área de estar do trailer. Um sofá marrom enorme coberto por um estofado puído de camurça dominava o ambiente. Era grande e ostentoso demais para uma estrutura pequena como a do trailer. Parecia ter sido achado em uma venda de garagem e então espremido no trailer. Em frente ao sofá, havia uma mesinha de centro de madeira, muito marcada e com tábuas de madeira rústicas. Na cabeceira da mesinha de centro, havia uma poltrona. Sentado nela, estava um sujeito preto e rechonchudo com uma floresta de trancinhas pequenas se projetando da cabeça. Ele usava uma camisa folgada que era duas vezes seu tamanho. Nos pés, tinha a mais recente personificação do legado mais duradouro de um jogador de basquete arruinado. Seu jeans era tão largo que podia ter sido uma pantalona. Ele tinha um rosto largo que estava oleoso de suor. Um cavanhaque desgrenhado cobria a parte inferior do rosto e ameaçava cobrir sua boca.

De frente para o sofá, havia uma namoradeira. A estampa era um floral vermelho e amarelo. Beauregard achou que parecia que um palhaço tinha vomitado nela. Reggie estava ali ao lado de uma mulher branca enorme com um cabelo verde e azul que parecia um ninho de rato. Quem quer que tivesse pintado o cabelo dela tinha esquecido de alguns lugares. Manchas louras pontilhavam sua cabeça como pele de guepardo. Havia uma cadeira de madeira na outra cabeceira da mesinha de centro, perto de Beauregard.

— Não — disse ele.

Ele se sentou na cadeira de madeira. Ronnie pegou três cervejas na geladeira e entregou uma a Reggie e a outra ao cara preto. Beauregard concluiu que ele era Quan. Ronnie se largou no sofá e abriu a cerveja.

— Você não tem outro lugar para ir? — disse Beauregard à mulher grande ao lado de Reggie.

Ela fez uma careta.

— Há... não. Quer dizer, não mesmo — respondeu.

— Tem, sim — falou ele.

A mulher virou a cabeça de Beauregard para Reggie e depois para Beauregard de novo.

— Há?

— Reggie, leva ela de volta pro País das Maravilhas — disse Ronnie.

Reggie abriu a boca, fechou e abriu de novo.

— Vem, gata, eu te levo de volta — falou ele, por fim.

— Achei que eu ia ficar essa noite de novo — choramingou ela. Seus olhos imploravam para Reggie. Ele se levantou.

— Vamos. Eu fico lá com você — disse ele. A princípio, pareceu que ela não ia se mexer. Ela cruzou as pernas na altura do tornozelo e os braços diante dos seios enormes.

— Você é surda? Levanta, porra — falou Ronnie. A mulher se encolheu.

Arfando e bufando, ela se levantou do sofá e ficou em pé. Reggie lançou um olhar feio para Ronnie, mas o irmão olhava para a própria cerveja.

— Vamos, Ann — disse Reggie. Ele se dirigiu para a porta, e ela o seguiu sem dizer nada.

— Aposto que as pessoas gritam "Godzilla!" quando ela entra no Walmart — falou Quan. Ele riu da própria piada e depois deu um gole na cerveja. Beauregard capturou o olhar dele. Nenhum dos dois disse nada por alguns instantes. Beauregard se virou para Ronnie.

— Três coisas. Primeiro: a gente não vai falar com ninguém sobre isso, a não ser as cinco pessoas que já sabem. Nenhuma mulher que conheceram na boate. Nenhum parceiro que você quer impressionar. Nem sua mãe ou seu pai. Ninguém. Segundo: quando acabar, a gente vai manter distância uns dos outros. A gente não vai sair pra comemorar. Não vamos pra Atlanta juntos pra jogar em caça-níqueis. Vamos tomar rumos diferentes e ficar separados. Terceiro: no dia da parada, todo mundo sóbrio. Não fiquem doidões. Não usem oxicodona. Não fumem um baseado. Nada. Se todo mundo concordar com isso, então eu estou dentro. Senão, vou embora agora mesmo — disse Beauregard.

Quan e Ronnie trocaram um olhar de perplexidade.

— Tá legal, Ethan Hunt. Combinado — falou Quan.

— Beleza, cara, de boa por mim — disse Ronnie.

Beauregard se recostou na cadeira e pôs as mãos nos joelhos.

— Então, vamos ao que interessa.

Ele ouviu Ronnie falar sobre o serviço por vinte minutos antes de erguer a mão e o interromper no meio de uma frase.

— Você não estudou o local, estudou? Sua namorada sabe a senha do sistema de alarme? A loja fica a que distância da interestadual? Quantos caminhos além da interestadual tem pra sair dali? Tem alguma construção rolando por lá agora? Com que frequência a polícia patrulha aquela parte da cidade? Existe um sistema de bloqueio? Quem sabe a combinação do cofre além da gerente? — perguntou Beauregard.

Dessa vez, foi Ronnie que ergueu a mão.

— Já entendi, tá bem? A gente precisa fazer um reconhecimento do local. A Jenny pode arrumar a senha do alarme, mas, do jeito que eu pensei, ninguém vai ter oportunidade de acionar o alarme. A gente entra, pega os diamantes e sai.

— Você precisa pegar mais do que só os diamantes no cofre — falou Beauregard. Ele flexionou a mão esquerda. Os nós dos dedos estalaram como lenha verde em uma lareira.

— Por quê? — perguntou Quan.

— Porque, se você pegar só os diamantes, a polícia vai saber que foi um trabalho interno. E eu aposto que não tem mais de cinco ou seis funcionários nessa joalheria — respondeu Beauregard.

Ronnie olhou para o teto.

— Bem lembrado — murmurou ele.

— Cara, foda-se esse *yin-yang* todo. A gente entra lá, explode o teto, e os filhos da puta vão fazer o que a gente mandar. Ou a gente acaba com eles — disse Quan.

Ele pôs a mão na parte inferior das costas e puxou uma enorme pistola semiautomática niquelada. Beauregard achou que pudesse ser uma Desert Eagle.

Quan segurou a arma perto do rosto.

— Eu tenho a pistola, então eu que mando — disse ele, pontuando cada sílaba com um movimento do revólver.

— Abaixa essa coisa — falou Beauregard.

Quan sorriu.

— Não se preocupa, grandão, está com a trava de segurança. Eu sei usar isso aqui — falou ele. E enfiou a arma de volta no cós da calça. Beauregard concluiu que era um milagre da física a arma não cair nos pés do sujeito cada vez que ele usava aquela calça larga.

— A gente vai precisar de novas armas também — disse Beauregard.

Quan revirou os olhos.

— Mano, essa é a minha arma favorita.

— É por isso que vamos precisar de novas. Quantos corpos essa aí já derrubou? Quantos assaltos? Você acha que a polícia não fica com o cartucho delas? — perguntou Beauregard.

Quan pareceu refletir sobre isso por um momento.

— E vamos arrumar as novas com quem? — perguntou ele.

Beauregard esfregou as mãos nas coxas.

— Conheço uma pessoa. A gente consegue duas por quinhentos dólares. Mas, antes disso, eu preciso verificar o local.

— Porra, mano, quinhentos dólares? Achei que era a gente que ia roubar — falou Quan.

Beauregard olhou com raiva para ele. O outro homem sustentou o olhar. Por fim, Quan desviou os olhos. Beauregard se levantou e foi até a cozinha. Abriu a geladeira e pegou uma lata de cerveja. Voltou para a sala de estar e se sentou na ponta da namoradeira, perto da cadeira de Quan. Ele abriu a latinha e tomou um longo gole. A cerveja estava supergelada e desceu refrescante até a barriga.

— Sabe, eu tinha um amigo que tinha um chihuahua. Um mordedor de calcanhar insuportavelzinho. Toda vez que eu chegava lá, ele latia, latia e latia. Mostrava os dentes e tudo. Mas, se eu batesse o pé pra ele, o cachorro saía correndo pra se esconder embaixo do sofá — contou Beauregard. Ele colocou a cerveja na mesinha de centro perto da beirada.

— Por que você está falando sobre a porra de um cachorro, cara? — perguntou Quan.

Beauregard não respondeu. Em vez disso, derrubou a lata com a mão direita. A cerveja espirrou pelos tênis e pela calça de Quan. Xingando, ele pulou da cadeira. Ao mesmo tempo, Beauregard pulou também. Agarrou a arma de Quan no cós da calça do homem, na parte inferior das costas. Destravou a trava de segurança e segurou a arma de modo frouxo ao lado do corpo. Quan girou para a direita até ficar cara a cara com Beauregard, que ouviu uma tosse estrangulada vinda do sofá quando Ronnie engasgou com a cerveja.

— Porque você me lembra daquele cachorrinho. Você fala, fala e fala um monte de merda, mas acho que, ao primeiro sinal de problema, vai se mijar todo. Ou fugir. Ou as duas coisas. O Ronnie falou que você é gente boa. Ele diz que te conhece, que confia em você. Tranquilo. Mas eu não.

Você fala como se isso aqui fosse um filme. Não é. Isso é vida real. É a minha vida. E eu não vou colocar isso nas suas mãos. Então vou verificar o lugar. Vou arrumar o carro. Vou levar a gente pra comprar armas. Se você não gosta disso, então meto o pé. Eu não tô a fim de ver o sol nascer quadrado porque você se enrolou todo durante o serviço — disse Beauregard.

Ele tirou o pente da Desert Eagle e então puxou o slide para ejetar a bala na câmara. Ela rolou pelo chão de vinil e foi parar na parede oposta. Ele jogou a arma e o pente no sofá perto de Ronnie.

— Se tiver um problema com isso, podemos resolver. Ou podemos pegar esse dinheiro. É com você — falou Beauregard.

O ar-condicionado chiava como se estivesse se esforçando para refrigerar a caixa retangular. Quan franziu a testa para Beauregard, mas não falou mais nada por quase um minuto. Ele olhou para Ronnie e depois voltou a atenção para Beauregard.

— Ah, a gente vai resolver, seu filho da puta. Depois. Mas, por enquanto, vamos falar sobre pegar essa grana — rosnou ele. Beauregard se sentou de novo. Quan esperou o que considerou ser um tempo adequado para se sentar também.

— Beleza, então. Como eu disse, amanhã vou verificar o lugar. Ronnie, você pode falar com a sua namorada e ver se ela sabe a senha do alarme e a combinação do cofre? Depois de analisar o lugar, a gente pode ir falar com o meu cara pra se armar. Vocês dois devem aparecer com quinhentos dólares pra comprar as peças — disse Beauregard.

— Beleza, beleza, eu falo com ela. Mas você precisa do endereço da loja — disse Ronnie. Ele remexeu no bolso para pegar um pedaço de papel. Puxou um recibo antigo e pegou a caneta em cima da mesa de centro. Beauregard fez que não com a cabeça.

— Não escreve nada. Você falou que a loja é em Cutter County. Acho que eu posso encontrar. A gente se vê de novo em uma semana pra comprar as armas. Isso vai me dar tempo suficiente pra conseguir um possante e fazer uns ajustes. Daqui pra frente, a gente só se fala por celular descartável. Boca fechada e cabeça baixa — falou ele.

— O que a gente faz com as peças depois que terminar? — perguntou Quan.

Beauregard inclinou a cabeça na direção dele.

— Se não tiver que usar, pode ficar com ela. Se tiver, a gente vai destruir e se livrar dela — respondeu ele.

Quan revirou os olhos.

— Quinhentas pratas pelo ralo — falou.

— O que, você quer deixar de herança pra família? — perguntou Ronnie.

— É dinheiro jogado fora, só isso — disse Quan.

— Eu acho que você não entendeu o que está rolando aqui. Roubo à mão armada no estado da Virgínia é um crime grave com uma pena obrigatória mínima de três anos e máxima perpétua. Isso se ninguém se ferir. As armas são só ferramentas. Ferramentas quebram. Ferramentas se perdem. Não se apegue a elas — avisou Beauregard.

— Parece que você está falando de pessoas — disse Ronnie.

— Não são muito diferentes — respondeu Beauregard e se levantou. — Acho que, por enquanto, é só o que a gente tem pra conversar.

— Que tipo de carro você vai pegar? — quis saber Ronnie.

— Faz diferença? — perguntou Beauregard.

— Não. Só por curiosidade — falou Ronnie.

— Você consegue uma BMW como daquele filme com aquele filho da puta da Inglaterra? *Transformers* — disse Quan.

Beauregard fechou os olhos.

— Não vai ser uma BMW — respondeu ele, rangendo os dentes. — Tô indo. — Beauregard se virou e foi até a porta. Ele a abriu e estava prestes a sair quando parou. — Se quiser me ver depois do serviço, beleza. Mas, se eu vir você vindo e você não estiver sorrindo e sendo amigável, não vai ser legal — avisou ele.

Ele saiu pela porta noite afora. Pouco depois, eles ouviram a caminhonete dele ligar. O trailer estava em silêncio, a não ser pelo ar-condicionado estremecendo e o leve zumbido da luminária fixa no teto.

— Pô, cara, ele leva essa merda a sério. Acho que ele não estava tentando ser desrespeitoso com você — disse Ronnie, por fim.

— Cara, me dá a porra da minha arma — falou Quan.

Beauregard parou o carro perto do de Kia e desceu. Ainda fazia um calor sufocante. A casa estava toda escura, menos a varanda. Beauregard destrancou a porta e foi andando no escuro até o quarto.

Kia estava esparramada na cama como uma pintura de Botticelli. Uma camiseta fina e uma calcinha com estampa de zebra eram as únicas peças que ela usava. Beauregard tirou as botas e deixou a calça cair no chão. Tirou a blusa pela cabeça e também deixou pelo chão. Ele se enfiou na cama e passou um braço ao redor da barriga de Kia.

— Naquela noite que você veio pra casa com um ferimento de bala, eu te perguntei por quanto mais a gente ia ter que passar. Você falou que valeria a pena no fim. Você lembra o que eu falei? — perguntou ela.

— Você falou que essa era a maior merda que você tinha ouvido — respondeu Beauregard. Kia agarrou a mão dele e puxou o braço dele mais ainda à sua volta. Ele sentia o calor da parte inferior das costas dela em seu baixo ventre.

— Mas você tinha razão. Valeu a pena. Compramos a casa. Compramos a oficina. A gente escapou, amor. A gente escapou. E agora você quer voltar, e eu estou te falando que dessa vez não vai valer a pena no fim — disse ela. Sua voz vacilou algumas vezes, e ele soube que ela estava chorando.

— Se tivesse mais algum jeito, eu faria tudo diferente — falou ele no ouvido dela.

— Vende a oficina. Arruma um emprego na fábrica de pneus de Parker County. Começa a vender aspirador de pó — falou ela.

Ele se aproximou mais dela e a apertou bem forte.

— Vai dar tudo certo. Eu prometo — disse ele.

Ela se contorceu contra ele e se deitou de costas.

— Eu não devia ter falado aquilo do seu pai. Me desculpa. Mas é uma coisa que ele falaria pra sua mãe. Você não pode prometer que vai ficar tudo bem. Você não sabe. E se não ficar? Aí eu vou ter que contar pros seus filhos histórias sobre você do jeito que as pessoas contavam histórias do seu pai pra você. Porque a lembrança vai se apagando — falou ela.

Beauregard correu o indicador pelo rosto dela até o queixo. Ele ergueu a cabeça dela e a beijou no rosto. O sal das lágrimas de Kia ficou em sua boca. Ele não tinha resposta para o argumento dela. As coisas podiam ficar feias. O serviço podia desandar. Qualquer um que estivesse na Vida sabia que isso era uma possibilidade, mas ele não perdia tempo pensando nessas coisas. Ele tinha sobrevivido todo aquele tempo porque nunca se enxergava atrás das grades. Ele se recusava a encarar isso como opção. Cinco anos na detenção para menores tinham lhe dado foco, aguçado sua mente com uma percepção mortal. Ele nunca mais ficaria à mercê de ninguém que controlasse sua liberdade.

Para além das vaidades do próprio ego, Beauregard via que sua mulher também estava certa em relação às lembranças. Ele pensava no pai o tempo todo, e, ainda assim, a voz dele parecia cada vez mais indefinida. A voz dele era como Beauregard lembrava ou havia um vibrato em seu jeito de falar? Ele tinha uma cicatriz na mão direita ou na esquerda? O contorno do rosto do pai estava ficando menos nítido em sua mente. A menos que ele estivesse sentado no Duster, Anthony Montage era uma sombra que falava em sussurros. Estar sentado no carro fazia tudo voltar com uma clareza cristalina. Se ele fosse em frente com esse serviço, será que seus filhos teriam que sentar no Duster para se lembrar do rosto dele? Será que eles ao menos iam querer isso?

— Eu te prometo. A gente vai ficar bem — falou ele.

Beauregard se inclinou e a beijou na boca. A princípio, os lábios dela estavam cerrados em uma linha rígida, mas aos poucos se abriram e a língua dela deslizou na dele. A mão dele subiu pela coxa dela até tocar o centro de seu corpo. Ela estremeceu e se afastou dele.

— É melhor você manter suas promessas — gemeu ela.

Ele esmagou os lábios contra os dela, e os dois foram ao encontro um do outro em um emaranhado de braços e pernas, gemidos e suspiros.

Oito

Jenny acordou com uma série de cornetas e trompetes disparando como se fosse o dia do Juízo Final. Seu toque para mensagem de texto ecoava pelo apartamento minúsculo. As cornetas iam subindo num crescendo e então retomavam a melodia do começo outra vez.

Ela pegou o telefone na mesinha de cabeceira. O nome do contato na tela era Rock and Roll. Sua primeira mensagem do dia era de Ronnie "Rock and Roll" Sessions.

Preciso da senha do alarme, dizia a mensagem.

Jenny ficou olhando para o telefone e piscou. Com força.

Não sei do você tá falando. Me liga, digitou ela. Ela apertou o "enviar". Pegou o cigarro e um isqueiro na mesinha de cabeceira. Depois da terceira tragada, seu telefone começou a emitir um som de passarinhos. Era seu toque de celular. Ela tocou na tela e atendeu.

— Não me manda essas merdas por mensagem. Meu Deus.

— Nossa, bom dia pra você também — respondeu Ronnie.

— Eu estou falando sério, Ronnie. Pra quem você acha que a polícia vai voltar todos os olhos se a gente conseguir a parada? Eu não preciso desse tipo de merda registrada no meu telefone.

— Cacete, alguém acordou com o ovo esquerdo virado hoje. Parece que você precisa de um bom trato — falou Ronnie.

— Sabe, o seu pau não é a resposta pra tudo — respondeu Jenny.

— Se o meu pau não é a resposta, você não está fazendo as perguntas certas. Mas deixa isso pra lá. Você consegue?

— Consegue o quê? — perguntou Jenny.

— A senha do alarme — falou Ronnie.

Jenny deu um longo trago no cigarro.

— Eu já tenho. A Lou Ellen me falou qual era outro dia.

— Como está a sua namorada? Ela já recebeu uma ligação do Cowboys pra jogar numa posição na linha ofensiva? — perguntou Ronnie.

— Não tem graça, Ronnie. Ela é legal.

— Não me diz que você está se apaixonando por ela. Ela não pode chupar uma boceta tão bem assim.

— Você é muito nojento. Ela só é legal comigo. Eu não quero que ela se machuque. Eu não quero que ninguém se machuque. Nem Lou Ellen, nem você, nem eu. Eu só quero sair daqui. Sair de Cutter County. Sair da Virgínia. Eu quero ir pra algum lugar e mudar de nome pelo resto da vida. Tentar recomeçar. Talvez tentar não cometer tantos erros dessa vez — falou Jenny.

— E a gente vai. Você só precisa fazer exatamente o que eu disser. E, antes que você se dê conta, a gente vai estar trepando numa cama cheia de notas de cem dólares — falou Ronnie.

Jenny soltou o ar. Um fio de fumaça saiu ondulando de suas narinas.

— Eu só não quero ficar na merda por isso — falou ela.

— Gatinha, isso não vai acontecer. Tudo que você precisa fazer é confiar em mim. É tão difícil assim? Agora para de se preocupar com isso e vamos voltar a falar de coisa mais importante. O que você vai fazer hoje? Talvez eu dê um pulo aí. Tenho um pouco de oxicodona e um engradado de cerveja que são a sua cara todinha.

— Sossega, garoto. Preciso trabalhar. Sabe, aquela coisa que as pessoas fazem em vez de roubar.

— Eita, porra. Olha, diz pra sua *sugar mama* que eu mandei um oi.

— Tchau, Ronnie.

— Espera, que horas você fica livre?

— Uns 15 minutos depois que você sai de cima de mim e vai dormir — disse Jenny e desligou.

NOVE

Beauregard acordou na primeira luz da manhã. Kia estava encolhida ao lado dele como um gato. Ele saiu da cama e colocou uma calça jeans e uma camisa. Pegou um boné de beisebol na gaveta do armário e o colocou. Então beijou Kia no rosto.

— Você está saindo cedo — falou ela, sem abrir os olhos.

— Preciso ir pra oficina — mentiu ele. Acariciou o rosto dela com as costas da mão.

— Preciso que você busque os meninos hoje à noite. Vou com a Lakisha Berry limpar uns escritórios perto do fórum.

Beauregard a beijou outra vez.

— Que bom, amor. Eu pego os dois depois que fechar a loja hoje de noite. Te amo — falou ele.

— Também te amo — respondeu ela.

A última parte da frase se desintegrou em um suspiro. Beauregard saiu de casa e entrou na caminhonete. Ele ligou o rádio e foi passando pelas estações até chegar a uma que estava tocando um R&B dos velhos tempos. Pelos alto-falantes, flutuava o falsete tremido do reverendo Al Green como uma névoa fria. Ele saiu de Red Hill e entrou na Route 60 na direção da interestadual. Logo antes de chegar à entrada, passou pelo abandonado Tastee Freez. A entrada de alumínio branco para carros que cobria a janela onde se retiravam os pedidos tinha desabado, mas o resto da construção parecia firme. Um monte de cardos e kudzus cobria a parte leste do local. As ervas daninhas verdejantes forçavam caminho por entre as fissuras no chão do estacionamento. Ellery e Emma Sheridan tinham gerenciado o Tastee Freez por cinquenta anos até Ellery falecer em 2001. Emma tentara continuar sem o marido, mas o Alzheimer lhe roubou o que restava da mente e jogou aos quatro ventos. O condado entrou na jogada depois que alguns clientes tinham aparecido e encontrado Emma fazendo milk-shakes e hambúrgueres em seu traje de aniversário.

Quando criança, Beauregard amava o milk-shake duplo de chocolate do Tastee Freez. Era uma bebida extraordinária em um dia quente de verão como aquele. O tipo de sobremesa que fazia você jogar a cautela pela janela. O pai dele costumava brincar dizendo que, se uma van sem janelas aparecesse e encostasse, Beauregard entraria nela se prometessem que iam levá-lo ao Tastee Freez. Como eles tinham dado uma volta no que seria o último dia que ele veria o pai, o Tastee Freez tinha sido uma das paradas que fizeram. Anos depois, espalhou-se por Red Hill a lenda de que na calçada tinha manchas de sangue que não havia água que limpasse.

Beauregard aumentou o volume da música e entrou na interestadual. O som do Reverendo Green não ajudou muito a abafar as lembranças daquele dia tão distante.

Cutter County ficava a 110 quilômetros de Red Hill do outro lado do estado. Numa combinação de acaso e design, o lugar tinha se tornado a contragosto um subúrbio da cidade de Newport News. A maioria dos moradores trabalhava na cidade para uma das três maiores empregadoras: o estaleiro naval, a fábrica da Canon ou o Patrick Henry Mall. Beauregard via o efeito daquelas indústrias em Cutter County. Parecia um irmão gêmeo rico de Red Hill. Ele só tinha visto três trailers enquanto dirigia pela cidade. Havia mais casas de tijolo na estrada do que ao todo em Red Hill. Ele virou na rua principal e passou por duas lavanderias, uma loja de bebida, três brechós e dois consultórios médicos. O trânsito estava tranquilo, mas só tinha BMWs e Mercedes com um Lexus perdido aqui e ali. Por um momento, ele ficou com medo de ter umas cinco joalheiras e ele precisar ligar para Ronnie de seu celular pessoal, em vez de um descartável. Antes de precisar passar por essa humilhação, ele avistou uma placa de um shopping que tinha a VALENTI JEWELERS como uma das suas lojas. Ao que parecia, os moradores de Cutter County precisavam de uma vasta variedade de escolha para lavagem a seco, mas, no que dizia respeito à joalheria, a Valenti tinha dominado o mercado.

Beauregard passou de carro pelo shopping. Virou à esquerda no cruzamento seguinte e viu uma placa azul que indicava que a delegacia ficava a quase seis quilômetros dali. Ele seguiu a rua até passar por uma pequena construção de tijolo com o brasão de Cutter County na porta da frente. Beauregard contou duas viaturas estacionadas em frente ao prédio. Eles teriam que ser rápidos. A delegacia era muito mais próxima do que ele gostaria. Ele virou no fim da rua e tomou a direção do shopping.

Beauregard encostou e dirigiu pelo estacionamento vazio. O shopping era uma estrutura em L comprida, dividida em unidades individuais. A joalheria era a última unidade na parte inferior do L. Era também a mais próxima da entrada/saída. Beauregard rodou pelo estacionamento e saiu do shopping. Ele não precisava entrar na loja. Isso era com Ronnie. A função dele era dirigir. Ele decorou a disposição do shopping, da rua principal e da estrada que saía na interestadual. Reparou no único sinal de trânsito na esquina da principal com a Lafayette, a lombada na saída do estacionamento, a cafeteria do outro lado da rua com uma janela enorme, que daria a qualquer testemunha em potencial uma visão perfeita do serviço. Tudo isso e muito mais detalhes dominavam sua cabeça. Era como se o cérebro dele fosse uma esponja absorvendo água. O diretor no centro de detenção para menores disse que ele tinha uma memória eidética. O sr. Skorzeny tentou o máximo possível que Beauregard considerasse voltar para a escola quando saísse da detenção. Talvez uma faculdade. Beauregard sabia que o sr. Skorzeny tinha boas intenções. Diferente de boa parte da equipe no Jefferson Davis Reformatory, ele não encarava jovens como Beau como uma causa perdida. O que o sr. Skorzeny não entendia, o que ele não podia compreender, é que jovens como Beauregard não podiam se dar ao luxo de escolher. Sem pai. Uma mãe que estava a ponto de ter um colapso nervoso e avós que tinham vivido e morrido em um estado constante de pobreza abjeta. Para jovens como ele, faculdade só em sonho. Era melhor o sr. Skorzeny ter dito para ele ir até Marte.

Beauregard virou na Route 60 West e tomou o rumo da interestadual. Ele checou o relógio. Levavam exatamente 13 minutos para ir da joalheria até a saída com um trânsito mínimo e andando a noventa quilômetros por hora. Ele estaria a uma velocidade bem mais alta do que isso quando eles saíssem do estacionamento. A caminho da cidade, reparou que a interestadual estava passando por reformas pesadas. A estrada subia pouco antes da saída para Cutter County e se tornava um viaduto por cerca de dois quilômetros. Abaixo dele, havia uma estrada com apenas uma faixa que levava a Cutter County pelas vias secundárias. O concreto do canteiro entre as faixas norte e sul tinha sido demolido. Parecia que o estado finalmente tinha decidido resolver a lambança tenebrosa que era a interestadual 64 e ampliar a estrada em seis faixas. Uma cerca de lodo rodeava a abertura. Beauregard reparou que a distância entre o viaduto e a estrada não seria de mais de seis metros.

Interessante.

Mais adiante, Beauregard viu luzes de freio piscarem como decorações de Natal. O trânsito na Route 60 passava para a faixa da esquerda e depois voltava para a direita. Quando o caminhão na frente dele mudou de faixa, Beauregard viu o que estava fazendo todo mundo à sua frente pisar no freio. Um carro pequeno estava parado no meio da estrada com o pisca-alerta ligado. Um homem negro magro com um rosto jovem perto do veículo gesticulava freneticamente com os braços. Um fiapo diáfano de vapor ondulava por baixo do capô.

Os veículos passavam pelo homem como se ele fosse um daqueles bonecos ventilados que ficam balançando os braços na porta de concessionárias. Beauregard começou a passar pelo homem também. Enquanto dirigia, reparou em uma mulher sentada no banco do passageiro. Uma jovem branca com um cabelo louro claro demais para não ter saído de um tubo. O cabelo louro estava colado em sua cabeça. Ela arfava como um cachorro ferido e seus olhos estavam bem fechados.

— Merda — disse Beauregard, suspirando.

Ele estacionou no acostamento e desceu da caminhonete. O homem veio correndo antes que fechasse a porta.

— Ei, cara, preciso de ajuda. Meu carro quebrou e minha mulher está em trabalho de parto. Essa merda me deixou na mão. Sem aviso, sem nada. Carro de merda, caralho — gritou o homem.

— Por que você não liga pro resgate? — perguntou Beauregard.

O homem olhou para baixo.

— Nosso celular foi cortado poucos dias atrás. Eu fui demitido mês passado do estaleiro. Olha, cara, eu acho que o bebê está quase nascendo. Você pode nos dar uma carona até o hospital? — perguntou o homem.

Beauregard assimilou a cena toda. O homem tinha a respiração pesada. A garota no carro gemia. Ele reconhecia aquele gemido. Ele reconhecia os lábios trêmulos do homem à sua frente. Eles estavam apavorados. O bebê estava chegando, e eles não tinham a menor ideia do que estavam fazendo. Quinze minutos de diversão estavam prestes a se transformar em uma vida de responsabilidade. O peso dessa responsabilidade pressionava os dois como se tivessem uma bigorna no peito. Beauregard estava a caminho de casa depois de examinar o local de um serviço. Ele precisava entrar no carro e sair fora sem ser notado.

A coisa mais inteligente a fazer, a coisa profissional, era voltar para a caminhonete e ir embora. A garota gemeu de novo. O gemido virou um grito que superava o barulho dos carros que zuniam por eles naquele pedaço solitário da estrada. Ariel foi um bebê que estava sentado na hora do parto. Os médicos tiveram um trabalhão para tirá-la do útero de Janice. Eles disseram que, se ela não tivesse sido levada para um hospital, provavelmente teria morrido.

— Primeiro vamos tirar seu carro da estrada — disse ele.

Os dois conseguiram empurrar o carro até o acostamento sem muita dificuldade. Beauregard pegou a jovem e meio que escorou, meio que a carregou até a caminhonete. O homem abriu a porta para ela e, juntos, eles a ajudaram a subir na cabine. O homem pulou para o lado do passageiro e Beauregard correu até o lado do motorista.

— Você acha que consegue nos levar para o hospital antes de... — O homem deixou a frase em suspenso. Beauregard quase sorriu.

— Se segura — disse ele ao pisar no acelerador.

O hospital mais próximo era o Reed General em Newsport News. Ficava a 35 minutos dali. Beauregard encostou na entrada da emergência 18 minutos depois de pegar o casal. O homem pulou do carro e correu até a emergência. Poucos segundos depois, uma enfermeira o seguia até lá empurrando uma cadeira de rodas. Eles ajudaram a garota a sair da caminhonete e a empurraram até o hospital. O jovem ficou na porta. Beauregard voltou para a caminhonete. Quando olhou para cima, o rapaz vinha correndo até a janela.

— Olha, cara, eu nem sei o que falar. Eu queria poder te dar alguma coisa. Estou sem dinheiro no momento, e a Caitlin teve que parar de trabalhar por causa do bebê. A gente se mudou pra casa da mãe dela e... — Sem nenhum aviso, as lágrimas começaram a cair pelo canto dos olhos dele.

— Ei, ei. Você não me deve nada. Só espero que dê tudo certo — falou Beauregard.

O homem enxugou o rosto. Ele tinha um corte de cabelo bem curto e o início de um bigode. Beauregard supôs que ele mal tinha saído da adolescência.

— É, eu também. Olha, obrigado, cara. Não sei o que teria acontecido se você não tivesse parado. Todo mundo passava pela gente como se a gente fosse um pedaço de merda que ninguém queria no sapato. Vou te falar, você dirige pra caralho. Acho que a gente chegou aqui antes de sair de lá — disse o rapaz. Ele estendeu a mão para Beauregard. Ele a pegou e sacudiu. O garoto tinha um aperto firme. O aperto de um trabalhador.

— Ei, qual é o seu nome? Se for um menino, a gente pode dar seu nome pra ele — falou o rapaz. Beauregard não disse nada. Ele sacudiu a mão do homem outra vez.

— Anthony — disse, por fim. O nome do pai tinha o gosto amargo de um remédio que podia salvar sua vida ao quase matar você.

Ele soltou a mão do homem e foi embora.

Condado de Red Hill
Agosto de 1991

Beauregard sentia a potência do motor do Duster subindo pelo assoalho do carro, passando pelo assento e indo até o topo de sua cabeça. Uma fita-cassete de Buddy Guy rolava no toca-fitas. O gemido da guitarra de bolinhas de Buddy saía pelos alto-falantes. Seu pai tinha uma das mãos no volante enquanto a outra segurava um saco marrom. Ele alternava entre acompanhar a música e tomar goles da garrafa. Beauregard olhou para o velocímetro. Estavam chegando perto dos 150 quilômetros por hora. As árvores e os campos com morros pareciam pedaços de caramelo de todas as cores enquanto o Duster passava voando.

— Você sabe por que eu quis que você viesse comigo esse fim de semana, não sabe, Bug? — perguntou Anthony.

Beauregard assentiu.

— Minha mãe falou que você vai embora. Por muito tempo — respondeu ele.

O pai tomou mais um longo gole. Ele trocou a garrafa da mão esquerda para a direita enquanto segurava o volante com os joelhos. Depois arremessou-a pela janela. Beauregard ouviu quando ela se espatifou contra uma placa que informava que a velocidade máxima em Town Bridge Road era de setenta quilômetros por hora.

— Sua mãe disse mais alguma coisa? — disse Anthony. Beauregard virou a cabeça e olhou pela janela. — Foi o que eu pensei. Sua mãe... Sua mãe é uma boa mulher. Ela só não se conforma que caiu na minha. Ela não desconta em você, desconta, Bug? — perguntou Anthony.

Beauregard fez que não. Ele odiava mentir para o pai. Mas odiava mais ainda ver os pais discutindo.

— Bom, não vou ficar tanto tempo longe assim, Bug. Um ano, talvez dois. Só até as coisas acalmarem — disse Anthony.

— Pra onde você vai? — perguntou Beauregard. Ele já sabia, mas queria ouvir o pai dizer. Até que ele dissesse, não era real.

Anthony deu uma olhada rápida em Beauregard.

— Califórnia. Lá tem trabalho pra quem sabe dirigir — falou ele. Eles fizeram uma curva sem reduzir a marcha. Anthony pisou no freio e na embreagem e deixou o carro deslizar pela curva, depois pisou no acelerador antes que o carro morresse. Nenhum deles falou por mais alguns minutos. Os 340 cavalos falavam por eles.

— Por que você precisa ir embora, pai? — perguntou Beauregard.

Anthony não virou a cabeça. Ele segurou o volante com tanta força que Beauregard o ouviu estalar. Os músculos no pescoço de Anthony tensionaram sob sua pele escura como obsidiana. O Duster deu um salto adiante enquanto eles desciam por uma inclinação leve. Beauregard sentiu o estômago flutuar até o pescoço.

— Bug, eu quero que você me escute. Escute de verdade. Vou falar duas coisas e quero que você não se esqueça de nenhuma delas, beleza? Porra, mas o que eu tô falando? Você nunca esquece nada. A primeira coisa é que eu te amo. Eu fiz umas merdas fodidas na vida, mas a melhor coisa que já fiz foi ser seu pai. Não importa o que te digam, incluindo sua mãe, nunca duvide de que eu te amo — falou Anthony.

Eles viram uma área de estacionamento a uns 150 metros. Ao se aproximarem, Anthony virou rápido o volante para a direita e o Duster derrapou pelo cascalho até parar em frente a um limitador de vaga de concreto.

— Segunda: no fim das contas, ninguém liga pra você do jeito que você liga pra si mesmo. Nunca deixe que alguém te obrigue a fazer algo que ele não faria por você. Está me ouvindo, garoto? — perguntou Anthony.

Beauregard assentiu.

— Estou ouvindo, pai.

— As pessoas querem que você ature a vida inteira uma coisa que elas não aguentariam nem cinco minutos. Se um dia eu fizer isso, pode me internar. Olha, eu sei que sua avó está fazendo biscoito, mas eu tomaria um milk-shake. Quer ir no Tastee Freez? — perguntou Anthony.

Beauregard sabia que o pai não queria um milk-shake de verdade. Ele estava tentando ser legal. Ele sempre tentava ser legal quando fazia algo que magoava Beau ou sua mãe.

— Quero — respondeu ele.

— Então beleza. A gente vai comprar pra você o maior milk-shake de morango que eles tiverem — disse Anthony. Ele engatou a marcha do Duster e girou os pneus enquanto eles saíam a toda do estacionamento.

— Chocolate. Meu preferido é chocolate — sussurrou Beauregard.

Dez

Beauregard fechou a oficina cedo. Ele havia liberado Kelvin por volta de meio-dia. A manhã tinha sido dolorosamente fraca. Eles passaram o tempo jogando xadrez, ouvindo rádio e jogando conversa fora.

— Quer que eu te ligue antes de vir amanhã? — perguntou Kelvin antes de sair.

— Quero.

— Só pra você saber, eu falei pro Jamal Paige que ia ajudar ele alguns dias na próxima semana. Dirigir o guindaste dele enquanto ele está fora. Só pra você saber.

— Tudo bem.

— Falei pra ele que talvez eu estivesse disponível alguns dias na semana. Até as coisas andarem aqui — falou Kelvin.

— Eu entendo. A gente se vira como pode. Tudo certo — disse Beauregard.

Kelvin ficou parado lá com as mãos nos bolsos do macacão.

— Só não quero que você ache que eu estou deixando você de lado.

— Eu sei que você não está — falou Beauregard. Mas se Kelvin fizesse isso, ele não o culparia.

Depois que Kelvin foi embora, Beau se sentou no escritório e ficou observando o ponteiro dos minutos no relógio da parede. Ele se movia languidamente. Esperou por mais três horas e então saiu para visitar Boonie.

O pátio estava cheio. Carros e caminhões passavam pela balança com rapidez. Uma procissão de ferro enferrujado e aço amassado passava pelos portões da Red Mill Metals. Beauregard ficou imaginando de onde alguns dos itens tinham vindo. Uma cama de ferro ornamentado estava na caçamba de uma picape verde-limão em frente a ele, aguardando a vez de ser pesada. Os acabamentos da cabeceira tinham forma de amora. Será que as crianças fingiam que elas eram de verdade? Será que uma bela mulher esticara os braços e as segurara enquanto estava em cima de seu amante? Será que um velho gângster tinha passado pela experiência de morrer naquela cama do jeito que Boonie falou que era negado a homens como ele?

Ele passou pelo portão e foi até o escritório. Boonie estava sentado em sua mesa contando dinheiro para um homem branco gordo que usava um chapéu com a bandeira dos confederados. Beauregard parou perto da porta.

— Aqui tem 250, Howard — disse Boonie, depois de terminar a contagem. Ele entregou o maço de notas ao homem, que pareceu hesitar antes de pegar.

— Só o motor vale duzentos dólares. Ele tem uns 450 quilos — resmungou o homem.

— Howard, esse motor é um gremlin. Agora, se você quiser tentar a sorte em outro lugar, vai lá. Mas vão fazer muito mais perguntas do que eu — falou Boonie.

Howard se levantou e guardou o dinheiro no bolso. Ele saiu sem dizer nada.

— Quer apostar quanto que na cabeça dele ele está me chamando de crioulo? — perguntou Boonie.

Beauregard deu uma risada.

— Porra, ele já devia estar fazendo isso antes de sentar.

Boonie girou na cadeira e trancou o cofre atrás dele.

— Contanto que ele não fale em voz alta. Viu o chapéu que ele estava usando? Os bons e velhos rapazes sempre nos dizendo pra superar a escravidão, mas os bundões não suportam terem sido entregues pelo Sherman — falou Bonnie.

Beauregard se sentou na cadeira que Howard tinha acabado de deixar vaga.

— Preciso de um favor.

— Ainda não fiquei sabendo de nenhum serviço.

Beauregard balançou a cabeça.

— Preciso de um carro. Não posso pagar adiantado, mas eu pago no final. Não importa a condição da lataria, mas a estrutura tem que ser firme — falou ele.

Boonie se recostou na cadeira. Ela rangeu sob o peso dele.

— Ficou sabendo de alguma coisa? — perguntou ele.

Beauregard cruzou as pernas na altura do tornozelo.

— Algo assim — respondeu. Ele sentiu o tremor do chão quando uma caminhonete de cabine dupla passou pela janela. Boonie se balançou para a frente e para trás na cadeira. Ela implorava por piedade.

— Isso não teria nada a ver com o Ronnie Sessions, teria? — perguntou Boonie. Beauregard manteve o rosto inexpressivo, mas o choque foi registrado em suas mãos. Ele as fechou com tanta força que as juntas estalaram. Parecia o som de pedaços de vidro se espatifando em uma parede de tijolos.

— Por que está falando isso? Ele te contou? — perguntou Beauregard. As palavras saíram em um tom monótono e lento.

— Não. Mas ele veio aqui hoje de manhã tagarelando rápido e trouxe cinco rolos de fio de cobre que eu sei que ele roubou e cinco sacos de adubo, que eu também sei que ele roubou, mas não consigo entender por quê. Paguei pra ele quatrocentos pelos rolos. Valiam quinhentos, mas não vou com a cara daquele garoto. Ele gosta de se fingir de burro, mas é mais escorregadio do que duas enguias em um balde cheio de catarro. Ele falou pro Samuel que tem um serviço em andamento e precisa de dinheiro pra ferramentas. Falou que era um serviço moleza. Ele nunca mais teria que trabalhar de novo. E agora você está pedindo um carro — falou Boonie.

Ele deixou a frase no ar entre os dois. Beauregard não disse nada e manteve o rosto plácido.

— Merda. Só me promete que vai ter cuidado. Vamos lá atrás. Acho que tenho algo pra você — falou Boonie.

Eles andaram pelo terreno dos fundos da Red Hill Metals, que parecia um labirinto. Dezenas e mais dezenas de carcaças de carros se espalhavam pelo lugar como se fossem ossadas de grandes criaturas esquecidas. O cheiro de água da chuva parada misturada com óleo, gasolina e graxa dominava o ar. Redemoinhos de poeira perseguiam seus pés conforme ele ia esmagando o cascalho. Por fim, eles chegaram a um Sedan azul-escuro de duas portas.

— Peguei esse aqui outro dia na antiga casa do Sean Tuttle. Um Buick Regal GNX 1987. O motor pifou, mas acho que não é um grande problema pra você. A estrutura desse velho garotão é firme que nem pedra. A transmissão ainda está boa também. O Sean não sabia o que fazer com ele, então a gente pegou. Eu ia começar a vender as peças, mas posso deixar pra você por mil pratas.

Beauregard espiou pela janela do motorista. O interior estava detonado e quebrado em vários lugares. O forro do carro estava caído como a bochecha de alguém que sofreu um derrame. O para-choque da frente tinha um buraco do tamanho do punho de um jogador de linha ofensivo. Buracos de ferrugem cobriam o teto do carro como eczema oxidante. Os retrovisores laterais mal se seguravam no lugar. Beauregard ficou triste de ver o carro em tão mau estado. Ele ficou arrepiado diante de um carro tão deteriorado assim. Havia uma parte dele que queria consertar cada sucata de carcaça quebrada e arruinada que ele via. Kia dizia que ele tratava os carros como a maioria das pessoas tratava filhotes.

— Você pode entregar na oficina amanhã? — perguntou Beauregard.

— Posso. Mas provavelmente não deveria. Eu sei que você não queria isso, Bug, mas não confio nesse garoto. Ele é tão desonesto que vão ter que prender ele no chão quando ele morrer — falou Boonie.

Beauregard sabia que Boonie tinha boas intenções. Ele sabia que o velho se importava. Mas Boonie tinha opções. Beauregard, não.

— Eu venho direto até você depois que tudo acabar — falou ele.

— Eu sei. Só trate de continuar inteiro depois que tudo acabar. E, se esse branquelo te sacanear, fala comigo, e a gente apresenta a Mastigadora Número Um pra ele ficar bem íntimo dela — disse Boonie.

É melhor ele não me sacanear, pensou Beauregard.

— Você sabe que eu também dirigia. Fui detido uma vez, quase não escapei. Seu pai me falou uma coisa que me fez parar de dirigir. Ver as coisas de outro jeito.

Beauregard enxugou as mãos na calça.

— Como assim?

— Ele me falou que eu tinha uma esposa que me amava. Que eu tinha o pátio. Ele disse: "Boonie, um homem tem que ser uma coisa ou outra. Ou você vai administrar o pátio ou vai correr nas ruas. Um homem não pode ser dois tipos de animal" — contou Boonie.

— Pena que ele não seguiu o próprio conselho.

— Não seguiu? O Ant não era um mecânico que dirigia. Ele era um motorista que às vezes trabalhava como mecânico. Goste ou não dele, o Ant sabia quem ele era — falou Boonie.

— Você acha que eu não sei quem eu sou?

— Eu acho que você sabe. Você só não gosta disso — respondeu Boonie.

Ele saiu do ferro-velho e foi até a casa da cunhada pegar os filhos. Ao entrar na garagem de Jean, Beauregard pensou, não pela primeira vez, como uma mãe solteira conseguia bancar uma casa tão boa com o salário de cabeleireira. Ele estacionou a caminhonete, mas, antes que pudesse chegar à porta da casa colonial de dois andares feita de tijolo, Darren já vinha correndo porta afora.

— Papai, olha, o Javon fez uma tatuagem em mim! — falou ele, que enrolou a manga da camisa do Capitão América para mostrar a Beauregard o desenho do Wolverine no braço.

— É só canetinha, não é permanente — explicou Javon. Ele vinha andando atrás de Darren.

— A gente devia tirar uma foto antes que sua mãe faça seu irmão lavar o braço — disse Beauregard.

Os detalhes do desenho eram extraordinários. Javon tinha até acrescentado o icônico *Snikt!* em um balão de pensamento acima da cabeça de Wolverine.

— Não, eu nunca vou lavar — choramingou Darren. Beauregard o pegou com um braço e o pendurou no ombro.

— Um dia você vai ter que tomar banho. Você não pode andar por aí com a bunda suja de cocô — falou ele.

Darren explodiu em uma gargalhada. Javon passou por eles carregando sua mochila e a bolsa de Darren com giz de cera, livros de colorir e bonecos. Ele entrou na caminhonete e colocou os fones.

— Oi, Beau — falou Jean. Ela surgiu à porta como um espectro.

— Oi, Jean. Como você tá? — perguntou Beauregard.

Sua cunhada cruzou os braços. Ela e Kia tinham feições parecidas, mas Jean tinha a silhueta de uma modelo de televisão. Mais cheia nos quadris e nos seios, parecia uma garrafa de Coca-Cola.

— Ah, eu estou bem. Mas você parece ótimo. Ser seu próprio chefe te cai bem.

— Bom, você entende bem disso.

— É. Estou acostumada a fazer as coisas do meu jeito e sozinha. Desse jeito você nunca se decepciona. No fim do dia, você sempre fica satisfeito — disse Jean.

Beauregard sentiu o rosto ficar quente.

— Bom, eu vou pegar a estrada — disse ele. Jean sorriu e voltou para dentro de casa. Beauregard carregou Darren ainda rindo até a caminhonete e o colocou ao lado do irmão. Eles saíram de ré pela garagem e foram para casa.

— A tia Jean faz tudo sozinha? — perguntou Darren. Ele estava com a mão para fora, acenando para cima e para baixo ao vento.

— Acho que a tia Jean está bem — falou Beauregard.

Eles estacionaram na própria garagem, e Darren desceu e correu para casa antes que Beauregard colocasse a caminhonete em ponto morto. Javon não se mexeu. Durante o caminho, Darren tinha pegado seu Homem de Ferro em sua bolsa. Agora estava travando uma luta do Homem de Ferro com o gerânio que Kia deixava na varanda.

— A gente vai ficar bem? — perguntou Javon.

Beauregard se recostou no banco da caminhonete.

— Por que está me perguntando isso?

— Ouvi você e a mamãe conversando — falou Javon. Ele tinha pendurado os fones no pescoço.

— A gente vai ficar bem. Pode ser que a gente esteja num momento difícil, mas você não precisa se preocupar com isso. Tudo que você precisa fazer é se preparar pro nono ano — falou Beauregard.

— Minha mãe tava falando no telefone um dia desses que ela talvez precisasse arrumar outro emprego porque a Precision abriu.

— Olha aqui. Não se preocupa com a Precision ou com a sua mãe ter que arrumar outro emprego. Você só tem que se preocupar em meter a cara nos livros e terminar o ensino médio — disse Beauregard.

— Eu queria poder trabalhar também. Eu podia arrumar um emprego lá ajudando o tio Boonie. Eu odeio a escola. É um saco. A única coisa que eu gosto é da aula de artes, e eu posso fazer isso sozinho — falou Javon.

Beauregard tamborilou os dedos no volante. Ele sabia que Javon estava tendo problemas com matemática e tentara ajudá-lo. Ele dera seu melhor para desvendar o teorema de Pitágoras ou a notação científica para Javon, mas sabia que era um professor de merda. Ele não parecia conseguir explicar ângulos e variáveis para Javon de um jeito que fizesse sentido para o filho. Beauregard só parecia entender, e era difícil articular como ele entendia para outra pessoa. Ele imaginava que Javon se sentia da mesma forma em relação a desenhar. O filho era inteligente e talentoso, só que de um jeito diferente. O pai de Beau costumava dizer que não se chama um peixe de burro porque ele não sabe subir numa árvore.

Beauregard estendeu a mão na frente do rosto do filho.

— Está vendo essa graxa nas minhas mãos? Eu já lavei cinco vezes hoje e ainda não saiu tudo. Não me entenda mal, não há vergonha alguma em trabalhar usando as mãos pra ganhar a vida. Mas, pra mim, foi a única opção. Não tem que ser assim pra você. Você quer fazer curso de mecânica e arrumar um emprego para trabalhar com carros de corrida? Ótimo. Quer ir pra faculdade de artes e ser designer? Beleza, ótimo também. Quer ser advogado, médico ou escritor? Não tem problema nenhum. O estudo te dá opções.

Beauregard se recostou no banco do motorista.

— Olha, se você é um homem negro nos Estados Unidos, vive com o peso da baixa expectativa das pessoas nas suas costas todos os dias. Elas podem te esmagar no chão, caralho. Pensa nisso como se fosse uma corrida. Todo mundo já sai na frente, e você vem arrastando essas baixas expectativas atrás de você. Ter escolha te dá liberdade pra se livrar dessas expectativas. Permite que você acabe com isso. Porque é isso que é a liberdade. Ser capaz de deixar as coisas pra lá. E nada é mais importante que a liberdade. Nada. Está me ouvindo, garoto? — perguntou Beauregard.

Javon assentiu.

— Beleza, então. Eu quero que você se preocupe só com enfiar a cara nos livros. Eu vou cuidar de todo o resto. Agora me ajuda a colocar seu irmão dentro de casa. Se a gente não ficar de olho, ele vai ficar a noite toda lutando contra essa porcaria de planta — disse Beauregard.

Ele levou os meninos para dentro e fez para os dois o jantar favorito do papai. Caçarola de cheeseburger e uma jarra de refrigerante de limão. Mais tarde, depois de colocar os filhos para dormir, esperou Kia chegar em casa. Um pouco depois das onze, ela chegou cambaleando.

— O que você deu pros meninos jantarem?

— O que eles mais gostam — respondeu ele.

Ela caiu ao lado dele no sofá. Em menos de cinco minutos, estava dormindo. Beauregard se levantou e a carregou até o quarto. O corpo maleável dela se enroscou ao redor dele como uma cobra. Ele a deitou na cama e voltou à sala de estar para apagar as luzes. Tirou o chaveiro do bolso. Ao pendurá-lo no suporte, a chave do Duster escorregou do aro. A bola 8 na ponta da corrente retiniu no chão. Ele se inclinou e a pegou. As letras "ATM" tinham sido riscadas na superfície da resina de plástico da miniatura da bola 8. No dia seguinte, Beauregard começaria a mexer no Buick. Ele teria que voltar a Cutter County e verificar a rota mais algumas vezes. Precisava repassar o plano com Ronnie e aquele sujeito, Quan, várias vezes. Boonie estava certo sobre Ronnie. Ele estava jogando de um jeito que só ele sabia. Era seu jeito. Era como se o sujeito fosse viciado em ser duas-caras. Quan era um aspirante a gângster brincando com arma de adulto. Beauregard não confiava em nenhum dos dois, nem um pouco. Seu pai tinha confiado em seus companheiros, e eles tentaram matá-lo na frente de seu único filho. Ele não tinha a menor intenção de deixar isso acontecer com ele.

Beauregard sabia que não havia honra entre ladrões. Os caras nesse jogo só te respeitavam na mesma proporção em que precisavam de você dividido pelo quanto eles te temiam. Não havia dúvida de que precisavam da habilidade dele.

E, se eles não estivessem com nem um pouquinho de medo dele, então estava aí o erro deles.

Onze

Ronnie e Reggie estavam sentados no carro de Reggie com o motor em ponto morto e vibrando tanto que as portas chacoalhavam como maracas. Estavam estacionados em uma estrada secundária do condado. Uma torre telefônica se erguia no bosque atrás deles como o braço de um robô gigantesco. A caminhonete de Beauregard chegou roncando pela estrada de cascalho, levantando uma nuvem de poeira. Beauregard parou ao lado do carro de Reggie de forma que os lados do motorista estivessem em paralelo. Ele pegou um cooler no banco do passageiro e o passou para Reggie pela janela. O sujeito entregou o cooler para Ronnie.

— A gente está aqui há quase uma hora. Espero que tenha umas cervejas aqui dentro também — falou Ronnie. Beauregard ignorou.

— O cara com quem eu peguei isso não mora por aqui. E ele fica nervoso. Leva um tempinho pra fazer negócio com ele — falou Beauregard. Ronnie agarrou a tampa do cooler. — Não abre aqui.

— Bom, dá pra pelo menos dizer o que você conseguiu?

— Revólveres de seis tiros. Feito com partes de uma .38, mas com cano alongado. Sem número de série ou histórico de balística. Loucura faz tudo bem-feito. São peças-fantasma.

— "Loucura faz tudo bem-feito"? De onde você tirou isso, de algum biscoito da sorte, porra? — perguntou Ronnie.

— Loucura é o cara que faz as armas — respondeu Beauregard.

— Ah. Seis tiros, hein? O Quan não vai gostar disso — comentou Ronnie.

— O Quan não tem que gostar de nada. Revólveres não deixam cartuchos pra trás. E, se você precisa de mais de seis tiros, está fazendo errado — falou Beauregard. Ele deu a ré na caminhonete, virou e saiu voando pela estrada secundária.

Ele não gostava nem um pouco de deixar Ronnie com as armas, mas não precisava ser pego com revólveres sem registro. Beauregard não achava que Ronnie fosse tão burro a ponto de usar as armas antes do serviço. Pelo menos, torcia para que ele não fosse.

Quando chegou à oficina, Kelvin estava trocando o óleo do antigo Chevy Caprice de Esther Mae Burke. Ele o tinha colocado no elevador enquanto a sra. Burke estava sentada em um banco perto da porta.

— Como está, sra. Burke? — perguntou Beauregard ao passar por ela a caminho do escritório.

— Estou bem, Beauregard. As coisas estão um pouco devagar por aqui hoje? — perguntou a sra. Burke. Era uma mulher branca baixinha, arrumada e elegante com um cabelo branco-azulado armado que se projetava de sua cabeça como uma crista de galo.

— Uma hora as coisas vão se acertar — respondeu Beauregard.

— Minha vizinha Louise Keating disse que os rapazes da Precision Auto cobram só 19,99 dólares pra trocar o óleo. E que eles completam todos os fluidos e ainda trocam de lugar os pneus traseiros e dianteiros. Tudo por 19,99 dólares. Eu falei pra ela que, se é tão barato, provavelmente não estão fazendo direito. Prefiro vir aqui que eu sei que é tudo certo — disse a sra. Burke.

— Bom, a gente agradece a preferência — falou Beauregard. Ele continuou seguindo para o escritório.

— Vou continuar vindo aqui até você fechar, Beauregard — gritou a sra. Burke.

Beauregard não diminuiu o passo. Ele foi para o escritório e fechou a porta. A montanha de contas na mesa tinha ficado mais alta. Eram como placas tectônicas financeiras. Ele se sentou e começou a examiná-las. Ele as dividiu em duas pilhas. Trinta dias de atraso e último aviso. Ele tinha um cartão de crédito com uns duzentos dólares de limite ainda. Podia usar para pagar a conta de luz. Mas isso acabaria com seu orçamento para provisões. Ele não estava roubando de Pedro para pagar Paulo. Os dois tinham se juntado contra ele e estavam o ameaçando.

Uma hora depois, uma batida na porta.

— Oi — falou Beauregard.

Kelvin entrou e fechou a porta.

— A sra. Burke me falou pra dizer a você que, se você estiver aqui em três meses, ela vai pedir pra gente trocar os freios do carro dela — disse ele.

— Eu devia agradecer a ela pelo voto de confiança — disse Beauregard.

— Então, vai me mostrar? — perguntou Kelvin.

— Mostrar o quê?

— Não me enrola, cara. Qual é, me mostra no que você tem trabalhado, que está debaixo daquela lona grande ali no canto.

Beauregard se recostou na cadeira.

— É só um projetinho pessoal.

Kelvin riu.

— Bug, eu sei que é pra um serviço. Eu só quero ver. Você tem trabalhado dia e noite nisso há uma semana e meia. Passei de carro por aqui outro dia às três da manhã e as luzes ainda estavam acesas. Qual é, me deixa ver essa obra de arte. Aí a gente fecha tudo e vai até o Danny's tomar alguma coisa. O dia foi bem devagar — falou ele.

Beauregard suspirou.

— Tá legal, vamos lá.

Eles voltaram para a oficina e foram até o canto mais afastado, perto do tambor de óleo usado. Ele tirou a lona de cima do carro com um floreio. A lataria tinha sido pintada de azul-marinho. Nada extravagante, só prático. Kelvin reparou que as janelas e o para-brisa eram levemente opacos.

— Você colocou vidro à prova de bala caseiro nas janelas — disse Kelvin. Era mais uma afirmação do que uma pergunta.

— É. Também equipei com uns pneus *run flat* — falou Beauregard.

Ele abriu a porta do motorista e abriu o capô. O motor estava imaculado. Kelvin soltou um assobio.

— Um V6? — perguntou ele.

— É. Eu reconstruí ele inteiro. Botei umas coisinhas a mais aí no meio também — respondeu Beauregard.

— Rá, aposto que sim. Porra, cara, eu queria dirigir essa beleza. Parece boa de verdade. Aposto que ela empina — falou Kelvin.

— É. Ela sabe levantar. Torrei meu crédito todo na Bivins Auto Supply pra deixar esse carro inteiro — falou Beauregard. Ele bateu o capô e deu um passo atrás.

— A sensação é boa, né? De se preparar pra um serviço — falou Kelvin.

— Não — mentiu Beauregard.

Era melhor do que boa. A sensação era de coisa certa. Era como se ele tivesse encontrado um par de sapatos velhos que ele achava que tinha perdido. Lá no fundo, ele sabia que isso era um problema. Não devia ser uma sensação boa ou de coisa certa. A lista do que deveria lhe dar alegria devia começar pela esposa e pelos filhos e terminar com algo benigno, como uma viagem para pescar ou assistir a um racha dentro da legalidade. Mas o que devia ser e o que era raramente estavam alinhados.

— Vamos lá tomar aquela cerveja — falou ele.

A música no Danny's era sombria que nem a decoração. "Hey Joe", de Jimi Hendrix ressoava pelo som surround. O Danny's tinha uma jukebox nova e estilosa com iluminação de LED, mas alguém tinha decidido que era oportuno colocar um velho conto de Jimi sobre assassinato e sofrimento para tomar umas cervejas. Beauregard pediu uma Bud Light, e Kelvin, rum com Coca-Cola.

— Tem certeza de que não precisa de ajuda com isso? — perguntou ele.

Beauregard deu um gole na cerveja.

— Tenho certeza.

Kelvin virou sua bebida. Os cubos de gelo tilintaram.

— Beleza. Só estou falando pra não deixar de pensar em mim — disse ele.

Beauregard deu mais um gole na cerveja.

— Tá. Acho que vai ser uma parada única. Se tudo der certo, a gente vai poder fazer melhorias na oficina. Acrescentar um departamento de funilaria e pintura. Competir com a Precision na próxima rodada de contratos do condado.

— Sei, tô entendendo. Não quer dizer que a gente não possa fazer outro negocinho por fora — disse Kelvin.

— Na verdade, é exatamente o que quer dizer — respondeu Beauregard. Ele terminou a cerveja e desceu do banco do bar.

— Pô, cara, eu não quis... — A voz de Kelvin foi morrendo.

— Eu sei que não — falou Beauregard. Ele se inclinou para a frente e encostou a boca no ouvido de Kelvin. — Se alguém perguntar, eu fiquei na oficina o dia inteiro na próxima segunda e terça.

— Nem precisa falar. Eu já sei que tá na hora — respondeu ele.

Beauregard deu tapas nas costas do primo e foi andando até a saída. Ao se aproximar da porta, um sujeito branco e desengonçado entrou por ela. O cabelo castanho era todo desgrenhado e parecia um cruzamento de duas raças de cachorro. Os olhos castanhos e arregalados estavam aquosos e avermelhados. O homem olhou de relance para Beauregard antes de se mover lateralmente até o bar. Quando o homem passou por ele, Beauregard reparou em uma marca de nascença vermelha no pescoço dele que lembrava um pouco o mapa dos Estados Unidos. A marca era um traço da família do sujeito. O pai e os dois tios dele ostentavam a mesma marca no mesmo lugar. Foi assim que eles ganharam seus apelidos. O pai de Melvin era Red e seus tios eram White e Blue. Os Navely eram o que havia de pior naquela época em Red Hill.

Melvin Navely se sentou a dois bancos de Kelvin no bar. Beauregard ouviu o sujeito pedir um gim com gelo. Quando ele ergueu o copo até a boca, Beau reparou que as mãos de Melvin tremiam. Ficou na dúvida se era por causa da abstinência alcoólica ou se vê-lo ao entrar no bar tinha feito a mão de Melvin tremer. Apesar de Red Hill ser uma cidade muito pequena, eles não se esbarravam com tanta frequência. Ele podia contar nos dedos de uma mão quantas vezes tinha visto Melvin Navely nos últimos 15 anos. Será que Melvin o evitava conscientemente? Beauregard achou que era possível que sim. Ele não culpava o sujeito.

Ele também não ia querer ver a pessoa que passara com o carro por cima do seu pai andando livremente por aí.

Doze

Na segunda de manhã, Beauregard acordou às seis. Colocou uma calça jeans e uma camisa preta e pegou um velho par de óculos escuros na mesinha de cabeceira. Ele deixava a carteira em cima dela. Kia estava deitada do lado dela da cama com as pernas encolhidas até o peito. Ele se inclinou e a beijou no rosto. Ela se virou e o beijou de volta.

— Oi — disse ela.

Ele acariciou seu cabelo.

— Estou indo — disse ele.

Kia abriu os olhos.

— É hoje, não é? — perguntou.

— É. Talvez eu volte bem tarde — respondeu ele.

Ela se sentou e o beijou na boca.

— Só trate de voltar pra casa — pediu ela.

— Eu vou voltar.

Eles ficaram se encarando e conversaram pelo olhar.

Não seja morto. Não seja pego.

Não vou. Eu fui feito pra isso. É só nisso que eu sou bom.

Não é verdade. Você é um bom pai. Um bom marido. Eu te amo.

Eu também te amo.

Ele saiu e deu um beijo nos meninos também. Então tomou o rumo da oficina.

Beauregard entrou no Buick e o ligou. Não fazia o mesmo som impressionante que o Duster, mas era tão rápido quanto ele. Beau tinha tirado a noite anterior para fazer um teste. Seu manuseio era macio, fazendo as curvas como um dançarino de tango executava um *balanceo*. Ele tirou o carro da garagem, saiu, fechou a porta da oficina e foi até o trailer de Reggie.

Ronnie e Quan saíram no segundo toque da buzina. Estavam usando o mesmo macacão azul. Os dois traziam bolsas de mercado de plástico com o logotipo da IGA. Ronnie entrou pelo lado do passageiro e Quan subiu no banco de trás. Ronnie estava anormalmente quieto. Quan cantarolava uma música que Beauregard reconheceu como "Regulate", de Warren G e Nate Dogg. Ele deu ré ao lado do carro de Quan e saiu pela entrada de Reggie e Ronnie. O Buick tinha placas de outro Buick antigo do pátio de Boonie e um adesivo de inspeção falsificado. Beauregard ficou bem abaixo da velocidade máxima no trajeto até Cutter County. Eles ficariam bem a menos que nenhum policial afoito demais decidisse pará-los por causa de seu perfil racial e checar a placa.

— Você pegaram tudo que eu mandei? — perguntou Beauregard.

Ronnie se contraiu como se tivesse levado um chute no saco.

— Há?

— A máscara de ski, a tinta de graxa e as luvas cirúrgicas — falou Beauregard.

— Ah, sim. A gente pagou em dinheiro, como você falou. Pegamos a máscara em uma loja diferente da tinta e em dias diferentes.

— Bom. Vocês dois estão puros? — perguntou Beauregard.

— Sim. Eu nem tomei cerveja hoje de manhã — respondeu Ronnie.

Quan não respondeu.

— Quan? — insistiu Beauregard.

— Eu sou puro, mano — disse Quan. Ele falou com clareza e nitidez. A voz estava estável e limpa. Ele pronunciou cada sílaba com uma articulação tão aguçada que dava para fatiar um pão.

— Essa coisa tem rádio? — perguntou Ronnie.

Beauregard pegou a Town Bridge Road e seguiu na direção da interestadual. Ele usava luvas de piloto com buracos nos nós dos dedos. Ele flexionou a mão direita e apertou um botão no rádio no meio do painel. "Ante Up", do M.O.P., começou a tocar no carro.

— Que apropriado — disse Ronnie.

O ar-condicionado não funcionava. Beauregard abriu um pouco sua janela e uma corrente de ar se espalhou pelo carro. Ele sentiu o coração começar a bater mais forte. Parecia um bagre se debatendo em um píer. O céu estava tão escuro que parecia estar anoitecendo. Um cobertor de nuvens tampava o sol que nascia. Outra música antiga de hip-hop começou a tocar no rádio, e Beauregard se viu balançando a cabeça antes de se dar conta de qual era o título. "Mind Playing Tricks on Me", do trio de Houston, o Geto Boys. Ele lembrava que, quando a música tinha sido lançada, Kelvin queria tanto uma cópia da fita que convencera Beauregard a pegar carona com ele até o shopping em Richmond para tentar roubar uma. Beauregard tinha ido até o fliperama, convencera uns garotos brancos da escola a jogar *Pit-Fighter* e ganhara dinheiro suficiente para comprar a fita. Kelvin perguntara a ele por que simplesmente não tinham roubado.

— Meu pai fala que um risco sempre tem que valer a recompensa. Essa fita não valia a gente ser pego na porta — tinha dito ele.

— Ele te falou isso? — perguntara Kelvin.

— Não, mas eu escutei ele falando com o tio Boonie.

Ele sabia por que aquela lembrança voltara. Ele não precisava de seis anos de psicanálise supercara para entender a própria mente. Os diamantes valiam o risco. Mesmo que Ronnie fosse escuso e Quan fosse fraco. A recompensa pesava muito mais do que o risco. Beauregard entrou na interestadual e pisou fundo.

O estacionamento do shopping estava quase vazio quando eles chegaram. Havia dois carros em frente a um restaurante chinês que ficava duas portas depois da joalheria. Havia cinco carros na porta da própria joalheria. O resto do estacionamento estava vazio. As nuvens tinham se dissipado, revelando um azul-cerúleo. Beauregard pensou que parecia que alguém tinha derramado tintas de aquarela pelo céu. Ele passou da joalheria e estacionou de modo a ficar de frente para a saída. Ele respirou fundo.

— Hora de voar — disse ao soltar o ar.

— Há? — perguntou Quan.

— Nada. Chequem as armas. Confiram se estão mesmo carregadas. Coloquem as máscaras. Um minuto pra garantir que não tem nenhum herói na jogada. Dois minutos pra abrir o cofre e pegar os diamantes e mais algumas peças no expositor. Um minuto pra voltar até o carro. Quatro minutos. Em cinco minutos, estarei saindo do estacionamento. Entenderam? — falou Beauregard.

Ronnie e Quan abriram as bolsas e tiraram as latas de tinta de graxa branca. Colocaram as luvas de látex e as máscaras camufladas. Os dois tiraram suas armas.

— Entendi, cara. A gente volta num pulo — falou Ronnie.

— Quan, você entendeu? — perguntou Beauregard. Ele observou o reflexo de Quan pelo retrovisor interno. Um Ceifador da roça estava em seu carro.

— Entendi, cara — disse Quan, enunciando exageradamente cada palavra.

— Você está chapado, porra? — perguntou Beauregard.

Quan enfiou a .38 no bolso.

— Não.

Beauregard se virou e recostou no assento.

— Olha pra mim.

Quan levantou a cabeça.

— Mano, já falei que eu estou puro. Porra, vamos acabar logo com isso — falou.

Beauregard esfregou o polegar da mão esquerda no indicador.

— Quatro minutos. Duzentos e quarenta segundos. Isso vai nos dar dois minutos de dianteira em relação aos policiais que ficam a três ruas daqui. Entrou, saiu, partiu — disse ele.

Um velho ladrão de bancos irlandês com quem ele trabalhou em três ocasiões diferentes tinha cunhado essa frase, mas Beauregard nunca esquecera. Aquele irlandês era um profissional. Esses caras não chegavam nem perto dele. Não jogavam nem o mesmo jogo que ele.

— Saquei — falou Quan.

Ronnie ajustou a máscara.

— Vamos agitar, sacudir e balançar — disse ele.

Em seguida, abriu a porta do carro e desceu. Quan passou por cima do assento e o seguiu depois de bater a porta.

Beauregard observou enquanto os dois se apressavam pelo estacionamento. Quinze passos de onde ele tinha parado até a porta. Ele fora até ali uns dias atrás e contara os passos da porta até a vaga mais próxima. Ele olhou o relógio. Eram oito e quinze.

Ele segurou o volante.

— Hora de voar — sussurrou.

Treze

Ronnie tinha a sensação de que estava em um filme. Tudo ao seu redor parecia elétrico, tremeluzindo como cenas sendo exibidas por um projetor. Ele tinha comprado uma quantidade mínima de pó na noite anterior. Naquela manhã, tinha cheirado duas carreiras. Só o suficiente para aguçar os sentidos. Ele percebia agora que tinha sido um erro. Sentia-se sobrecarregado por todos os estímulos ao redor. Ele achou que estava conseguindo ouvir o estalo de suas pálpebras ao piscar. Sua pele parecia em carne viva e exposta como o nervo de um dente quebrado.

Foda-se. Pega esse dinheiro. Como diria Elvis, *blue suede shoes*, seus filhos da puta, pensou ele.

Ronnie empurrou a porta da joalheria com o ombro. A arma estava na mão direita, e a sacola de plástico, na esquerda. As luzes embutidas no teto conferiam à área de venda um tom sépia. Os expositores estavam dispostos em um formato de U ao contrário. Um balcão comprido nos fundos da loja funcionava como uma mesa de venda. A caixa registradora ficava mais afastada do lado esquerdo. Dois balcões compridos se estendiam por todo o comprimento dos dois lados da loja. Uma enorme janela panorâmica dominava a maior parte da fachada da joalheira. Jenny estava atrás da mesa com uma mulher corpulenta que exibia um corte militar desleixado. As duas falavam com uma mulher branca mais velha que usava um vestido de verão com estampa arco-íris. Seu cabelo branco comprido estava dividido em duas tranças. Ao lado direito de Ronnie, um jovem negro estava inclinado por cima de um dos expositores, obviamente perdido em pensamentos.

— Vocês já sabem o que fazer! Todo mundo no chão e de boca fechada, porra! — gritou Ronnie.

— Todo mundo no chão ou vão ter que limpar os miolos de vocês da porra do teto! — gritou Quan. De cara, ninguém se mexeu. O jovem negro nem ergueu a cabeça.

— AGORA! — berrou Ronnie.

O jovem negro se jogou no chão tão rápido que parecia ter pisado em um alçapão. A mulher branca mais velha demorou mais, mas também se abaixou. Jenny e a mulher grandalhona, que devia ser a gerente, também se jogaram no chão. Ronnie correu até a mesa. As duas estavam de quatro prestes a se deitarem no chão.

— Vem, Ruiva, eu e você vamos lá pra trás — falou Ronnie.

A gerente se levantou mais rápido que seu tamanho mostrava que conseguiria.

— Não toca nela! — falou.

Ela se colocou entre Ronnie e Jenny. Ronnie quase deu um passo atrás. A ferocidade na voz dela era palatável. Os olhos saltavam das órbitas e uma veia pulsava em sua testa. Via de regra, Ronnie era contra bater em mulher. Ele crescera cercado pela hospitalidade sulista desde pequeno e achava a ideia repulsiva. Em circunstâncias normais, nunca encostaria um dedo em uma mulher. No entanto, aquelas não eram circunstâncias normais. Nem de longe.

Ronnie acertou a gerente bem acima do olho direito com a coronha da .38. Um buraco da largura de um palito de picolé surgiu sob o olho dela. O sangue esguichou do ferimento que nem água jorrando de uma torneira quebrada. A gerente caiu para a frente, segurou-se no balcão e foi direto ao chão. Ronnie agarrou Jenny pelo braço e a levantou.

— Fica de olho neles! — berrou Ronnie.

Quan assentiu vigorosamente. Ronnie arrastou Jenny até o quarto dos fundos.

Depois de passarem pela porta que dizia SOMENTE FUNCIONÁRIOS, Ronnie puxou Jenny para mais perto.

— Você desativou o alarme? — perguntou ele.

— Não deu. A Lou Ellen estava aqui quando eu cheguei. Ela devia estar fora, mas trocou com a Lisa.

— Merda. O alarme passa pelo cofre? — perguntou Ronnie.

— Como é que eu vou saber, porra? — respondeu Jenny.

Ronnie quase bateu em uma mulher pela segunda vez na vida.

— Só abre logo essa porra — ele falou.

Jenny puxou com força o braço para se livrar dele e foi andando por entre três escrivaninhas de metal largas e uma mesa de metal mais ampla. Ela parou diante do enorme cofre cinza-chumbo quase tão alto quanto Ronnie e apertou alguns botões em um teclado na frente do cofre. Uma luz verde começou a piscar em uma tela de LED na porta. Jenny puxou a alavanca.

Nada aconteceu.

— Tenta de novo! — sibilou Ronnie. Jenny inseriu a combinação outra vez. A luz verde piscou. Ela puxou a alavanca.

Nada.

— Sai da frente — falou Ronnie.

Ele puxou a alavanca. De cara, não parecia estar se mexendo. Ele puxou com mais força. A porta começou a abrir, com uma lentidão dolorosa. Era pesada que só o diabo. Ele pôs a arma no bolso do macacão, largou a sacola de plástico e usou as duas mãos para abrir a porta. Dentro do cofre, havia seis prateleiras forradas com um tecido preto. Na primeira, havia três maços de dinheiro. Ronnie pegou a sacola plástica e jogou a grana no que já tinha sido um saco de mercado. Ele não sabia que o dinheiro estaria no cofre, mas cavalo dado não se olham os dentes. Nas três prateleiras seguintes, havia livros-razão, arquivos e documentos aleatórios. Na sexta, havia uma caixa marrom do tamanho de um estojo. Ele a pegou e rasgou a tampa dura de papelão. Ela se abriu, e Ronnie foi presenteado com a mais bela visão que seus olhos já tinham tido o prazer de ver. A caixa estava cheia de diamantes brutos. Cada um era do tamanho de uma uva-passa.

— Olá, gracinhas — disse Ronnie. Ele fechou a tampa de novo e enfiou a caixa na bolsa. — Vem, você tem que deitar ao lado da Indigo Girl lá fora.

Ele agarrou o braço de Jenny e voltou para a área de venda. Seu coração parecia uma corneta no peito. Ele tentou se forçar a ficar mais calmo, mas era inútil. Estava tudo bem, o serviço estava quase terminando. Ele tinha conseguido. Vira uma oportunidade e aproveitara. Como diria o Rei, a ambição é um sonho com um motor V8. Ele ia dirigir aquele V8 até chegar a um lugar com areia a perder de vista e uma água tão cristalina que daria para ver uma sereia vindo até você para te beijar.

Ronnie percebeu que tinha algo errado assim que abriu a porta, mas não soube o que era até ver o reflexo da sapatão no vidro polarizado da porta da joalheria. Do outro lado da porta do escritório, ela apontava uma espingarda para Quan.

Ronnie enfiou a mão no bolso e segurou o revólver. Ele atirou através do bolso na porta. Lou Ellen disparou a arma ao perder o equilíbrio. Ao cair, soltou um gemido agudo. Ela continuou a disparar enquanto caía.

Choveu vidro estilhaçado em cima de Quan. Um dos tiros que a mulher disparara por trás do balcão passara zunindo pela cabeça dele e abrira um buraco na janela panorâmica da fachada da loja. Ronnie viu o jovem no chão se levantar e correr até a porta. A mão de Quan se ergueu por reflexo.

A cabeça do jovem ricochetou para trás como se estivesse presa por uma corda invisível que tinha sido retesada. Uma névoa vermelha pairou entre ele e Quan. O jovem caiu como um lençol molhado se desprendendo de um varal. Quan piscava sem parar. Havia algo em seus olhos.

Ronnie passou por cima do jovem que perdera metade da cabeça e agarrou Quan pelo braço, empurrando-o na direção da porta. Ele ouvia Jenny gritando. A *sugar mama* dela urrava como uma *banshee*. A mulher mais velha no chão chorava. Ronnie empurrou Quan pela porta. Eles chegaram à calçada em uma arrancada mortal. A janela panorâmica da fachada da joalheria explodiu. Ronnie não olhou para trás, mas sabia que a sapatão ainda atirava neles. Ele correu até o Buick seguido por Quan. Foi só quando chegou ao carro que percebeu que também estava gritando.

Beauregard abriu a porta do passageiro quando viu os dois saírem correndo da joalheria. Quan subiu no banco de trás e Ronnie pulou no da frente. Ronnie mal tinha fechado a porta quando Beauregard decolou, os pneus cantando e deixando uma nuvem de poeira cinza em seu rastro. O Buick saiu do estacionamento a sessenta quilômetros por hora. Beauregard pisou no freio e no acelerador ao girar o volante para a direita. Havia só uns poucos carros na rua àquela hora da manhã. Ele passou por eles adernando e subindo na calçada e depois voltou para a rua. Avançou um sinal vermelho, e Ronnie gritou quando ele passou raspando entre um velho caminhão detonado e uma van pequena de entrega.

Beauregard segurava a direção como se fosse uma boia salva-vidas. Ele sentia as vibrações do motor irradiando pelo volante e subindo por seus braços. Seu coração não estava disparado. Ele diria que seus batimentos não passavam de setenta por minuto. Aquele era o seu lugar. O que ele fazia de melhor. Algumas pessoas eram boas em percorrer os dedos pelas teclas de um piano ou dedilhar as cordas de uma guitarra. O carro era seu instrumento, e ele estava executando uma sinfonia. Ele foi dominado por uma frieza. Começou em sua barriga e foi se espalhando para as extremidades. Ele sabia que, não importava o que acontecesse, ele nunca se sentiria mais vivo, mais presente do que naquele momento. Havia verdade nisso e tristeza também.

Quan tirou a máscara e a jogou no chão do carro. Ele esfregou os olhos enquanto cuspia sem parar. Sentia um gosto de cobre quente na boca. Atrás deles, sirenes dispararam. Ele se virou e olhou pela janela traseira. Duas viaturas azuis e brancas da polícia tinham se materializado do nada. As luzes estavam difusas por causa do brilho do sol. Quan esfregou de novo os olhos na manga. Ele olhou e notou que a tinta de graxa tinha um tom rosado. Sangue. Aquilo era sangue. Sangue do cara. Ele tinha matado o cara. Tinha matado alguém. Quan deixou a arma cair como se ela estivesse em chamas. O vômito já saía antes que ele se desse conta de que estava enjoado.

Beauregard olhou para a esquerda e avaliou as viaturas que se aproximavam rapidamente pelo retrovisor lateral. Durante a segunda viagem de reconhecimento, ele passara pela delegacia mais uma vez. Estava quase escurecendo, e ele vira quatro viaturas paradas no estacionamento ao lado. Contando com mais uma que tinha visto estacionada perto da saída, eram cinco. Um lugar do tamanho de Cutter County não precisava de mais do que cinco viaturas de polícia. As duas que os perseguiam e a outra que provavelmente estava em ronda eram modelos especiais do Dodge Charger Pursuit. Um motor Hemi de 340 cavalos sob o capô significava que o carro podia ir de zero a cem em seis segundos. Eles vinham equipados com opções de direção e suspensão avançadas. Uma conexão potente de cambagem da suspensão traseira e freios a disco mais largos do que o normal davam ao carro uma agilidade de manuseio sobrenatural.

Como teria dito seu pai, aqueles cães sabiam caçar.

Beauregard tinha calculado que eles teriam pelo menos dois minutos antes que os policiais sequer soubessem que a joalheria tinha sido roubada — depois que eles tivessem saído e se tudo tivesse corrido bem. Por outro lado, ele calculara que eles só teriam trinta segundos se desse merda. Tinha ouvido tiros do Buick. Isso era um belo indício de que tinha mesmo dado merda. Não o surpreendia ver os policiais pelo retrovisor.

Uma placa próxima à rampa de acesso indicava que motoristas conscientes deveriam reduzir a velocidade para sessenta quilômetros por hora a fim de acessar a rampa e se misturar ao trânsito.

Beauregard pegou a entrada a cem por hora. Ele manteve o pé direito no acelerador e pisou com o esquerdo no freio. O carro deslizou em um semicírculo antes de entrar na interestadual.

— Merda, merda! — uivou Ronnie.

Beauregard tirou o pé do freio e pisou fundo no acelerador. O Buick saltou para a frente quando ele engatou a quinta marcha que tinha instalado no carro. Beauregard se misturou ao tráfego e cortou um caminhão de carga enquanto deslizava para a segunda das três faixas da interestadual. O caminhoneiro buzinou, mas Beauregard só ouviu uma leve buzina ao longe. As sirenes logo se sobrepuseram ao som. Beauregard olhou de relance para o retrovisor sem virar a cabeça. Os motoristas davam passagem para as viaturas, que iam se aproximando dele. Antes que ele percebesse, os caras estariam perto o suficiente para bater no Buick com o para-choque de impulsão. Beauregard ligou o rádio. "WHAM!", de Stevie Ray Vaughan, estava tocando. Ele devia ter esbarrado na estação da PBS. Uma rádio comum não tocava mais músicas instrumentais.

Logo abaixo do som, havia um interruptor azul. Beauregard o acionou e o motor rugiu como um urso-das-cavernas. Óxido nitroso. N2O. Ele tinha instalado no motor um sistema de injeção por placas. Também ajustara os anéis de pistão para que, quando o motor estivesse aquecido pela injeção do óxido nitroso, os anéis não se fundissem e rachassem os pistões.

Uma trabalheira danada, mas valeria a pena. O ponteiro do velocímetro estava totalmente encostado na direita. Tremia quase em cima do 220. Uma SUV com diversos adesivos no vidro traseiro que contavam a história de uma família em bonecos de palito e de alunos honorários assomou à frente dele. Beauregard jogou o volante para a direita outra vez e correu pelo acostamento mais largo da interestadual para ultrapassar a SUV.

— AI, CACETE! — berrou Ronnie.

Sinalizações de trânsito no formato de triângulos laranja alertavam para uma obra à frente. Beauregard arriscou olhar mais uma vez pelo retrovisor. As viaturas ainda estavam na sua cola, mas ele abrira uma distância de pelo menos seis carros entre o Buick e os Chargers. O viaduto que levava a interestadual a uma interseção de duas pistas se ergueu diante dele como a parte de cima de uma baleia branca surgindo das profundezas do oceano. A interestadual tinha passado de três faixas para duas. Quando a obra terminasse, seriam ao todo quatro. Duas faixas adicionais estavam sendo acrescentadas ao viaduto. A nova obra tinha parado bem antes da outra, anterior a ela. Existia uma abertura com 18 metros de largura para além do asfalto e das armações de ferro expostas. Oito metros abaixo dessa fenda, uma pilha de solo de argila avermelhada com três metros de altura se erguia no ar. Cones barril alaranjados, estruturas de ferro bem organizadas e cantoneiras de ferro ocupavam o espaço à direita da pilha de sujeira. À esquerda, ficava a interseção e a estrada de uma faixa só que tinha sido interditada pelos cones de trânsito.

— Ah, porra, não me diz que você vai tentar saltar essa merda! — disse Ronnie por cima das últimas notas da Stratocaster de Stevie Ray.

— Coloquem suas almofadas de pescoço — avisou Beauregard. Ele agarrou a que estava em seu colo com uma das mãos e a deslizou pelo pescoço.

Ronnie pegou as almofadas no chão do carro. Ele colocou uma e jogou a outra para Quan.

— Por que a gente tem que usar isso, Bug? — perguntou Ronnie.

Em vez de colocar a sua almofada, Quan se jogou e deitou de lado em posição fetal.

Beauregard ignorou a pergunta de Ronnie. Ele pisou no freio e virou o volante todo para a esquerda. O Buick fez um 180 graus, engolfando-os em uma nuvem de fumaça cinza. Sem pensar duas vezes, ele engatou a ré no carro e pisou fundo no acelerador. As barreiras de madeira que cercavam o canteiro central tinham sido substituídas por cercas de tapume laranja.

Ronnie berrava em seu ouvido. Nenhuma palavra, só um uivo demorado e sem sentido. Eles estavam a cem por hora, correndo na direção de uma parte inacabada da estrada.

De ré.

A polícia se aproximava como lobos caçando cervos.

E de repente os cervos tinham asas.

Beauregard não disse "se segurem". Não disse "tomem cuidado". Mas, em sua cabeça, ele ouvia a voz do pai.

"Ele está voando, Bug!"

O Buick saiu voando pelo viaduto. Caiu oito metros como uma pedra. O porta-malas bateu na pilha de sujeira, mas ela ajudou a amortecer a queda. A borda do viaduto foi sumindo com rapidez da visão de Beauregard conforme eles caíam. Ele se segurou apertando o volante e recostando-se em seu assento o mais firme que conseguiu. O para-choque traseiro absorveu um pouco do impacto. Os amortecedores niveladores que ele tinha instalado cuidaram do resto. Ele sentia cada centímetro do revestimento de aço que soldara no chassi chegando ao limite de sua tensão.

O carro de polícia mais perto deles tinha pisado no freio. O carro de trás, não. Ele bateu no da frente e o arremessou pela extremidade do viaduto. Ele aterrissou no asfalto com o bico do carro. Vapor e o líquido de arrefecimento do motor jorraram pelo capô amassado mesmo quando o carro ficou caído, virado para cima. Beauregard deu um tranco no câmbio, engatou a marcha e se livrou da pilha de sujeira seca. A argila vermelha subiu 15 metros no ar enquanto os pneus traseiros buscavam um ponto de apoio. Por fim, depois do que pareceu uma década, Beauregard sentiu a borracha encontrar o asfalto. Ele se esquivou da viatura de cabeça para baixo e passou batendo nos cones de trânsito. Pegou a estrada que voltava para a Route 314 e virou à direita.

— Acho que eu me caguei — murmurou Ronnie.

O Buick disparou pela estrada de asfalto com uma única faixa. Eles passaram por uma van caindo aos pedaços e depois a estrada ficou vazia. Três quilômetros depois, Beauregard saiu do asfalto e entrou em uma viela de terra com buracos de lama tão fundos que dava para fazer uma exploração de cavernas. Ele fez o melhor que pôde para evitar os buracos. A estrada era margeada por árvores que lançavam uma sombra estranha conforme o sol ia ficando mais alto.

A estrada terminava a seis metros de um largo corpo de água parada. Beauregard encontrara o lugar na segunda viagem de reconhecimento. A estrada era agora dominada pelo mato, mas um dia já tinha levado a uma pedreira. Com o passar dos anos, a água da chuva foi se acumulando no local e criou um lago artificial. Não havia peixes, mas, de vez em quando, crianças da área desciam a estrada para nadar. Às vezes, jovens amantes seguiam por essa estrada para se juntarem em uma cópula desajeitada enquanto se remexiam em busca de êxtase. O reboque de Boonie estava perto da beira do lago.

Beauregard parou o Buick. Ronnie e Quan desceram e tiraram os macacões. Ronnie usava sua roupa de sempre e Quan vestia uma calça de moletom e uma camisa azul larga. Eles jogaram os macacões no carro, mas não sem antes usá-los para limpar a graxa do rosto. Ronnie e Quan correram até o reboque. Beauregard desceu e pegou um pedaço de pau no banco de trás. Uma das pontas estava coberta com o que parecia ser carne moída e molho de tomate. Ele encaixou essa extremidade no acelerador e prendeu a outra no volante. Beauregard baixou a janela e fechou a porta. Depois, pela janela, ele esticou a mão até o câmbio e colocou o carro em movimento. Ele pulou para trás quando o carro disparou para a frente.

O Buick chegou à beira do lago e, por um momento, voou outra vez. A gravidade agiu, fazendo o carro despencar na água. Uma borrifada de água parada choveu sobre Beauregard, mas ele não se mexeu. Observou o carro afundar até estar todo submerso. Por quanto tempo o motor funcionaria debaixo da água? A pergunta surgiu em sua cabeça e ele a guardou para pesquisar mais tarde.

— Vem, cara, vamos nessa! — disse Ronnie.

Beauregard entrou no reboque e tomou o caminho até a estrada principal. Ele o pegara emprestado com Boonie. Um dos homens de Boonie tinha seguido Beau até Cutter County na noite anterior. O sujeito estacionara na loja de conveniência que ficava a três quilômetros dali na estrada. Beauregard tinha escondido o reboque e depois voltara a pé para a loja.

Eles viraram na Route 314 e seguiram para a Route 249. Beauregard queria evitar a interestadual. As antigas estradas estaduais os levariam de volta até Red Hill. Só demoraria um pouco mais.

Uma viatura estadual passou por eles a pelo menos 160 por hora indo na direção de Cutter County. Ronnie pôs a mão no bolso, como se procurasse a arma que tinha descartado no lago.

— Eles estão atrás de um Buick azul, não de um guincho — falou Beauregard.

Eles demoraram quase três horas para voltar a Red Hill. Beauregard levou Ronnie e Quan até o trailer de Reggie. Ele parou o reboque e o deixou em ponto morto. Os três desceram. Ronnie estava com a caixa enfiada embaixo do braço como se fosse um livro da escola. Ele deu a volta na frente do reboque e foi até o lado do motorista, dando um soco de brincadeira no ombro de Beauregard.

— Isso é que eu chamo de dirigir! É por isso que eu precisava do Bug! Cacete, acho que eu vi Jesus tentando assumir o volante, mas você ficou todo tipo: que nada, patrão, deixa comigo! — falou.

Ele ergueu a mão para um cumprimento no ar. Beauregard enfiou as mãos no bolso. Ronnie manteve a mão no ar por mais alguns momentos e então a baixou. Beauregard o olhou.

— Eu ouvi tiros. Outras pessoas ouviram também. Foi por isso que os policiais foram chamados. O que aconteceu lá dentro? — perguntou ele.

Ronnie deu de ombros.

— A sapatão puxou uma espingarda.

— Você matou ela?

— Bom, eu não parei pra checar o pulso dela.

— E ele? Matou alguém?

— Cara, as coisas ficaram tensas lá dentro. Não deu pra evitar.

— Como ela te dominou? Eu achei que ele ia ficar controlando as pessoas enquanto você estava nos fundos — falou Beauregard.

Ronnie vinha pensando na mesma coisa, mas, agora que tinham escapado e voltado para casa, não estava mais tão preocupado com isso.

Beauregard deu a volta em Ronnie e foi até Quan. Parou bem dentro do espaço pessoal do outro sujeito.

— E aí, gângster? O que aconteceu lá?

— Cara, não faz diferença. A gente conseguiu — falou ele. Ele arrastou as palavras no "conseguiu".

— O que você falou? — perguntou Beauregard.

— Eu falei...

Beauregard deu um tapa tão forte no sujeito que pareceu um tiro de rifle. Quan virou 180 graus e deslizou pelo capô do reboque. A camisa azul dele ficou presa na grade acima do farol. Beauregard se agachou ao lado dele.

— Você tá doidão, né? Dá pra ver nos seus olhos. Deixa eu te contar a diferença que faz. É a diferença entre um assalto à mão armada, que pode ser investigado por alguns meses, e homicídio de primeiro grau, que eles nunca vão deixar pra lá. Eu falei pra você não ficar doidão. Mas você ficou mesmo assim. Deixa eu adivinhar. Aquela moça te dominou quando você perdeu o foco enquanto Ronnie estava nos fundos. Seu burro de merda.

Beauregard se levantou.

— Não vem mais a Red Hill. Você é *persona non grata* agora. Não quero te ver nunca mais. E você...

Ele se virou para encarar Ronnie.

— Não quero te ver até você pegar meu dinheiro. Então a gente se encontra em algum lugar fora da cidade. Descartem seus telefones — falou.

Ele se agachou de novo e pegou Quan pelas tranças.

— Acho que nem preciso falar, mas não conta nada pra ninguém sobre hoje. Eu ouvi você vomitar no carro. Eu sei que vai ser difícil pra você conviver com isso, mas você vai aprender ou vai morrer por causa disso. Entendeu? — perguntou ele.

Quan assentiu.

Beauregard se levantou.

— Foi a última vez, Ronnie. Depois que você me pagar, nunca mais me procura ou procura minha família. — Beauregard subiu no reboque e o ligou. Quan se desvencilhou da grade e se levantou. Beauregard saiu pela entrada de carros de Reggie.

— Eu odeio esse filho da puta — falou Quan.

— Eu acho que ele também não curte muito você. Vem, vamos tomar uma cerveja. Em uma semana, você vai ser oitenta mil mais rico. Aí você contrata um treinador de boxe — falou Ronnie.

— Vai se foder, Ronnie — disse Quan. Ele esfregou o rosto.

— Tá, tá. Vamos pegar aquela cerveja antes que o Bug volte e te dê um esculacho — falou Ronnie.

Ele foi até o trailer. Uns segundos depois, Quan o seguiu.

— Eu odeio esse filho da puta — murmurou ele bem baixo.

Beauregard dirigiu até o pátio de Boonie, trocou o reboque por sua caminhonete e foi para sua oficina. A placa na porta dizia "FECHADO". Kelvin devia ter saído para almoçar. Ele destrancou a porta, entrou e acendeu as luzes. O Duster estava no canto, quieto como uma esfinge, ainda que falasse com ele dentro de sua cabeça.

"Nós somos quem devemos ser."

A voz em sua cabeça parecia a de seu pai. Aquela voz melódica, áspera e embebida de uísque, que o atormentava quando sonhava acordado. Mas as palavras pertenciam a alguém bem mais eloquente que ele não conseguia lembrar. Ele correu o dedo pelo capô do Duster. Pessoas tinham sido baleadas. Podiam até estar mortas. Aquilo ia dar o que falar depois de um assalto descarado bem à luz do dia. Ele tinha a sensação de que Ronnie ia tentar lhe passar a perna quanto à sua parte. E Quan era uma porra de um trem desgovernado.

Mas eles tinham escapado. Ele ainda tinha essa parada. O que quer que fosse essa "parada".

— Nós somos quem devemos ser.

Suas palavras ecoaram pela garagem.

Catorze

— Sra. Lovell, só queremos que saiba que sentimos muito por tudo que você passou — falou o primeiro policial, que se chamava LaPlata. Era alto e magro, mas tinha mãos cheias de veias que pareciam fortes o bastante para abrir um coco.

— Só para você saber, a promotora está inclinada a não prestar queixa contra você por ter disparado sua arma de fogo — disse o outro policial, Billups. — A sra. Turner vai ficar bem e não quer dar continuidade a nenhuma ação criminal. Como a arma estava registrada, você está limpa em relação a isso.

Ele tinha a estrutura de um hidrante e um recuo bem acentuado na linha do cabelo. Estavam sentados de frente para ela em uma namoradeira estreita que tinha um padrão floral desbotado. Lou Ellen estava na poltrona reclinável com as pernas apoiadas no descanso para pés. Suas muletas estavam no chão, perto da cadeira.

— Ah, bom saber disso. Quer dizer, já que eu estava tentando salvar a vida dela — disse Lou Ellen.

Ela se mexeu na poltrona e sentiu uma pontada de dor que atingiu todo o seu lado esquerdo. Fez uma careta e soltou um longo gemido gutural.

— Podemos lhe dar alguma coisa? — perguntou Billups.

Lou Ellen balançou a cabeça.

— Os médicos já me prescreveram a dosagem legal mais alta de oxicodona. Disseram que a bala ricochetou na minha coxa, passou pelo meu fêmur e saiu perto da minha bunda. Já faz duas semanas, e ainda parece recente. Acho que vou sentir dor por um bom tempo. Melhor me acostumar — falou Lou Ellen.

— Sra. Lovell, pode nos contar alguma coisa sobre as pessoas que roubaram a loja? — perguntou Billups.

Lou Ellen fez que não.

— Os dois eram homens, eu acho. Os dois estavam de máscara. E luvas. Eles tinham colocado luvas.

—Tem certeza de que eles não pegaram nada? — perguntou LaPlata. — O cofre estava aberto quando os agentes chegaram lá.

— Só algumas centenas de dólares em dinheiro vivo — mentiu Lou Ellen.

LaPlata a encarou. Seus olhos amendoados pareciam estudá-la como uma criança observa uma formiga antes de prendê-la em um enorme copo de vidro.

— É bem estranho. Havia peças nos expositores que valem alguns milhares de dólares. Mas eles não estavam atrás delas. Isso não foi um simples roubo. Eles estavam atrás especificamente do cofre e só do cofre — disse LaPlata, sem tirar os olhos de Lou Ellen.

— Acho que eles podem ter achado que as coisas boas estavam nos fundos, não sei. Olha, não quero ser indelicada, mas eu realmente não estou me sentindo muito bem. Podemos terminar isso depois? — perguntou ela.

LaPlata voltou o olhar para Billups. Depois de uns segundos, o grandalhão assentiu. Os dois detetives se levantaram.

— Bom, sra. Lovell, se lembrar de qualquer coisa, por favor, nos ligue. Vamos investigar isso a fundo, prometo para você — falou LaPlata.

Ele entregou para ela um cartão com o nome dele em pequenas letras elegantes. Ela pegou, mas não encarou os olhos inquisitivos dele. Podia senti-los perfurando seu crânio.

— Descanse, sra. Lovell. Ficaremos em contato — disse Billups. Os detetives foram embora.

Quando ouviu a porta bater atrás deles, ela fechou os olhos e suspirou. Enfiou a mão no bolso da calça do pijama e puxou um frasco de remédio, de plástico marrom. Ela engoliu a seco mais dois comprimidos de oxicodona. O gosto amargo logo deu lugar a uma turgidez lânguida que se espalhou por seu corpo com uma determinação discreta. Ela reclinou a poltrona toda para trás e tentou não pensar nos tiras ou na joalheria ou na dor na perna.

Vinte minutos depois, seu telefone tocou. Lou Ellen sentou ereta, sentindo o coração martelar como um bate-estaca. Ela pegou o aparelho no bolso e olhou para a tela.

O identificador de chamada exibia John Elevone. John 11:1. A primeira menção a Lázaro na Bíblia. Receber uma ligação de Lazarus "Lazy" Mothersbaugh nunca era boa coisa. Receber uma ligação dele depois de deixar um dos negócios dele ser roubado era apavorante.

Ela podia ignorar, mas ele ligaria de novo e isso só pioraria tudo. Como se as coisas pudessem piorar. Ela atendeu com o dedo e colocou o telefone no ouvido.

— Alô?

— Ora, ora, ora, se não é a própria Annie Oakley, a atiradora? — disse uma voz esganiçada e estridente. Dava para ouvir em sua fala o sotaque entre Lynchburg e Roanoke. Algumas pessoas poderiam fazer suposições com base nesse sotaque carregado. Eram pessoas bobas.

— Oi, Lazy — disse ela.

— Oi, Lou. Como você tá? Ouvi dizer que você tomou um tiro que fez um tour pelas suas partes baixas — falou ele, dando uma leve risada.

— Não. Me acertaram no quadril e saiu pela minha bunda.

Ela o ouviu respirar fundo. Deu para escutar o catarro pelo telefone.

— Isso virou uma zona, Lou. Uma zona do tamanho de um velho e grande porco seboso e assassino — falou Lazy. Ela não respondeu. — Você já fez coisas boas pra mim, Lou. Foi por isso que eu deixei você trabalhar naquela loja.

— Não sei o que aconteceu, Lazy. Aqueles caras só chegaram invadindo e… eu não sei — falou ela. E não sabia mesmo. Tinha suspeitas, mas não tinha certeza de nada.

O outro lado da linha ficou em silêncio. Uma batida alta veio da porta da frente. Parecia que alguém estava tentando derrubar a porta a marteladas.

— Ah, você sabe, sim. O Horace e o Burning Man vão te perguntar sobre isso e você vai contar pra eles. Vou te dizer uma coisa, Lou, eu queria que não chegasse a esse ponto. Mas querer não é poder — disse ele. A linha ficou muda.

Lou Ellen virou a cabeça na direção da porta. Ainda estavam batendo. Lou fechou os olhos.

— Está aberta! — gritou ela.

Que se fodam. Se estavam indo matá-la, eles mesmos podiam abrir a porra da porta. Ela ouviu passos pesados e então viu os dois virarem na divisória parcial no corredor.

Horace sorria de um jeito que o fazia parecer uma abóbora iluminada cujo rosto tinha sido esculpido por alguém com Parkinson. O cabelo grisalho estava amarrotado em um punhado sujo e oleoso no topo da cabeça. Usava uma blusa velha da Texaco e calça jeans. Seus braços eram cobertos de tatuagens nórdicas: vikings, machados de guerra e caveiras. Billy "Burning Man" Mills estava ao lado dele. Era trinta centímetros mais alto e 15 centímetros mais largo que Horace. Ele usava uma camisa branca de botão aberta no colarinho e uma calça cáqui amarrotada. O cabelo preto liso com fiapos de cinza estava partido no meio. Seu cavanhaque no estilo Van Dyke ainda era mais preto do que branco. Os olhos verdes eram manchas cor de jade insensíveis. Não fosse a cicatriz do lado esquerdo do rosto, seria considerado um homem de beleza rústica. Uma marca de queimadura subia pelo queixo, passava pela bochecha e pelo olho e rodeava o que sobrara de sua orelha. Lou sabia que ele usava o cabelo comprido para ocultar a cicatriz o máximo possível.

— Oi, Lou Ellen. Tudo bem? — perguntou Billy.

— Estou bem, levando tudo em consideração — respondeu.

Ela percebeu que Lazy só tinha ligado para ter certeza de que ela estava em casa, e não no hospital. Ela deixou a mão cair do lado direito. A polícia tinha ficado com sua arma, mas ela andava com um canivete praticamente o tempo todo.

— É. Tomar um tiro dói pra caralho. Parece que tem alguém te espetando com um atiçador quente no osso inteiro — falou Billy. Ele sentou em uma das cadeiras que os policiais tinham pegado na cozinha. Inclinou-se para a frente e deixou as mãos soltas entre as pernas. — Faz você achar que é a maior dor que você já sentiu — disse ele. Horace sufocou uma risada.

— É — concordou Lou Ellen. Sua boca estava mais seca que um deserto.

— Mas não é. Sempre tem algo que dói mais — disse Billy. Ele correu a mão pelo cabelo, e ela viu o resto da cicatriz.

— Billy...

— Ssh. Só preciso perguntar duas coisas, Lou. Só duas perguntas. Aí a gente vai embora — disse ele.

— Os policiais estavam aqui agora mesmo. Eu não contei nada. Você sabe que não — falou ela, sentindo os olhos se enchendo de lágrimas e se odiando por isso.

Billy sorriu.

— Ah, eu sei disso, maninha. A gente viu quando eles saíram. Eles agora já estão longe. Mas obrigado por responder a minha primeira pergunta — falou ele.

O sorriso parecia deixar a escarificação em seu rosto ainda mais perturbadora. Era como se um fantasma de seu antigo rosto estivesse se erguendo do túmulo. Billy aproximou sua cadeira da poltrona de Lou.

— Agora a pergunta que vale um milhão de dólares. Pra quem você contou sobre os diamantes? Sabe, aqueles que o Lazy estava usando pra pagar pelas meninas? — perguntou. Ele sorriu de novo e a pele ao redor de seu olho enrugou como papel crepe.

Lou Ellen sentiu a língua se contorcer dentro da boca. Ela podia falar a verdade. Só falar tudo e torcer pelo melhor. Ou podia mentir. Fingir que não tinha ideia de como aqueles caras sabiam que havia quase dois milhões de dólares em diamantes no cofre. Ou ela podia tentar encontrar um meio-termo.

— Eu não falei pra ninguém. Mas tem uma menina que trabalha lá — disse ela.

Billy se inclinou para a frente.

— Ah, maninha. Mais uma menina com uma boceta que tem gosto de algodão-doce e é um sonho? — falou Billy.

— Eu não contei nada pra ela. Não, de verdade. A gente só meio que fica perto uma da outra. Ela deve ter sacado algumas coisas — disse Lou Ellen.

Billy assentiu com prudência. Ele correu a mão direita pela coxa esquerda de Lou.

— Lazy tem uma amiga no hospital. Ela disse que, se fosse mais um pouco para a esquerda, podiam ter acertado a sua artéria femoral. — A mão dele parou em cima do ferimento.

— É — disse Lou Ellen.

Billy apertou a coxa dela. A mão dele se fechou como a garra de um urso e cravou o polegar na ferida. A dor era uma coisa viva que a agarrou pela garganta e a sufocou. Ela puxou o canivete por instinto. O braço esquerdo de Billy foi rápido e segurou o pulso dela quando ela o ergueu.

— Qual é, Lou — falou ele. Billy torceu o pulso de Lou Ellen com força e o canivete caiu no colo dela. — Qual é o nome dela? A garota que deve ter uma boceta com gosto de magia?

— Lisa — sibilou ela.

Billy soltou sua perna e puxou o canivete do colo dela.

— Lisa é a loura, né? — perguntou ele.

Lou Ellen assentiu.

— Isso quer dizer que foi a outra. A ruiva. Jenny — falou ele ao se sentar de novo na cadeira. As juntas dela estalaram. Lou arfava pela boca. — Não achei que você fosse entregar a verdadeira. Você mente mal, Lou Ellen. Você sempre teve um fraco por bunda grande. A Lisa é magrinha demais pra você. — Billy se levantou.

— Não, Billy, não machuca ela. Por favor.

— Se fosse só uma joalheria, isso podia terminar de outro jeito. Mas os tiras vão começar a fuçar por aí. Vão olhar os registros e ver que as contas não batem — falou Billy.

— Eu não vou falar nada — disse Lou Ellen.

Billy franziu a testa.

— Eu sei que você é gente boa, Lou. Mas os caras vão vir com tudo pra cima de você. Se faz diferença, eu falei pro Lazy que devia ser eu, já que eu te conheço há mais tempo. — Ele deu a volta na poltrona, ficando atrás dela.

— Billy, fala pro Lazy que eu posso explicar. Eu posso consertar as coisas — disse Lou Ellen. Ela se virou na poltrona para poder ver o que ele estava fazendo atrás dela. Doeu à beça, mas ela girou o tronco e tentou olhar por cima do encosto da poltrona. Seus olhos saltavam das órbitas enquanto ela se esforçava para ver. Billy puxou uma sacola de plástico preta enrolada do bolso de trás.

— Não, você não pode, Lou. Tem coisa que, quando quebra, não tem conserto.

Ele passou a sacola por cima da cabeça dela e puxou com força ao redor do pescoço. Lou Ellen se ergueu na poltrona e tentou se firmar enquanto puxava a sacola.

— Você pode segurar a porra das mãos dela, por favor? — perguntou Billy.

Horace correu até eles, montou nos quadris de Lou Ellen e agarrou suas mãos. Horace achou que dava para ver o contorno do nariz dela pelo plástico preto. Uma bolha surgiu e desapareceu onde ele pensou que estava a boca da mulher. Os gritos dela se tornaram um guincho desesperado. O guincho virou uns grunhidos animalescos que foram ficando cada vez mais desesperados. Sua movimentação foi ficando menos frenética. Os grunhidos diminuíram e se tornaram arquejos quase inaudíveis. Alguns minutos se passaram, e as pernas dela pararam de chutar.

Alguns minutos se passaram, e ela parou completamente de se mexer.

Um fedor pungente dominou o apartamento. Nem Billy nem Horace se incomodaram muito com isso. Não era a primeira vez que alguém esvaziava o intestino na presença deles. Billy tirou a sacola, enrolou-a e a enfiou no bolso. A cabeça de Lou caiu para a direita. Sua língua se projetava da boca como a cabeça de uma tartaruga saindo do casco.

Billy pôs a mão no bolso e puxou um lenço. Limpou a testa e tornou a guardá-lo. Do outro bolso, ele puxou um frasco de prata achatado, um maço de cigarros e uma caixa de fósforo. Ele acendeu um dos cigarros com um dos fósforos, que largou no chão entre os pés de Lou. Ele não o colocara na boca. Apenas tinha segurado o fósforo na ponta dele até se formar uma pequena cereja. Ele derramou o conteúdo do frasco no chão e nas cortinas. Despejou um pouco sobre o corpo de Lou. O cheiro ardido da bebida substituiu o fedor de merda que tinha dominado o ar.

Billy soltou um suspiro e acariciou com delicadeza a bochecha de Lou Ellen.

— Que merda, maninha — murmurou ele.

Ele jogou mais um fósforo no corpo dela. A chama começou com lentidão e timidez. Então se espalhou rapidamente até a perna. Ele jogou mais um fósforo perto das cortinas. Elas se ergueram como parafina. Billy observou as chamas dançarem pelo tecido como fanáticos fervorosos dominados pelo espírito santo. As chamas o lembravam dos domadores de cobra na igreja de seu pai. Rodopiando pelo chão de madeira talhada, dançando para o Senhor.

— Acho que é melhor a gente ir embora — falou Horace. Billy piscou.

— É. Você vai atrás da ruiva. Eu vou falar com a Lisa.

— Achei que fosse a Jenny.

— É, mas não custa nada garantir. Vem, vamos dar o fora daqui. Eu não quero ver ela queimar — falou Billy.

Ele puxou a manga por cima da mão e abriu a porta da frente. Ele e Horace caminharam até o Cadillac. Quando estavam saindo do estacionamento e virando na rua, as primeiras colunas de fumaça começavam a vazar por baixo da porta de Lou.

Quinze

Beauregard se sentou no Duster e tamborilou os dedos no volante. O céu estava encoberto, ameaçando derramar um dilúvio muito necessário. À distância, uma torre de caixa d'água exibindo o nome CARYTOWN o encarava como um gigante de ferro. À sua esquerda, uma ponte de cavalete para trens abandonada cortava o horizonte. Ao redor, as ruínas de uma velha fábrica estavam espalhadas como ossos de dinossauro, feitas de tijolo e aço.

Ele olhou o relógio. Eram 16h05. Ronnie deveria ter ido encontrá-lo às duas em ponto. Ele não estava surpreso pelo atraso do outro. Ronnie já estava uma semana atrasado, pegando o dinheiro com o "cara" dele na capital. A demora tornou a situação já desesperadora de Beauregard ainda pior. Seus fornecedores ligavam sem parar como uma amante dispensada. A hipoteca da oficina estava três dias atrasada. Isso sem falar no prazo da inscrição de Ariel na faculdade, que se aproximava mais do que depressa. A equipe da casa de repouso estava alegremente fazendo as malas da mãe dele, na expectativa de sua iminente partida.

— Meu Deus, Ronnie, não me sacaneia. Acho que vou ter que te transformar em um peso de papel se você fizer isso — falou Beauregard para ninguém. Ele olhou o relógio outra vez. Eram 16h10. Ele fechou os olhos e esfregou a testa. Então ouviu o ronco de um motor de bloco grande. Ele abriu os olhos e viu um Mustang preto andando no asfalto. O motorista desviava o veículo dos buracos e rachaduras com a delicadeza de um proprietário de um carro novo.

O Mustang parou ao lado do Duster. Ronnie Sessions sorriu para Beauregard atrás do volante. Beauregard abaixou a janela enquanto Ronnie fazia o mesmo.

— Que porra é essa? — perguntou Beauregard.

— O quê? É um carro, cara. Um carro de PATRÃO. Um Mustang 2004.

Beauregard se debruçou pela janela.

— Você tem visto o noticiário? Eles só falam que alguém morreu e duas outras pessoas foram baleadas em um assalto a uma joalheria à luz do dia. A polícia está em cima disso que nem mosca em cima de merda, e você vai e compra um carro — disse ele. E falou cada palavra lenta e distintamente, como se as mastigasse no ar e as cuspisse em Ronnie.

— Não é novo. Eu comprei usado do Wayne Whitman.

— Quanto você pagou?

— Negociei. Sete mil. Ele até acrescentou um conjunto de aros.

— E você não acha que um Ronnie Sessions falido, esbanjando dinheiro por aí, não vai chamar atenção?

Ronnie revirou os olhos.

— Bug, será que você pode relaxar um pouco, porra? A gente conseguiu! A polícia não está soltando nenhuma informação porque não tem nada. Eles estão correndo atrás do próprio rabo. Então relaxa.

Ronnie se inclinou e pegou duas caixas de cereais no banco do passageiro. Ele as entregou para Beauregard.

— Compra algo maneiro pra você. Leva sua mulher pra Barrett. Vai fazer aquele sexo tranquilo de gente casada no Omni Hotel.

— Não fala da minha mulher, Ronnie.

— Ei, eu não quis ofender. Só estou dizendo que nesses cereais aqui tem os oitenta mil dólares que pertencem a você. Aproveita essa merda.

— São 87.133,33. Era pra ser 87.133,33.

— E é, Bug. Meu Deus, é só modo de falar.

Beauregard pôs as duas caixas no banco de trás.

— Olha, cara, quem sabe lá na frente a gente não conversa sobre trabalhar junto de novo. A gente forma um bom time. Eu posso arrumar um substituto pro Quan. Eu sei como você se sente em relação a ele. Pra ser sincero, eu...

Beauregard o interrompeu.

— Não. A gente encerra aqui. E tira o meu nome da sua boca, Ronnie.

Ele subiu a janela e deu a partida no Duster. Pisou no acelerador e saiu voando do terreno. Começou a chover quando ele passou pela torre da caixa d'água e virou na Naibor Street. Ao entrar na interestadual, uma placa à sua esquerda agradecia pela visita a Carytown, VA. Ele ligou o rádio e se acomodou para a viagem de duas horas até o condado de Red Hill. Parecia que o aperto em seu coração começava a relaxar um pouco. Ninguém o tinha visto na loja. Só Ronnie, Reggie e Quan sabiam que ele tinha sido o motorista do serviço. Se o nome dele viesse à tona, ele sabia atrás de quem iria.

E quem teria que desaparecer.

Ronnie ultrapassou um caminhão em seu caminho pela 64. Ele estava com a parte de Jenny no banco de trás e uma bolsa no porta-malas. Ronnie não sabia do Bug, mas ele pretendia comemorar o fim de semana inteiro como Tony Montana. Contornou uma SUV desengonçada enquanto tomava um gole de uma garrafa pequena de Jack Daniel's. Colocou a garrafa de volta no porta-copos e pôs um CD do Elvis. O barítono grave do Rei retumbou pelos alto-falantes.

— É disso que eu tô falando — disse ele, tomando mais um gole.

Bug estava sendo duro com ele, mas tinha razão em um aspecto. Os Sessions não eram famosos por sua vasta riqueza. As pessoas começariam a comentar se ele gastasse muito dinheiro pela cidade. Ainda bem que não planejava ficar muito tempo por lá. Ele percebeu que estava falando sério a respeito do que tinha dito para Jenny. Eles iam deixar para trás as minas de carvão, as plantações de milho e as arapucas para caranguejo da Virgínia. Ele ia para algum lugar e passaria os dias bebendo piñas coladas e as noites sendo chupado por Jenny até que o dinheiro acabasse ou fosse hora de trocar. Ele não entendia por que Bug não podia tirar um minuto para comemorar. É verdade que ele tinha dificultado um pouco as coisas para ele e Quan, mas eles ainda estavam nadando em dinheiro para fazer chover grana nos clubes de strip-tease pelos próximos três anos. Aquele preto filho da puta não tinha nem ficado grato por Ronnie ter deixado ele entrar no acordo.

Ele pôs a garrafa no porta-copos e pegou seu novo smartphone.

— Ligar para Jenny — disse para o aparelho, que tinha comprado no mesmo dia em que pegara o carro. A função mãos livres parecia ficção científica. Foda-se o carro voador.

Ele tinha voltado da capital três dias depois de passar um tempo na capital nacional com Reggie. Tinham encontrado com Brandon Yang em Chinatown e ido ver o chefe dele em um bar que atendia diplomatas e imigrantes chineses. Ronnie conhecera Brandon na prisão, assim como Quan e Winston. Brandon cumpria um ano por fraude postal. Ele dissera para Ronnie que a queixa de fraude postal não era nada. Ele trabalhava para um sujeito que movimentava tanto dinheiro como negociante de mercadorias de alto nível que ele o guardava em caixões empilhados em um depósito que tinha em Maryland. Brandon contou que cuidariam dele por ficar de boca calada e cumprir sua pena.

E não estava mentindo. Ninguém mexia com ele lá dentro. Ele tinha uma cela só para ele. Fazia um trabalho que era moleza na lavanderia da prisão. Os guardas deixavam que ele recebesse duas visitas conjugais por mês. Era como se estivesse de férias, e não na cadeia. A única coisa que ele não tinha era alguém para jogar xadrez com ele. O sujeito era completamente obcecado pelo jogo. Ronnie se aproximou dele um dia e se ofereceu para jogar em troca de alguns cigarros. Ele perdeu, mas deu trabalho para Brandon. Eles se deram bem, e, quando foi embora de Coldwater, Brandon disse a Ronnie que o procurasse se ele topasse com algo que pudesse ser do interesse do chefe dele.

Ele tinha feito isso mesmo. Quando fora encontrar o chefe de Brandon, aprendera duas coisas. A primeira coisa que ele aprendeu foi que os chineses gostam MUITO de fumar. A segunda coisa foi que nem ele nem Jenny sabiam porra nenhuma sobre diamantes.

— Eu te dou setecentos mil dólares — tinha dito o chefe de Brandon. Ou, mais precisamente, Brandon tinha dito depois de traduzir o que dissera o velho, que parecia um vilão de filme de kung fu.

Ronnie segurara os braços da cadeira. Setecentos mil. Se juntasse todo o dinheiro de cada pessoa que ele conhecia, não chegaria perto disso. Se estavam oferecendo setecentos mil, os diamantes deviam valer uns três ou quatro milhões. Ele não conseguia falar. Sua língua se recusara a se mexer.

Eles acharam que ele estava negociando.

— Setecentos e cinquenta. Última oferta — falou Brandon, depois que seu chefe falou alguma coisa. Ronnie recobrou a voz.

— Tá. É, tá ótimo — disse ele. Por uma fração de segundo, ele se perguntou por que uma loja tão pequena teria isso tudo em diamantes guardado em um cofre. A bolsa de dinheiro que entregaram a ele obrigou aquele pensamento a fugir como um coelho assustado. Não importava. Com o que estavam lhe dando, podia pagar Chuly, dar a cada um sua parte e ainda ter o suficiente para cagar em uma privada folheada a ouro.

Depois da reunião, eles foram para a cidade. Bebendo para cima e para baixo pelas ruas, indo a boates na cobertura de prédios, onde as garçonetes andavam por ali abrindo garrafas de champanhe com espadas. Eles comeram em restaurantes que tinham nomes que Ronnie nem sabia pronunciar. Pegaram até umas garotas que eles acabaram descobrindo que estavam trabalhando. Ele, Reggie e Brandon se revezaram com as três. Ronnie realizou uma de suas fantasias e cheirou pó na bunda da prostituta mais sexy. Eles curtiram como astros do rock. E por que não? Ele estava por cima da carne seca agora. Não ia ficar mais contando moeda para pagar a gasolina. Ele não era rico como Bill Gates, mas estava longe de ser pobre. Embora o ar-condicionado estivesse ligado, ele abaixou a janela e soltou um grito bem alto de rebeldia.

— Alô? — disse Jenny.

Ronnie subiu o vidro do carro.

— Oi, delícia. Estou indo agorinha pra sua casa. Estou me sentindo o Papai Noel. Posso colocar uma coisa na sua meia?

— Você pegou o dinheiro? — perguntou Jenny.

Ronnie franziu a testa para o telefone. Ela parecia... esquisita. Como uma criança que deixou cair sorvete no chão, perdeu seu cachorrinho e viu o pai apanhar, tudo no mesmo dia.

— Lógico que eu peguei. Vou chegar aí em 45 minutos, talvez antes. Esse Mustang sabe correr.

— Beleza. — Ela desligou. Nem perguntou sobre o carro.

— O que é que você tem, porra? — disse ele, encarando o telefone.

Dezesseis

Beauregard estava de volta a Red Hill pouco antes das seis. Foi até o banco antes do drive-thru fechar. Depositou três mil para pagar a hipoteca e mais cinco mil para todas as outras contas. Saiu do banco e tomou o rumo da casa de repouso. Ele estacionou e foi direto até o escritório da administração.

A sra. Talbot estava colocando o laptop em sua maleta de couro.

— Sr. Montage, como vai? Estou saindo agora. Poderia voltar amanhã de manhã? Posso ajudá-lo a arrumar um transporte para sua mãe. Vou ficar mais do que satisfeita em organizar as entregas de oxigênio dela na sua casa — disse ela. Beauregard podia contar cada um dos dentes com facetas de porcelana enquanto ela sorria para ele.

— Não vai ser necessário — respondeu.

Ele já tinha separado trinta mil no carro. Colocou seis maços de notas de cem dólares na mesa da sra. Talbot. Cada maço tinha cinquenta notas de cem. O sorriso no rosto da sra. Talbot se desmanchou como cera de vela barata.

— Sr. Montage, isso é muitíssimo incomum.

— Não, não é. Já paguei vocês em dinheiro antes. Paguei especificamente a você em dinheiro antes, quando minha mãe botou a bunda de fora aqui. Então poderia me dar um recibo, por favor? Vou ter o resto do dinheiro ainda essa semana. Não tenho trocado agora — disse ele.

A sra. Talbot se sentou e tirou o laptop da maleta.

A mãe dele estava recostada em um travesseiro que engolia sua cabeça. Algumas caixas de papelão haviam sido empilhadas no canto mais distante do quarto. Uma cabeça tagarelava na televisão sobre a previsão do tempo. A chuva que abençoara Carytown não se dirigia para Red Hill. A mãe estava tão imóvel que ele quase achou que estivesse morta. O peito franzino mal subia quando ela inspirava. Ele se virou para ir embora.

— Vai me fazer dormir na varanda? — perguntou ela. Parecia mais frágil do que na última vez que ele a visitara. Beauregard foi até a cama dela.

— Não.

— Ah, que alegria, vou poder ficar na casa grande, senhor — disse ela.

— Eu paguei a conta. Bom, a maior parte dela.

Os olhos dela se arregalaram.

— Foi você?

Beauregard franziu a testa.

— Eu o quê?

— Aquela merda no noticiário. Da joalheria. Quando disseram que os ladrões tinham fugido em um Buick Regal que saltou de um viaduto em construção, eu soube. Eu soube na hora. Parecia coisa do seu pai.

Ela começou a tossir violentamente. Beauregard pegou a jarra na mesinha de cabeceira e serviu um copo de água para ela.

— Não se preocupe com isso.

— Você faria qualquer coisa pra eu não ficar na sua casa, não é?

— Mãe, por favor. Não é isso. Só estou tentando fazer o que é o melhor pra você.

— Sei, sei.

Ela tossiu de novo, e ele lhe deu mais um gole. Ela não agradeceu. Beauregard alisou o lenço na cabeça dela.

— Eles vão te achar.

— Já falei pra não se preocupar com isso.

— Eles vão te achar e você vai ter que fugir que nem seu pai. Deixar seus filhos e sua mulher pra trás. Deixar que eles se virem sozinhos como seu pai fez comigo.

— Com a gente — falou Beauregard.

Ela ignorou a correção.

— Você achou que estava salvando a pele dele naquele dia no Tastee Freez. Você só adiou o inevitável.

Beauregard estremeceu.

— Mãe, não — falou ele.

A mãe virou a cabeça. As luzes fluorescentes baixas lhe davam uma aparência cadavérica.

— "Eu vou te salvar, papai. Não vou deixar os homens maus te machucarem." E o que ele fez? Saiu da cidade enquanto jogavam você em uma gaiola. Deus sabe que eu não tinha dinheiro pra um bom advogado. Você fez tudo aquilo por ele, e ele simplesmente fugiu.

A cabeça de Beauregard começou a latejar.

— Você acha que ele fugiu de mim ou dos policiais? Ele fugiu de você. Ele não aguentava ouvir você falando nem mais um minuto — disse ele.

As palavras deixaram um gosto desagradável em sua boca, mas ele não conseguiu se segurar. Ninguém sabia provocá-lo como sua mãe. Se qualquer outra pessoa falasse daquele jeito com ele, Beauregard estaria contando os dentes dela na palma da mão. Com a mãe, só o que ele podia tentar era atacar os pontos mais fracos dela.

— É assim que você fala com a sua mãe?

— É assim que você fala comigo.

— Quando eu morrer, não venha se sentar na igreja fingindo que sente minha falta. Só me queima e joga minhas cinzas no lixo, como está fazendo agora.

Beauregard revirou os olhos. Esse era o estilo de brigar da mãe. Ela te atacava pela frente, depois girava e atacava de surpresa pelo flanco.

— Boa noite, mãe.

Ele se virou e foi até a porta. Antes de Beau sair, Ella teve mais um acesso de tosse. Ele voltou e lhe deu mais água, mas aquilo não parecia estar ajudando. Beau deslizou a mão pelas costas dela e ficou chocado de ver como a mãe parecia fraca. Ele a ergueu e deu tapinhas leves entre as escápulas. Ela assentiu, e ele deixou que ela deitasse outra vez na cama.

— Eu... devia ter arrumado um pai melhor pra você. Mas o Anthony tinha o sorriso mais lindo que eu já vi — falou. Ela estava ofegante, e um fino fio de saliva pendia de seu estoma.

— Quer que eu chame a enfermeira?

Ela fez que não e envolveu o pulso dele com os dedos esqueléticos.

— Você poderia ter sido melhor do que é, mas passa tempo demais olhando para um fantasma.

Beauregard sentiu um aperto no peito.
— Não mais.
— Mentiroso.

Beauregard entrou no Duster e foi embora da casa de repouso cantando pneu. Ele tinha que fazer mais uma parada e estava receoso.

Parou o Duster em frente a uma casa de campo branca de dois andares que estava se deteriorando depressa. As persianas pretas tinham desbotado e virado um verde pálido. A varanda começava a envergar para sempre. Beauregard desceu do carro e cruzou o jardim. Conforme andava, seus pés erguiam redemoinhos de poeira do chão. Não havia grama ou arbustos perto da casa. Nas pedras próximas à porta da frente, havia um El Camino. Um sofá marrom antigo coberto por uma manta ficava no canto direito da casa. O jardim estava cheio de latas de cerveja vazias e bitucas de cigarro.

Beauregard bateu na porta de tela. Não bateu com tanta força porque tinha medo que ela fosse despencar das dobradiças. Ele ouvia um noticiário da Fox News falando alto em algum lugar dentro da casa. Emma, a avó de Ariel, veio até a porta com passos arrastados. Uma mulher baixa e corpulenta com várias camadas de papada. Um Pall Mall sem filtro pendia do canto de seu lábio como se não houvesse amanhã.

— Sim?
— Pode chamar Ariel pra mim? Liguei pro telefone dela, mas ela não atendeu.

Emma deu um trago no cigarro. A ponta queimou em um brilho vermelho como uma peça de metal sendo fundida.

— O telefone está ruim. Você saberia se ligasse mais pra ela.
— Só chama ela pra mim — disse Beauregard.
— O que você quer com ela?
— Quero falar com ela. Sou o pai dela. Não importa o quanto você tente fingir que ela tem o melhor permanente do mundo.
— Aparecer de vez em quando com a grana que ganha com drogas não faz de você um pai.

Beauregard se inclinou para a frente e baixou a voz.

— Vai chamar a minha filha. Agora. Não estou no clima de jogar esse joguinho de merda com você. Hoje não.

Emma soltou uma nuvem de fumaça pelo nariz antes de se virar. Ele a ouviu sussurrar "babaca" enquanto andava pelo corredor. Ele voltou para o Duster e sentou no capô. Ariel saiu alguns minutos depois. Ela usava um top e um short tão apertado que, se ela espirrasse, era capaz de virar um fio dental.

— Oi.

— Oi. Cadê seu carro?

— O Rip precisava pra trabalhar. E, já que meu telefone está ruim, ele não pode me ligar pra eu buscar ele, então deixei com ele.

— Ele tem carteira?

— Tem, só não tem carro.

— Vem cá.

Ela se juntou a ele no capô.

— Você vai brigar comigo por causa disso?

— Não. Tem coisa mais importante do que o Lil Rip dirigir o seu carro.

Ele colocou a mão no bolso de trás e puxou um envelope marrom volumoso, do tipo que se usa para enviar documentos.

— Um ano de mensalidade na universidade custa 24 mil dólares.

— Sim. Mais os livros.

Ele entregou o envelope a ela.

— O que é isso?

— São 24 mil dólares. Acho que as faculdades não aceitam dinheiro, então abra algumas contas em banco. Não deposite mais de dez mil em cada conta. O governo vai questionar se você fizer isso.

Ariel ficou boquiaberta.

— Porra, onde foi que você arrumou esse dinheiro?

— Olha a boca, menina.

— Foi mal. Poxa, onde foi que você arrumou esse dinheiro?

Beauregard riu.

— Olha, não se preocupa com isso. Só não deixa sua mãe ou sua avó saberem. Não posso prometer que vou conseguir mais em breve, mas é um começo.

Ariel revirou o envelope nas mãos. Ela franziu a testa.

— Eu vou ter problemas por aceitar esse dinheiro?

— Por que está perguntando isso?

Ela colocou um cacho, que tinha caído, atrás da orelha. Uma brisa bateu e o soltou outra vez.

— Minha mãe disse que você faz coisas. Coisas ilegais.

— Ela falou, é?

— É.

Beauregard cruzou os braços e olhou para a frente.

— Pega esse dinheiro e dá o fora dessa casa de merda. Desse condado. Você não vai ter nenhum problema. Vai e não olha pra trás. Não volta mais. Não tem nada aqui pra você. Nem Lil Rip, nem sua mãe, nem eu. A sua estrela brilha muito mais do que esse lugar aqui — disse ele.

— Não sei o que dizer.

— Não precisa falar nada. Você é minha filha.

Ele não disse que a amava. Ele queria, mas parecia errado dizer aquilo naquela hora. Ela poderia se sentir obrigada a responder, e ele não queria isso. Só porque ele lhe dera o dinheiro não significava que ele já merecia um "eu te amo".

Ariel suspirou profundamente.

— E você é meu papai — disse ela. Ariel não o chamava assim desde que tinha aprendido a amarrar os sapatos.

Não parecia haver muito mais o que dizer depois daquilo, então os dois ficaram olhando para a frente com os pés apoiados no para-choque dianteiro do Duster. Eles ficaram assim por um tempo, sem dizer nada. Só observando o sol se pôr e ouvindo Emma gritar no telefone. Em algum momento, Beauregard sentiu a mão da filha na dele. Ele a apertou e ficou ali por mais um tempo.

Depois de deixar Ariel, Beauregard decidiu ir ao Walmart e comprar uns bifes Delmonicos, batatas e sorvete para a sobremesa. Não ia comprar um carro, mas Ronnie tinha razão em algo. Ele devia aproveitar um pouco o dinheiro. Em geral, ele evitava ir ao Walmart porque isso significava passar pela Precision, e ele não tinha a menor vontade de ver todos os carros que deveriam estar em sua oficina atrás da grade de alumínio preta. Kia fazia a maior parte das compras sozinha. Nos dias em que a acompanhava, ele a levava até o Food Lion, em Tillerson, que ficava dois condados ao norte.

Beauregard virou na Market Drive e reduziu a velocidade para menos de sessenta quilômetros por hora. A menos de dois quilômetros do Walmart, ouviu o som estridente de sirenes. Segurou o volante com força e se preparou para correr. Ele olhou pelo retrovisor e viu um carro de bombeiro se aproximando rápido. Ele encostou e o deixou passar. Mais dois vieram atrás, sirenes e luzes a todo vapor. Beauregard voltou para a estrada e seguiu seu caminho até o supermercado. Ficou na dúvida se os carros estavam indo na direção do Walmart. Será que alguns alunos entediados tinham ligado para falar sobre uma ameaça de bomba?

— Cacete — disse ele.

A Precision Auto estava sendo engolida pelas chamas. Nuvens de fumaça se erguiam a 15 metros, deixando o céu vermelho. Os bombeiros voluntários combatiam heroicamente o inferno, mas não pareciam fazer muito progresso. O letreiro da Precision Auto Repair derretia no poste de cinco metros de altura. Beauregard observou pelo retrovisor ao passar por ali. As chamas intensas atrás dele faziam parecer que ele estava saindo direto do Inferno.

Quando chegou em casa depois do mercado, Kia estava no sofá com Darren.

— Oi, cadê o Javon? — perguntou ele.

— Ele pediu pra ficar na casa do Tre Cook. Achei que você não ia se importar.

— Não mesmo. Só quis saber.

— O que você comprou?

— Alguns bifes. Vou fazer umas batatas gratinadas — falou Beauregard e passou uma das sacolas pela cabeça de Darren.

— Ecaaa.

— O quê? Você não gosta de batata gratinada?

— Não, papai, é nojento.

— Bom, sobra mais pra mim — disse ele, indo até a cozinha. Kia se levantou e o seguiu.

— Você recebeu? — perguntou ela.

Beauregard colocou os bifes na bancada.

— Sim.

— Chega, não é? — perguntou Kia.

Beauregard foi até ela e a abraçou.

— Chega — disse ele.

Ele a beijou na testa antes de soltá-la. Abriu as embalagens dos bifes e colocou a carne em uma tigela. Acrescentou alguns temperos e encheu de água para marinar rápido.

— A Precision Auto Repair estava pegando fogo quando eu fui ao Walmart.

— O quê? Quando foi isso?

— Acabei de te falar. Mais ou menos uma hora atrás.

— Fodeu.

Darren teve um acesso de risadinhas.

— O quê?

— Você sabe que vão achar que você teve algo a ver com isso, né?

O pensamento passara por sua cabeça, mas não tinha sido ele, então nem perdera tempo se preocupando com isso.

— É, mas não fui eu.

— Eu sei que não, mas mesmo assim vão dizer que foi.

Ele voltou até a sala de estar.

— E aí? Vai descascar as batatas?

Eles jantaram e depois sentaram no sofá para ver um filme até Darren adormecer. Kia o pegou e o aninhou junto ao pescoço.

— Vou colocar o Darren na cama. Depois vou deitar também. Você vem dormir?

— Daqui a pouco. Vou dar uma olhada nas notícias.

Kia segurou Darren contra o peito. Beauregard achou que ela ia fazer uma pergunta. Ele esperou, mas o momento passou.

— Dá boa-noite pro papai — sussurrou ela para Darren.

Em resposta, Darren fez um aceno preguiçoso para o pai.

— Boa noite, Fedido.

Os dois saíram pelo corredor e deixaram Beauregard sozinho na sala de estar. As notícias eram a compilação de sempre sobre as histórias políticas locais espetacularizadas em proporções de Watergate. Histórias de interesse humano que não eram tão interessantes assim. Uma reportagem sobre um incêndio em um complexo de apartamentos em Newport News. Beauregard estava prestes a desligar a televisão e ir para a cama quando a cabeça falante mencionou Cutter County.

— E as autoridades revelaram o nome do homem assassinado na última segunda na tentativa de assalto à joalheria. Eric Gay, 19 anos, de Cutter County, foi morto no roubo fracassado. Ele deixa uma esposa e um filho recém-nascido. Nossa repórter Ellen Williams falou com a viúva do sr. Gay, Caitlin, que busca encontrar palavras para um dia explicar ao filho o que aconteceu com seu pai — disse a cabeça falante. A tela mudou do estúdio para um trailer apertado. Uma jovem branca segurava uma foto em um dos braços e um bebê com o rosto bege no outro.

— Tentativa? — disse Beauregard em voz alta.

Quando a câmera deu zoom na foto, mostrou um jovem sorrindo em seu uniforme de basquete do ensino médio. Estava ajoelhado com uma das mãos apoiadas em uma bola de basquete e a outra no chão. Não tivera tempo ou dinheiro para tirar fotos novas que pudessem ser usadas na transmissão. Nessa idade, a gente acha que tem muito tempo para tudo. Que depois vai ter tempo para fazer um retrato profissional com a esposa e o bebê. Só que o depois foi interrompido no meio do caminho por uma bala.

— É isso mesmo, Frank. Caitlin chorou ao me contar como está sendo difícil pensar em um jeito de explicar para o filho, Anthony, como o pai morreu.

A matéria continuou por mais cinco minutos, mas Beauregard não prestou atenção. Ele agarrara o braço do sofá com tanta força que sua mão começava a doer. Só conseguia ver o rosto sorridente de Eric Gay. O mesmo rosto que o encarara implorando por ajuda no acostamento da estrada.

Ele se levantou e foi até a cozinha. Pegou uma das cervejas que tinha comprado mais cedo. Procurou um abridor na pia da cozinha. Não encontrou ali, então começou a procurar nas gavetas.

Por que o noticiário chamou o assalto de tentativa? Ele vira a caixa. Vira o jeito com que Ronnie se agarrava a ela como se fosse um salva-vidas no meio do Atlântico Norte. Ronnie podia ter mentido sobre o montante total, mas Beau tinha sido pago. Então por que alguém estava mentindo para a polícia?

Beauregard revirou os garfos e as colheres. Nada.

Por que Eric Gay estava na joalheria? Ele dissera a Beauregard que estava sem grana. Talvez alguém tivesse dado dinheiro a eles. Colocado quinhentos dólares em um cartão para o bebê. Talvez Eric tenha ido comprar um presente para a esposa. Um agradecimento por ela ter trazido ao mundo o filho dele. Beauregard quis fazer isso por Janice quando Ariel nasceu. Pensou em fazer isso por Kia quando ela deu à luz Javon. Quando Darren entrou em cena, outras coisas pareciam mais importantes.

Ele abriu a gaveta de tralhas. Havia rolos de fita adesiva, uma régua, um aparelho para abrir compotas e diversos outros itens que costumavam ir se acumulando durante uma vida doméstica. Entre eles, não havia um abridor de garrafa.

Eric e Caitlin tinham chamado o bebê de Anthony. No livro de nomes que Janice deixara cheio de orelhas enquanto estava grávida de Ariel, dizia que Anthony significava "louvável". Quando descobriram que era uma menina, eles mudaram para Ariel por causa de um personagem de desenho que Janice gostava. Quando ele e Kia tiveram os meninos, ela escolheu os nomes. Ele tinha sugerido "Anthony" nas duas vezes. Um tributo sutil à memória do pai. Kia tinha vetado nas duas vezes.

Agora havia um menino que nunca teria lembranças do pai. Ele cresceria sem um pai do mesmo jeito que Beauregard.

Ele não achou que eles fariam mesmo aquilo. Porra, por que tinham chamado o bebê de Anthony?

Beauregard jogou a garrafa no chão. Ela se espatifou. Cacos de vidro se espalharam pela cozinha. A cerveja correu pelo chão desnivelado e se acumulou debaixo da mesa.

Dezessete

Ronnie estacionou no complexo de apartamentos de Jenny com o rádio nas alturas e uma garrafa pequena de Jack Daniel's vazia no chão do carro. O sorriso no rosto dele foi se alargando conforme se aproximava da porta dela. Ele bateu três vezes, parou e bateu mais duas. Ela abriu uma fresta. Ronnie viu que ela não tinha tirado a corrente.

— Você tá com o dinheiro?

Ele mal conseguia ver o rosto dela pela abertura na porta.

— Opa, "oi" pra você também. Vai me deixar entrar?

— Você não pode só me passar a grana?

— Não, na verdade, não. Eu coloquei nessas caixas — disse ele, pegando as caixas de cereal debaixo do braço.

— Caixas de cereal?

Ronnie sorriu outra vez.

— Se os policiais me parassem com quase cem mil dólares em dinheiro, eles iam fazer perguntas. Se eles vissem um banco de trás cheio de caixas de cereal, eles só iam achar que eu amo café da manhã.

— Que seja. Só me passa a caixa pela porta.

Ronnie franziu a testa.

— Tem alguém aí com você?

— Ronnie, só me dá meu dinheiro.

— Ei, não é como se a gente fosse casado ou nada assim, só estou perguntando. Quer dizer, achei que eu ia poder passar a noite com você, mas, se tem algum cara aí, eu vou nessa. Não posso dizer que não estou decepcionado.

Ele entregou uma caixa e depois a outra. Jenny as pegou da mão dele com uma rapidez surpreendente.

— Você está bem? Você parece esquisita.

— Só tem muita coisa rolando agora. Eu falo com você depois.

— Se eu fosse você, ficaria de olho nelas. Você não precisa que seu novo amigo saiba que está segurando algo magicamente delicioso.

Ela fechou a porta e a trancou.

— Mas que piranha — disse ele, num sussurro.

Ele assobiou baixo uma música e voltou para o carro. Talvez fosse a hora de fazer uma melhoria. Jenny estava mesmo começando a parecer gasta e usada.

Jenny abriu as caixas. As duas estavam abarrotadas de dinheiro. Ela as colocou no sofá e foi até o quarto. Pegou algumas camisas e calças e as jogou em uma mochila. Foi até a cozinha e pegou o açucareiro no armário. Ela tinha escondido mais ou menos uns vinte comprimidos de oxicodona ali dentro. Um presente de Ronnie. Ela jogou todos os comprimidos na mão e os colocou em um bolso lateral da mochila. Um cacho molhado de cabelo ficou na frente do seu rosto, mas ela não se deu ao trabalho em afastá-lo. O gemido de uma guitarra fez Jenny dar um pulo como o um gato assustado. Ela olhou para o chão da cozinha.

O homem finalmente tinha parado de sangrar. O punho de um cutelo de vinte centímetros se projetava de seu pescoço como a manivela de uma caixinha de surpresas. O som da guitarra era acompanhado por um ruído baixo de vibração que vinha do bolso do jeans dele. Já era a décima ou 15.ª vez que o telefone do sujeito tocava desde as três horas. Jenny passou por cima do homem, tomando cuidado para evitar a poça de sangue que se formava ao redor dele, e abriu a geladeira. Ela puxou a forma de gelo e colocou três cubos em uma pequena bolsinha. O gelo deu um alívio para seu olho direito.

O pai de Jenny tinha sido um filho da puta bem ruim, mas a única coisa boa que ele fizera foi ensiná-la a lutar. O desgraçado nunca tinha pegado leve nas palavras ou com os punhos. Aquelas lições duras se provaram uma sorte de grande valor para ela, mas nem tanto para o sujeito no chão. Ela passou por cima dele de novo e voltou para a sala de estar. Foi meio difícil, mas ela conseguiu colocar as duas caixas na mochila.

Jenny foi até a janela e espiou pela cortina. Não viu Ronnie em lugar algum. Ela pegou as chaves no chaveiro perto da porta e voltou até a janela. O complexo de apartamentos em que morava tinha sido projetado como um hotel. Uma série de unidades com uma janela da frente grande e uma porta que davam para o estacionamento. Ela só viu um carro estranho que estava parado ao lado do dela. Parecia vazio. Ainda assim, ela decidiu esperar mais alguns minutos. Ela não queria passar por Ronnie na estrada. Ele a seguiria e fingiria que não se importava por ela estar com um cara em seu apartamento, então tentaria ganhá-la no papo. Ela não podia lidar com isso. Talvez devesse contar tudo para ele. Não, ela precisava fugir. Fugir podia fazê-la parecer culpada para a polícia, mas ficar significaria ser morta. Ela tinha visto o noticiário. Lou Ellen tinha mentido. Quem quer que fosse o proprietário da joalheria, essa pessoa não queria a polícia envolvida em seu negócio e estava mandando caras como o sujeito no chão do apartamento dela, com a boca cheia de dentes podres, para lidar com a situação. Quando estivesse no sul, ela ligaria para Ronnie e o alertaria. Devia isso a ele.

Jenny olhou seu telefone. O cara tinha batido em sua porta por volta de meio-dia. Ele lhe dera um soco no rosto meio-dia e quinze. Estava morto meio-dia e meia. Já eram quase sete horas. Tinha passado seis horas com o cadáver dele esfriando rapidamente, esperando para ver quem ia aparecer primeiro. Ronnie ou os amigos do Boca Podre.

Quase como se fosse uma deixa, o telefone dele tocou de novo.

— Foda-se — disse ela.

Jenny pegou a mochila e saiu do apartamento. Ela pulou em seu carro e deu a partida.

— Respira. Só respira e dirige. É só o que você tem que fazer — disse em voz alta a si mesma. Ela jogou a mochila no banco do passageiro.

Olhou pelo retrovisor. Nada. Ao sair da sua vaga, o indicador do combustível começou a piscar. Tudo bem. Ela tinha dinheiro mais do que suficiente para a gasolina. Pararia em algum lugar da Carolina do Norte e compraria Adderall ou algo assim. Dirigiria a noite toda até a Flórida. Depois disso, chegar às Bahamas não devia ser tão difícil. O dinheiro compra qualquer coisa. Ela saiu do estacionamento e virou na Bethel Road. Uma garoa começou a cair. Jenny achou que isso era simbólico. Era como se a chuva surgisse para batizá-la. Ela sairia dessa como uma nova pessoa. Ela não tinha ar-condicionado no carro, então ia deixar a janela aberta até começar a chover mais forte.

Um Cadillac Seville preto passou por ela na estrada de duas faixas quando ela seguiu para o posto de gasolina mais próximo. Era o único carro na estrada. Sem polícia. Sem gângsteres com dentes podres amarelados. Sem Ronnie. Só a velha Jenny a caminho de uma vida nova.

Ela estava quase na interestadual quando percebeu que o Cadillac tinha virado e a seguia.

Dezoito

— Acorda, dorminhoco — disse Kia.

Beauregard abriu os olhos.

— Pode buscar Darren e Javon hoje? Vou trabalhar em outro escritório hoje de noite — continuou ela.

— Tá. Onde esse menino Cook mora?

— Na Falmouth Road.

Beauregard sentou na cama.

— Falmouth?

— É. Eles ficam naquele lote — falou Kia. Ela colocou brincos e fechou a caixinha de joias no formato de um Rottweiler. Beauregard achava aquela caixa uma das coisas mais feias do mundo. Era preciso erguer a cabeça para abri-la na altura da garganta. Basicamente, o cão era decapitado toda vez que ela queria um adereço.

— Beleza — disse ele.

— A gente vai ficar bem, não vai? — perguntou ela.

Beauregard se virou até sentir os pés tocarem no chão. Ele pegou a mão dela e a levou aos lábios, dando um beijo de leve.

— Vai.

Ela se virou e o abraçou contra a barriga. Ele sentiu a mão de Kia em sua nuca. Ele respirou fundo e sentiu o aroma do corpo dela misturado com o perfume e o cheiro do amaciante que ela usava para lavar roupa. Mesmo que eles não fossem ficar bem, ele nunca deixaria que ela soubesse.

Kelvin já estava na oficina quando Beauregard chegou. Havia dois veículos suspensos nos elevadores. Kelvin estava sob um deles, uma picape preta, trabalhando no filtro de óleo.

— Oi.

— Oi. Chegou bem na hora. Estou trocando o óleo desse aqui, e o carro continua fazendo um barulho esquisito que não é nem um chocalho nem um tinido nem um clangor nem um zunido — falou Kelvin.

— Não é um barulho esquisito, é só o motor — falou Beauregard.

Kelvin riu.

— Só estou repetindo o que a moça disse. E recebemos uma ligação da Cedar Septic, da limpeza de fossa. Queriam saber se a gente podia dar uma olhada em um dos caminhões deles hoje. Eu falei que a gente não lida com merda.

Beauregard franziu a testa.

— Vai se foder, essa foi boa. Acho que a gente vai ficar bem ocupado essa semana — falou Kelvin.

— É. A Precision pegou fogo ontem de noite — disse Beauregard.

— Ah, eu não sabia se você sabia. Que merda pra eles, mas que bom pra gente.

— Acho que sim.

Eles fizeram 12 trocas de óleo, substituíram oito conjuntos de pastilhas de freio e começaram a trabalhar no caminhão de limpeza de fossa. Às quatro da tarde, os dois estavam ensopados de suor e amando aquilo.

— É bom estar ocupado, né? — perguntou Kelvin.

Ele tinha acabado de levar um carro esportivo de dois lugares para o estacionamento dos fundos depois de ajustar a injeção eletrônica. Beauregard usava uma chave de impacto para tirar o pneu traseiro de um Caprice antigo. Antes que pudesse responder, eles ouviram dois veículos parando e o som de portas se fechando. Beauregard parou de tentar remover as porcas do pneu e virou para encarar quem quer que estivesse entrando na oficina. Não eram policiais. Se tivessem vindo atrás dele, teriam se anunciado assim que descessem do carro.

Patrick Thompson e o pai dele, Butch, entraram na oficina pela primeira porta de rolar. Patrick era magro e esguio com um cabelo louro brilhante e desgrenhado num estilo surfista desleixado. Butch era um homem troncudo e quadrado, com ângulos rígidos e ombros largos. Era calvo, mas tinha uma barba loura e grisalha bem cheia.

— Pat — disse Beauregard.

Ele já conhecia Pat Thompson antes de se tornar seu concorrente. Ele o vira no Danny's algumas vezes. Pat tinha um Camaro 1969, com o qual gostava de correr por estradas secundárias de vez em quando. Eles nunca tinham disputado, mas Beauregard sabia que o Camaro era bom de corrida. O pai dele era caminhoneiro de uma empresa de transporte de longa distância em Richmond. Um ano e meio atrás, Butch Thompson tinha parado no posto de gasolina para encher o tanque do caminhão. Enquanto aguardava na fila para pagar pelo combustível, ele comprou uma raspadinha de um dólar. Já tinha feito isso uma centena de vezes antes. O máximo que ganhara fora setecentos dólares. Nesse dia, ele recebera um imenso retorno pelo investimento. Ganhara quatrocentos mil dólares. Tinha ligado para o chefe e falado para alguém ir buscar a carga, porque ele estava se demitindo. Ele e Patrick abriram sua oficina poucos meses depois.

— Beau. Ficou sabendo do que houve com minha oficina? — perguntou Patrick. Seus olhos azuis perfuraram Beauregard.

— Sim.

— É só isso que você tem pra dizer? "Sim"? — perguntou Butch. Ele abria e fechava as mãos, que pareciam armadilhas para urso.

— O que você quer que eu fale, Butch?

— Alguém disse que viu um cara preto sair correndo do local, Beau. Achei que talvez você soubesse de alguma coisa.

Kelvin pegou uma chave de torque.

— Por que você acha que eu saberia de alguma coisa? — perguntou Beauregard.

— Porque você é o único preto que tem uma oficina que está indo pro buraco — falou Butch. Ele deu um passo à frente.

— Você acha que eu coloquei fogo na sua loja? Sério? — perguntou Beauregard.

— Eu acho que você deve saber quem fez. Os policiais falaram que foi proposital. Meu pai disse pra eles virem falar com você, mas acho que não levaram a gente a sério — disse Patrick.

— Pat, eu não tive nada a ver com o que aconteceu com a sua oficina. Sinto muito por você, mas não sei nada sobre isso.

— Você é um cretino preto mentiroso — falou Butch.

O rosto do homem estava salpicado de manchas vermelhas logo acima da barba.

— O que você falou? — perguntou Beauregard. Ele deixou a chave de impacto escorregar pela mão e a segurou pelo tubo de ar. Ela ficou pendurada ao seu lado.

— Você escutou. Você sabe quem fez isso. Você mandou eles lá. Não dava mais pra concorrer com a gente. E aí conseguimos aquele contrato. Em três meses, ia ter uma placa de FECHADO na sua porta, e todos nós sabemos disso — falou Butch.

— Os policiais disseram que precisam de provas pra te prender. Eu só queria perguntar olhando na sua cara — disse Patrick.

Seus olhos estavam vermelhos. Ele provavelmente tinha ficado a noite toda acordado. Beauregard sabia que teria ficado.

— Eu falei pra ele que era perda de tempo. Tudo o que vocês sabem fazer é mentir e roubar. E fazer filhos que vocês não têm condição de cuidar. Um bando de criou...

Beauregard lançou a chave de impacto como um chicote pelo tubo de ar. Ela voou e acertou a boca de Butch. O homenzarrão cambaleou para trás, as mãos cobrindo a parte inferior do rosto. Sua barba loura e grisalha ficou manchada de linhas vermelhas.

Beauregard puxou a chave de volta e a pegou no ar. Ele correu até Butch e o golpeou na testa. Butch caiu de bunda no chão. Ele ergueu as mãos e agarrou a blusa de Beauregard. Beau o acertou no topo da cabeça. A chave de impacto cortou o couro cabeludo de Butch como se fosse casca de laranja. Beauregard ergueu a chave de impacto sobre a cabeça do sujeito.

Patrick o atacou. Eles caíram no chão. Um braço magro deslizou pelo pescoço de Beau e o apertou como um píton. Kelvin veio correndo. Ele balançou a chave de torque de mais de um metro como se fosse um taco de golfe. A cabeça da ferramenta atingiu Patrick na lombar. Beauregard o ouviu gritar como uma raposa ferida. Ele se desvencilhou do sujeito e se levantou. Chutou Patrick na barriga e depois o chutou de novo.

— Por favor... — Patrick ofegou.

Beauregard se apoiou em um dos joelhos e enfiou o soquete da chave de impacto na boca de Patrick.

— Eu devia quebrar todos os seus dentes. Fazer você comer sopa por um ano. Te dar um tempo pra pensar. Se eu quisesse tirar você da parada, eu teria te pegado do lado de fora do Danny's uma noite qualquer e quebrado as suas mãos. Não queimado a sua loja — falou ele.

Os olhos de Patrick eram selvagens. A saliva pingava pelo queixo. Beauregard tirou a chave da boca do homem e se levantou.

— Dá o fora daqui, porra — disse ele.

Patrick rolou para se ajoelhar. Ele segurou a barriga com um dos braços e se arrastou até o pai. Butch estava estatelado de costas e gemendo. Patrick se levantou com esforço. Segurou o pai pelo braço e ajudou o velho a se levantar. O ferimento no couro cabeludo sangrava profusamente, transformando o rosto dele em uma máscara rubra. A barba estava quase encharcada. Os dois mancaram até a porta. Kelvin jogou a chave no chão, o que fez reverberar um eco pela oficina. Sua respiração estava pesada.

— Opa, essa foi boa. Quanto você acha que a gente vai precisar pra fiança? — comentou Kelvin.

— Eles não vão contar pra ninguém. Pelo menos, não pra polícia.

— Você acha que não?

Beauregard colocou a chave de impacto em cima do gabinete de ferramentas. O soquete estava sujo de sangue e saliva.

— Eles é que saíram da linha. Eles falaram que os policiais disseram pra deixar com eles. Os caras não vão sentir muita pena dos dois. Além disso, gente assim só conta vitória.

Beauregard virou na rua sem saída da Falmouth Road, chamada Falmouth Acres. Ele passou por alguns jardins aparados meticulosamente e pelas únicas calçadas fora da região do fórum. Esse era o lugar onde vivia o dinheiro no condado de Red Hill. A velha picape dele se destacava em meio aos carros de luxo e SUVs.

A casa dos Cook ficava no fim da rua sem saída, sob a sombra de um enorme olmo. Beauregard não teria construído sua casa ali. Uma tempestade forte poderia arremessar um galho no meio de um quarto como um míssil arbóreo. Ele supôs que o dinheiro fazia as pessoas darem mais valor à estética do que à segurança. Ele estacionou no meio-fio e passou por uma coluna de tijolos com uma placa que anunciava que a Casa dos Cook tinha sido fundada em 2005.

A campainha era um botão branco no meio de uma série de arabescos em espiral. Ele apertou uma vez e ouviu ressoar pela casa o tema de todos os filmes de terror antigos que já tinha visto. A porta se abriu, e uma mulher magra e muito branca o cumprimentou. Seu rosto magro era emoldurado por um corte bob e uma franja repicada. Ela usava uma blusa preta de manga comprida e meia-calça preta apesar do calor. Beauregard sentiu uma corrente gelada de ar quando ela abriu a porta. Um ar-condicionado central trabalhava a todo vapor para manter a casa em uma temperatura agradável.

— Você deve ser o pai de Javon. Eu sou Miranda.

— Sim. Prazer em te conhecer.

— Ora, entre.

Beauregard não se mexeu.

— Na verdade, estou com um pouco de pressa. Você pode chamar o Javon pra mim? Por favor?

Miranda sorriu.

— Com certeza. Devo dizer que meu marido e eu ficamos muito impressionados com seu filho. Ele é um perfeito jovem cavalheiro — disse. Ela entrou de novo em casa, passando por um amplo átrio. Poucos minutos depois, Javon desceu pela escada.

— Obrigado por me deixar passar a noite aqui, sra. Cook — falou ele enquanto ela colocava a mochila nele.

— Ora, você é bem-vindo. Tre sem dúvida gostou de você passar um tempo com ele. Ele ficou feliz por ter alguém para conversar sobre Claude Monet — disse ela com um sorriso.

— Bom, se cuida — disse Beauregard.

Ele pôs a mão no ombro de Javon e meio que o conduziu, meio que o puxou pela porta. Eles andaram até a caminhonete em silêncio. Beauregard saiu da Falmouth Acres, virou à direita e pegou um caminho que ia mais para o interior do condado.

— Onde a gente tá indo? — perguntou Javon.

Beauregard não respondeu. Ele virou na Chain Ferry Road e depois desceu pela Ivy Lane. O fim dessa rua era o antigo desembarque para o público do rio Blackwater. Ao chegarem à rampa para embarcações, Beauregard parou a caminhonete e desligou o motor.

— A gente precisa conversar — falou ele.
— Sobre o quê?

Beauregard segurou o volante. Então relaxou o aperto e se virou para o filho.

— Vou te fazer uma pergunta e quero saber a verdade. Você entendeu?
— Entendi.
— Não fala isso só porque você acha que é o que eu quero ouvir. Eu quero que você me diga a mais pura verdade.
— Tá — respondeu Javon. Ele estava de cabeça baixa, o queixo quase colado ao peito.

Beauregard fechou os olhos e passou uma das mãos pelo rosto. Ele a manteve em cima dos olhos.

— Você colocou fogo na Precision Auto?

Javon não respondeu. Beauregard abriu os olhos e teve um vislumbre do rio. O sol se espalhava pela superfície formando sombras que pareciam pedras. A janela estava aberta para que ele pudesse ouvir a água batendo de leve na margem. Seu avô costumava levá-lo até ali para pescar bagres ou carpas. Ele não era muito bom em pescaria, mas não importava. Seu avô James, o pai de sua mãe, era um professor paciente. Se Beauregard não tivesse sido mandado para a detenção para menores, talvez tivesse ficado bom nisso. Quando saiu, o avô já estava morto.

— Nunca ouvi você falar nesse garoto, Tre Cook, antes. Mas dá pra ir a pé até a Precision Auto da casa dele. Então eu vou repetir a pergunta. Você fez isso?

Javon correu as mãos pelo rosto da mesma maneira que o pai tinha feito poucos momentos antes. Ele se virou e olhou pela janela. Quando falou, a voz não falhou nem hesitou.

— Eu só estava tentando ajudar. A minha mãe disse pra tia Jean que a gente podia perder a oficina.

Beauregard deu um soco no painel do carro. O couro velho se partiu como o couro cabeludo de Butch Thompson. Javon se encolheu e se espremeu contra a porta da caminhonete. Beauregard agarrou o braço dele e sacudiu.

— O que foi que eu te disse? Eu não te disse que você não precisava se preocupar com isso? Meu Deus, Javon, você tem ideia do problemão que você pode ter arranjado pra você? Eles podem te mandar pra detenção pra menores, e, pode acreditar, você não quer isso! E se tivesse alguém trabalhando lá? Porra, garoto, onde é que você estava com a cabeça?

Beauregard nunca batia nos filhos. Inclusive, nunca havia encostado um dedo em Ariel. A mãe dele tinha batido nele poucas vezes e seu pai ficara uma fera. Mas Beau não deixava os filhos passarem por cima dele. Exigia respeito e, quando isso não acontecia, respondia à altura. A vontade de bater em um deles por causa de uma transgressão nunca tinha sido maior que a vontade de lhes assegurar que eram amados.

Até aquele dia. Uma parte dele (a parte que amava a adrenalina de dirigir, talvez?) queria dar um tapa bem na boca de Javon.

— Eu só queria que a minha mãe parasse de chorar! — gritou Javon.

— O quê?

— Você não sabe porque está sempre fora. Ela não chora na sua frente. Mas, sempre que você não está em casa, depois que ela bota a gente na cama, ela chora. Ela falou com a tia Jean no telefone que, sempre que você vai sair, ela fica com medo de te ver num caixão na próxima vez. A mamãe sempre fala com ela que não quer que você faça coisas que vão te causar problemas! — disse Javon. Agora ele estava chorando. Lágrimas e palavras fluíam na mesma proporção.

Beauregard soltou o braço dele.

— Eu achei que, se o outro lugar sumisse, você não teria que fazer coisas ruins. Achei que as coisas iam melhorar. Eu não quero que você morra, pai — falou ele. Javon limpou o nariz na barra da camisa.

Beauregard contraiu a mandíbula. Ele virou a cabeça como se estivesse observando o entorno pela primeira vez. Uma bolha indigesta de ácido tentava voltar pelo seu esôfago.

— Javon, eu não vou morrer. Não tão cedo. E, mesmo que eu morra, isso não quer dizer que você precisa assumir qualquer coisa. Você não é o homem da casa. É só um menino de 12 anos. É só isso que você tem que ser. Essa merda de ser o homem da casa vai fazer você se machucar. Acredita em mim — disse ele, por fim.

— A mamãe falou que você fez isso quando o seu pai foi embora. Ela disse que você fez o que tinha que fazer — disse Javon. As lágrimas agora rolavam em um fluxo mais lento. Ele fungou e depois soltou uma tosse carregada.

— Não faz o que eu fiz, Javon. Eu não sou um modelo pra você seguir. Eu errei muito. Cometi erros terríveis. As únicas coisas boas que eu fiz foram ter me casado com a sua mãe e ter você, o Darren e a sua irmã. As coisas que eu precisei fazer machucaram mais gente do que ajudaram. Eu tentei ser algo que eu não estava preparado para ser. Assim como você acabou de fazer — disse Beauregard.

Ele podia se ver no banco do motorista do Duster. Com 13 anos. O pé no acelerador. As expressões horrorizadas dos três homens que tinham conversado com seu pai.

— Você vai me entregar? — perguntou Javon.

Beauregard virou rápido a cabeça para a direita.

— Não. Não, eu não vou te entregar. Aquele garoto, o Tre, estava com você?

— Não, eu... eu saí sozinho. Falei pra ele que ia encontrar uma menina.

— As únicas pessoas que sabem somos eu e você. E é assim que vai ficar. Mas você precisa me prometer uma coisa, e você vai ter que jurar pra mim, garoto.

— Tá.

Beauregard ficou olhando para a buzina no meio do volante.

— Eu não vou te dizer que é errado, porque você sabe que é errado. Você precisa prometer que nunca mais vai fazer uma coisa dessas de novo, não importa o quanto ache que as coisas estão ruins. Se você enveredar por esse caminho, antes que se dê conta, não vai mais conseguir voltar. Você se perde. Um dia, você acorda e é só essa coisa que faz merda e não sente nada. E isso é o pior que alguém pode ser. Não posso deixar isso acontecer com você. Eu sou seu pai e é meu dever te proteger. Mesmo que isso signifique te proteger de mim mesmo. Me promete que você nunca mais vai fazer uma coisa dessas — disse Beauregard.

— Eu prometo.

Beauregard passou um braço ao redor de Javon e o puxou para si.

— Eu te amo, garoto. Enquanto eu respirar, vou estar com você sempre que precisar. Meu pai não estava comigo sempre que precisei. Não vou fazer isso com você. — Ele o abraçou apertado e então o soltou.

— Eu também te amo — disse Javon.

Beauregard deu a partida na caminhonete, mas, antes de engrenar a marcha, Javon fez uma pergunta que o paralisou. Era uma pergunta que ele esperava que o filho fizesse em algum momento. De certa forma, fazia sentido ele perguntar agora, depois que seu sangue Montage tinha se mostrado de um jeito espetacular.

— O que aconteceu com o seu pai? — perguntou Javon.

Beauregard se recostou e soltou uma risadinha melancólica.

— Meu pai? Meu pai era como uma tempestade num mundo de calmaria. Foi assim que ele passou pela vida. Foi assim que ele me criou — disse Beauregard.

Javon abriu a boca como se fosse fazer outra pergunta, mas depois a fechou e se virou para a janela.

Mais tarde, naquela noite, Beauregard se sentou na varanda para tomar uma cerveja. Os grilos e as esperanças travavam uma batalha de bandas. O céu sem lua era puro breu. A temperatura tinha caído mais ou menos um grau desde a máxima de 36°C mais cedo pela manhã. As mariposas zanzavam ao redor da luz amarela da varanda, atraídas para a morte pela mesma coisa que as fascinava.

Kia saiu e se sentou ao lado dele na outra espreguiçadeira de plástico.

— O Javon está mais quieto que o normal. Ele dormiu com aqueles fones no ouvido. Não sai do quarto dele desde a hora do jantar.

— Hum-hum — respondeu Beauregard ao tomar um gole da cerveja.

— Está acontecendo alguma coisa que eu deva saber? — perguntou ela. Kia tocou no braço dele, e ele lhe deu a garrafa. Ela tomou um longo gole e a devolveu. Beauregard respondeu a pergunta dela com outra.

— Você falou para a Jean que eu fui fazer um serviço? — perguntou ele.

Kia franziu as sobrancelhas.

— Não, por que está perguntando isso?

— O Javon te ouviu falando pra ela que talvez eu tivesse que fazer alguma coisa ruim pra salvar a oficina.

Kia mordeu o lábio inferior.

— Eu devo ter dito algo assim, mas não falei que era um serviço. E eu respondi a sua pergunta. Vai responder a minha?

Beauregard tomou mais um gole.

— O Pat Thompson apareceu hoje. Me acusou de incendiar a loja dele, como você disse que ele ia fazer. A gente se desentendeu.

— Você machucou ele?

— Nada que um pouco de antisséptico e esparadrapo não dê um jeito.

Kia se recostou na cadeira.

— Você acha que eles vão prestar queixa?

— Não. Eles que estavam errados. Mas eu sei que não vai ficar por isso mesmo.

— O que isso tem a ver com o Javon? Você sabe por que ele está tão quieto, não sabe?

Beauregard ficou olhando para a escuridão. A luz que vinha da estrada dançava pela via como um raio globular.

— O Javon colocou fogo na Precision Auto — disse ele.

Kia se levantou na hora e foi até a porta. Beauregard esticou o braço e segurou o pulso dela. Ele a puxou para baixo o mais delicadamente que pôde.

— Ele achou que estava ajudando. Ele ouviu a gente conversando sobre como as coisas estavam complicadas. Queimar a concorrência pareceu uma solução — disse ele.

— Meu Deus, Bug, o que a gente vai fazer?

— A gente vai proteger ele, é isso que a gente vai fazer. Sabe, eu achava que eu era um homem melhor que o meu pai. Tentei muito ser um pai melhor. Mas é como se eu tivesse passado uma doença pros meus filhos. O orientador na detenção chamava de "propensão à resolução violenta de conflitos". É uma forma de chamar isso — falou Beauregard.

Ele terminou a cerveja em um único e demorado gole. Levantou-se e arremessou a garrafa no bosque. Ele a ouviu aterrissar em algum ponto do mato.

— É uma maldição, porra, isso sim — disse ele. — O dinheiro não pode consertar e o amor não tem como domar. Você empurra pras profundezas, e ela se enraíza de dentro pra fora. Você se rende e acaba cumprindo cinco anos em algum antro. Uma vez, vi meu pai espancar um cara quase até a morte com um banco de bar na frente da mulher dele. O que o Javon fez não é culpa dele de verdade. A violência é uma tradição da família Montage.

Condado de Red Hill
Agosto de 1991

— Vai cair uma tempestade, Bug. Está vendo aquelas nuvens ali? Estão vindo rápido e com tudo. Está sentindo o cheiro? — disse Anthony.

Bug se debruçou pela janela e deixou o vento bater no rosto. Seu pai estava certo, ele podia sentir o cheiro de chuva no ar. Era um aroma doce e intenso que se espalhava pela atmosfera. Ao longe, uma massa de nuvens carregadas se reunia. Estavam pesadas como ameixas supermaduras prestes a estourar.

— Depois que a gente pegar os milk-shakes, talvez eu saia pra comprar carne de pescoço. Levo você pra casa e faço uma sopa pra você e pra sua mãe — disse Anthony.

Bug sabia o que isso significava. Seu pai pretendia passar a noite lá. Isso significava uma hora de risadas e duas de discussão seguida por mais duas de conversas sussurradas no quarto da mãe dele. Isso também significava que ele teria que passar mais tempo com o pai.

Eles pararam no Tastee Freez, e o pai colocou o veículo em ponto morto. Ele puxou o freio de mão e saltou do carro com uma agilidade que contradizia seu tamanho. Fechou a porta e se debruçou pela janela aberta.

— Dois milk-shakes e uns cheeseburgers gordurosos. Quer mais alguma coisa?

— Não. Posso pedir um milk-shake de chocolate em vez de morango?

— É lógico. Você está ficando diferente de mim — disse Anthony, dando uma risada. Ele deu uma corrida até a janela deslizante para fazer o pedido. Alguns fregueses tinham estacionado à direita do estabelecimento. As atendentes do drive-thru ficavam para lá e para cá levando comida e bebida para famílias em minivans e em uma perua esquisita. Bug ouviu a risada aguda da menina que anotava os pedidos. Ele viu o pai tentando enfiar a cabeça pela janela e a menina rindo igual a uma maluca. Algumas gotas de chuva começaram a pingar no para-brisa.

Ele queria que fosse sempre assim. Ele e o pai dirigindo pelas estradas em um foguete com rodas. Observando o borrão que eram as colinas quando eles passavam voando. O cheiro da gasolina e da borracha queimada impregnado em suas roupas. Só ele e o pai surfando no asfalto. Sem nenhum destino, só curtindo a viagem. Mas ele sabia que isso era uma fantasia. As coisas nunca seriam assim e ele estava aprendendo a aceitar isso. A verdade era que o pai sempre tinha sido um pai melhor em suas fantasias do que na vida real. O que não o impedia de amá-lo tão plenamente que parecia ser inerente como a cor da sua pele.

O som de pneus cantando fizeram ele se virar. Um IROC-Z branco entrou deslizando no estacionamento e parou a apenas alguns centímetros da traseira do Duster. Bug viu três homens brancos descerem e começarem a andar na direção de seu pai, que vinha até o carro trazendo os milk-shakes e os sanduíches. Os homens passaram pela janela, e Bug sentiu um leve cheiro de bebida alcoólica. Era amargo e ruim como o álcool verde que a avó passava nos joelhos. Bug se endireitou no banco do passageiro quando os homens cercaram seu pai. O maior deles usava uma regata azul-clara que exibia suas diversas tatuagens. Os traços borrados e a tinta preta desbotada que parecia verde faziam as tatuagens parecerem rabiscos de criança. Uma marca de nascença cor de vinho e reluzente se destacava na pele pálida do pescoço do sujeito. Seu cabelo preto era alisado para trás e estava rareando.

— Ant — falou ele.

Bug observou o pai dar uma olhada rápida no sujeito.

— Red — disse ele, por fim.

— Entra no carro, Ant — ordenou Red.

— Qual é o problema, Red? Hein? Estamos conversados. Estamos quites — falou Anthony. O tom de voz do pai deixou Bug incomodado. Parecia uma pessoa diferente. Ele falou de um jeito automático e monótono que contrastava diretamente com sua jovialidade de sempre.

— Não estamos conversados, seu filho da puta. Nem de longe. Meu irmão foi pego na terça-feira — disse Red. Ele falou com uma fúria contida que dava medo. Bug achou que ele parecia um cão raivoso rosnando através de uma cerca.

— E o que isso tem a ver comigo? O White comprou um Corvette e esbanjou notas de cem no Danny's Bar uma semana depois de a gente fazer o que fez. O xerife não precisava ser um Matlock pra sacar — disse Anthony.

— Você é a única pessoa que podia dizer que a gente estava lá. Ele me ligou ontem de noite e falou que os policiais contaram que tinham arrumado uma testemunha que colocou ele na folha de pagamento do assalto. Eu sei que não fui eu. E não foi o Blue. Então quem você acha que sobra, caralho? Agora entra na porra do carro — disse Red.

Bug o viu puxar a regata para cima e vislumbrou um cabo de madeira. Ele estava armado. O homem tinha uma arma e estava mandando o pai ir com ele.

— Red. A gente pode conversar sobre isso, mas não agora. Não na frente do meu filho — falou Anthony.

Bug viu seus olhos se estreitarem e virarem fendas. Ele sabia o que isso significava também. O pai tinha ficado do mesmo jeito na noite anterior, no bar. Um homem falou para Anthony ficar longe da mulher dele ou ia levar bala. O pai de Bug terminou a cerveja e então pegou um banco do bar e espancou o homem quase até a morte. Eles saíram do Sharkey's pouco depois disso. O pai o fez prometer não contar que eles tinham estado em um bar, e Bug concordou que era algo que a mãe com certeza não precisava saber.

Um trovão retumbou a leste. A chuva começou a cair mais forte.

— Por que não? Ele precisa ver o que acontece com um dedo-duro. Eu não vou repetir, Ant. Entra na porra do carro.

Bug se viu passando a perna por cima do câmbio antes que entendesse direito o que estava fazendo.

— Não vou deixar meu filho aqui, Red. Você vai atirar em mim na frente de todas essas pessoas? — perguntou Anthony.

— Não me desafia, Ant. Meu irmão vai pegar 25 anos. Não me desafia.

Bug deslizou para o banco do motorista.

— Porra, Red, eu não sou dedo-duro. Você quer que eu vá com você, beleza. Mas você me segue, porque eu vou deixar meu garoto em casa.

Bug segurou a bola 8 no câmbio.

— Você deve achar que eu sou um idiota. Não vou deixar você ficar atrás de volante de carro nenhum. A última coisa que eu vou ver de você vão ser as luzes traseiras do seu carro, porra.

Bug pisou na embreagem e colocou o Duster na primeira marcha. O motor rangia parado como um homem calmo pigarreando.

— Red. Por favor. Aqui não — pediu Anthony.

Bug encarou o pai. Seu pai viu o olhar dele e o encarou de volta. Seu aceno de cabeça foi tão sutil que deve ter sido um gesto inconsciente. Bug soltou o freio de mão.

— Senta essa bunda preta no carro. Não vou repetir. Pela última vez, Ant — grunhiu Red. Seu rosto vermelho era um emblema do seu apelido. Anthony desviou os olhos na direção do Duster.

— Como você quiser, Red — disse Anthony.

Bug tirou o pé esquerdo da embreagem e, com o direito, pisou fundo no acelerador. O couro do volante estava encharcado com seu suor. Ele o segurou com força quando o Duster deu um salto para a frente. Anthony atirou o suporte de papelão com as bebidas na cara de Red e pulou para a esquerda. A fumaça dos pneus traseiros envolveu o carro enquanto o motor rugia.

O espaço entre o Duster e os três homens que confrontavam seu pai era de menos de seis metros. O carro foi de zero a oitenta enquanto cobria essa distância. Bug ouviu os gritos pelas janelas abertas. Pareciam femininos, mas vinham de dois dos três homens na frente dele.

O impacto foi horrível. O carro todo estremeceu quando ele se chocou contra eles. Um dos homens foi arremessado para cima. Red e o outro desapareceram sob o para-choque da frente do Duster. Bug manteve o acelerador no máximo e passou por cima deles. Ele ouviu os corpos fazendo o chassi quicar. Isso fez Bug se lembrar de quando a mãe tinha atropelado um guaxinim com seu velho Ford LTD. Uma batida oca percorreu todo o comprimento do carro. Ele passou pela janela de pedidos a quase cem por hora e viu a jovem branca boquiaberta enquanto passava correndo por ela. Ele pisou na embreagem e no freio enquanto virava o volante para a esquerda. O Duster deu um tranco violento e deslizou até parar.

Anthony se levantou e correu até os três corpos espalhados pelo chão. Eles pareciam sangrar por todos os orifícios. Blue tinha marcas de pneu pelos antebraços e pelo peito. Sua cabeça estava retorcida em um ângulo estranho em total oposição à posição de sua pélvis. Timmy Clovis tinha voado no ar e aterrissado direto de cabeça. Uma massa fibrosa vermelha e rosa vazava pela parte de trás de seu crânio. Beauregard percebeu que era o cérebro dele.

Red Navely gemeu.

Anthony se ajoelhou ao lado dele. As duas pernas do homem estavam curvadas para trás no joelho como as de um passarinho. O peito de Red tinha sido esmagado e criado um buraco côncavo do lado direito. O sangue borbulhava pelas orelhas e pela boca. Uma tira de pele tinha sido arrancada do lado da cabeça, expondo um ferimento escarlate. A cada respiração, ele expelia mais sangue que se espalhava por seu queixo. Havia marcas de pneu nas coxas dele.

— Eu te avisei, não na frente do meu filho — disse Anthony. Ele colocou a mão larga acima do nariz e da boca de Red.

— Ele... ele está bem? — guinchou uma vozinha. A menina do caixa tinha saído de trás do balcão. Anthony se inclinou por cima do corpo de Red.

— Liga pro 911! Vai! — gritou ele sem se virar.

Ele ouviu os pés da garota batendo no concreto quando ela saiu correndo. Red tentou mexer a mão na direção de sua arma, mas ela não parecia estar funcionando muito bem. Ele estremeceu uma, depois duas vezes e então ficou imóvel. A vida foi se esvaindo de seus olhos como uma lâmpada que aos poucos vai se apagando.

Beauregard apertou o volante com tanta força que sentiu dor nos antebraços. Ele viu uma fumaça branca de vapor vazando do capô. O próprio capô estava amassado no meio. Parecia que tinha um elefante em cima do peito do garoto.

— Sai do carro, Bug. Não tem por que dar motivo pros policiais atirarem em você quando chegarem aqui — falou Anthony. Ele abriu a porta e ajudou Beauregard a descer do carro. O garoto se curvou e colocou as mãos no joelho. Ele esperou por um jato de vômito que nunca saiu. Anthony esfregou as costas dele com sua mãozorra imensa.

— Está tudo bem, Bug. Pode vomitar se precisar. Você não foi feito pra essa vida. Isso é bom — disse Anthony.

— Eles iam te matar — falou Beauregard, entre arquejos secos.

— É, acho que eles estavam pensando nisso, Bug. Não se preocupa. Eu vou falar pra polícia que foi um acidente. Vai ficar tudo bem.

Quatro semanas depois, Bug era condenado a cinco anos na detenção para menores por homicídio culposo.

A essa altura, seu pai já tinha ido embora fazia tempo.

Dezenove

— Acorda, Ronnie.
— Me deixa, Reggie. Minha cabeça está explodindo como se tivesse um gnomo tentando cavar um buraco com uma colher pra sair daqui — disse Ronnie.

Na boca, sentia o gosto do fundo de um barril de óleo. Se bem se lembrava, eles tinham bebido três garrafas de Jameson na noite anterior. Ele e Reggie consumiram a maior parte, mas as duas mexicanas também beberam bem. Como é que elas se chamavam mesmo? Guadalupe e Esmeralda. É, era isso. Talvez.

— Ronnie, por favor, acorda.

Eles tinham pegado as garotas no Laredo's Saloon em Richmond. Levaram as duas para o trailer de Reggie para uma noite tão depravada que teria feito Hugh Hefner corar. A última coisa de que Ronnie se lembrava era de uma das meninas chupando seu pau como se ela tivesse sido envenenada e o antídoto estivesse nas bolas dele.

— Ronnie, acorda, caralho!

Já tinham se passado duas semanas desde o serviço, e ele não estava desacelerando nem um pouco. Apesar de todo aquele papo sobre praias com areia branca e céu azul, ele não estava mais com tanta pressa de ir embora da Virgínia. Jenny lhe dera um pé na bunda, mas isso nem tinha sido tão ruim assim. No mesmo dia que ela fora embora, eles descobriram que a sapatão tinha ficado mais queimada que frango frito de vovó. Da forma como o noticiário colocou, os policiais concluíram que ela e Jenny estavam envolvidas no assalto. Não houve menção a qualquer cúmplice. A chapa ainda estava quente, mas agora em fogo baixo.

— Você devia escutar seu irmão.

Os olhos de Ronnie se abriram no ato e ele esticou a mão para a arma embaixo do travesseiro. Ele dera dinheiro a Reggie para que o irmão a comprasse ilegalmente. Uma Beretta 9 mm.

— Ah, não está aí, irmão. Talvez você queira se sentar.

Ronnie se virou tão devagar que parecia estar fazendo uma demonstração de como era o movimento das placas tectônicas.

Dois homens estavam de cada lado de Reggie e ao pé da cama dele. Um deles tinha uma cicatriz horrível em um dos lados do rosto. Usava uma camisa branca com a gola aberta e a barra para dentro da calça. O outro era maior que uma geladeira. Vestia um blazer azul por cima de uma camiseta preta, que mal segurava sua barriga. Era ele que tinha o cano de uma .357 apontada para a costela de Reggie.

— Bom dia, flor do dia — falou o homem da cicatriz no rosto e barba e bigode iguais aos do coronel Sanders.

— Foi o Chuly que mandou vocês? Porque eu já dei o dinheiro pro Skunk. Paguei tudo e com juros — disse Ronnie. O homem da cicatriz estremeceu e riu.

— Não, não foi o Chuly. E a gente não é ruim como o Skunk Mitchell, nem de longe. Não mesmo — falou o homem da cicatriz.

Ronnie sentou e deixou o cobertor cair até a cintura. Os olhos de Reggie pareciam dois pratos de jantar. Ronnie fez um tremendo esforço mental. Será que nas últimas semanas tinha deixado alguma pessoa tão puta a ponto de mandar alguém para espancá-lo? Ele não conseguia lembrar.

— Olha, não sei o que tá rolando, então por que não me esclarece um pouco as coisas, patrão? — disse Ronnie. Ele falou com o homem da cicatriz. O sujeito parecia ser o cabeça da operação. O homem da cicatriz sorriu.

— Bom, como é que eu posso explicar? Você fez merda, Ronnie. Você fez uma merda tão grande que vai querer encontrar sua mãe e voltar pra barriga dela pra nascer de novo. Mas, já que isso não vai rolar, você tem que se levantar, se vestir e vir com a gente. Se apressa. Eu ainda quero tomar café da manhã. Vocês dois não têm nada no armário, além de uma caixa de cereal cheia de dinheiro. Não dá pra comer isso, né? — disse o homem da cicatriz.

Ronnie já tinha ouvido a frase "O sangue dele gelou", mas nunca tinha lhe causado muito efeito. Ele sempre havia achado que parecia coisa de um roteirista hollywoodiano que tinha se convencido de que era maneiro. Agora, enquanto sentia um frio se espalhar por suas veias, entendia a frase testada pelo tempo. Eles sabiam do dinheiro. Isso podia significar duas coisas. A: Aquela era uma invasão domiciliar aleatória em que os caras deram sorte. Não parecia provável. Em geral, um trailer todo enferrujado não era alvo de um bando de invasores. Aqueles caras não pareciam ser uns drogados viciados em metanfetamina procurando uma grana fácil. O que levava à opção B. Eles eram profissionais que tinham vindo atrás especificamente dele e do dinheiro. Era essa opção que lhe dava arrepios na espinha. Ele decidiu se fazer de bobo e ver se os caras deixariam que ele descobrisse que tipo de jogo era aquele.

— Espera aí, tipo, o que está rolando, cara? Não estou entendendo o que está acontecendo. Você precisa me dizer alguma coisa. Vocês chegam e vão entrando aqui como se fossem xerifes — disse Ronnie. Ele falou baixo, de um jeito suave, e caprichou na melosidade das palavras.

O homem da cicatriz franziu a testa.

— Você não tá entendendo.

Ele puxou a própria arma e atirou no pé direito de Reggie. O minúsculo quarto reverberou a cacofonia ensurdecedora do tiro. Ronnie pulou para trás e tampou os ouvidos. Reggie caiu no chão segurando a perna direita. A luz que entrava pela janela destacava seu rosto pálido e suado.

— Caralho, cara! — guinchou Ronnie.

Reggie estava deitado em posição fetal. Seus gemidos eram úmidos e esganiçados. O homem da cicatriz apontou a arma para Ronnie. Era uma .38 com cabo de madeira. Parecia um brinquedo na mãozorra do sujeito.

— Que tal se vestir? Eu estava falando sério sobre o café da manhã.

Vinte

Beauregard não dançava fazia anos. Não porque não gostasse, mas nunca parecia ter tempo suficiente. Se virando entre a oficina, os meninos, Ariel e a própria mãe, era mais fácil achar uma agulha no palheiro do que tirar uma folga. Quando estava envolvido com a Vida, ele e Kia dirigiam até Richmond sem pensar duas vezes. Eles se arrumavam, iam para boates e dançavam até serem expulsos do local na hora de fechar. Eles iam embora depois de gastar mais em bebida do que a maioria das pessoas ganhava em uma semana.

Já fazia tanto tempo que Beauregard ficou preocupado em não conseguir seguir a batida. Ainda assim, lá estava ele no meio do Danny's, descendo e rodando no ritmo da música com Kia, um braço ao redor da cintura da esposa, o outro no quadril firme dela. A música pulsava pelos alto-falantes presos na parede e enchia o bar com uma sensualidade primeva. Beauregard a sentiu se espalhando por seu corpo enquanto Kia se pressionava contra a virilha dele. Mesmo depois de todos aqueles anos, ela ainda atraía algo de quase selvagem que vivia entre as pernas dele. Ela era uma Afrodite mergulhada em caramelo para o Pã coberto de chocolate dele.

A música chegou ao fim, mas o feitiço não se quebrou. Ele a puxou mais perto e se aninhou no pescoço dela. O aroma da pele por baixo do perfume era mais inebriante do que as fragrâncias de quinhentos dólares que ela tinha comprado pela manhã. Ela também tinha arranjado uma roupa nova e feito o cabelo.

— Agora, sr. Montage, você vai me levar pra sair, e a gente vai dançar e beber, e, se você tiver sorte, vai se dar bem essa noite com uma boceta de primeira — falou ela, depois das compras.

Ele não precisava que ela insistisse muito. O dinheiro do roubo à joalheria tinha dado uma folga para eles. Era melhor aproveitar. Ronnie era um tratante, mas tinha razão em relação a isso.

Mas Eric, Caitlin e o pequeno Anthony não estão curtindo muito os últimos dias, não é mesmo?, pensou Beauregard.

Ele tinha considerado seriamente mandar um pouco de dinheiro para Caitlin. Não muito, mas o suficiente para ajudar com as contas ou comprar um brinquedo para o bebê. Ele pensou muito nisso antes de, por fim, deixar a ideia de lado. Ainda estava tudo muito recente. Não podia nem pensar em chegar perto de Caitlin ou Anthony. Mas isso não o impedia de pensar neles. Principalmente no bebezinho. Ele cresceria na mesma fraternidade a que Beauregard pertencia. A fraternidade dos filhos sem pai.

Mas ele não seria um membro se você não tivesse feito sua parte para que ele entrasse, não é, pensou Beauregard.

Kia esfregou a coxa dele.

— Do jeito que você tava dançando comigo, acho que quer isso aqui — sussurrou Kia na orelha dele. Beauregard forçou um sorriso.

— O tempo todo e duas vezes no domingo — sussurrou ele de volta.

Ela deu uma risadinha e o beijou. O gosto de uísque e o gloss sabor chiclete ficaram na boca de Beauregard.

— Ei, vamos tomar alguma coisa! — falou Kelvin.

Ele tinha um dos braços ao redor da cintura de uma mulher que Beauregard nunca tinha visto e não achava que ia ver de novo. Kelvin também estava com alguma grana. Eles estavam bem ocupados com a oficina cheia. Beauregard nunca ia admitir, mas Javon tinha razão. Queimar a Precision tinha ajudado. Isso o entristeceu absurdamente.

— Beleza, o que vocês vão querer? — perguntou ele.

— Nada muito forte. Ainda estou com esses drinques Blue Motorcycle na cabeça — falou a amiga de Kelvin. Era uma mulher linda com cabelo castanho comprido e mechas louras e um bronze natural conquistado com dedicação. Outros clientes tinham olhado para eles quando chegaram, mas sem qualquer intenção séria. Apenas a consideraram mais uma mulher branca perdida para o outro lado.

— Que tal esse das vadias ruivas, o Red Headed Sluts? — ofereceu Kia.

— Conheço algumas — respondeu Kelvin. A amiga deu um cutucão nele com o cotovelo.

— Vou pegar uns Royal Flushes — disse Beauregard. Ele foi até o bar enquanto os outros voltaram para a mesa. Ele se inclinou pelo corrimão todo arranhado que cercava o balcão do bar e levantou a mão.

— O que vai querer? — perguntou o bartender.

— Quatro Royal Flushes.

— É pra já.

— Um Royal Flush é a mão mais difícil do pôquer. Quase nunca acontece — disse um homem sentado à direita de Beauregard. Beau se virou e assentiu para ele.

— É, é o que dizem — observou. Ele não sabia se era ou não o que diziam, só estava jogando conversa fora.

— É, a Mão do Homem Morto é mais comum — comentou o sujeito. Ele tirou o cabelo da frente do rosto. Beauregard viu que o rosto dele era marcado com uma cicatriz pior que as marcas do corrimão do bar.

— O quê?

O homem sorriu para Beauregard.

— Ases e oitos. A Mão do Homem Morto. O Wild Bill Hickok estava com uma mão dessas quando alguém veio escondido por trás dele e explodiu a cabeça dele — disse ele.

— Ah, é, é verdade — falou Beauregard.

O bartender voltou com as bebidas, colocou-as na frente de Beauregard e saiu. Beau pegou os quatro copos e começou a se retirar.

— Pessoalmente, eu nunca chegaria por trás de um cara. Se eu fosse te matar, eu só chegaria e meteria duas balas na sua cara. É como ensinam pra gente no Iraque. Tiro duplo — disse o sujeito.

Beauregard parou e examinou o rosto arruinado do homem, que ainda sorria.

— Aham. Bom, tenha uma boa noite — disse.

Ele pegou as bebidas e voltou para a mesa. Uma nova música veio da jukebox e alguns casais voltaram para a pista de dança. Beauregard entregou a bebida de cada um.

— Uhu. Essa deu pra sentir nos ossos — falou Kelvin.

A amiga dele riu e se encostou nele.

— Nossa, você está tentando me embebedar pra se aproveitar de mim, Bug? — perguntou Kia. A pele dela brilhava com uma camada de suor e maquiagem com glitter. Beauregard fez um carinho no queixo dela.

— Não é se aproveitar se você quiser — disse ele.

Kelvin gargalhou alto.

— Espertinho — falou Kia, mas se inclinou e o beijou outra vez. Ele a beijou de volta e então, sorrateiramente, olhou por cima do ombro dela. O homem da cicatriz no rosto o encarava.

Beauregard baixou os olhos. Ele abraçou a esposa e então deu uma rápida olhada no bar. Reconhecia a maioria dos fregueses ou tinha uma ideia de quem eram, a não ser o homem no bar e dois sujeitos sentados numa mesa perto da parede mais distante à direita. Ambos eram da altura de Beauregard, mas consideravelmente mais largos. Usavam blazer azul e camisetas pretas. Os dois tinham canecas de cerveja diante de si, mas mal tinham tocado nelas.

Beauregard examinou o rosto deles. Eram absurdamente irrelevantes. Semblantes sem graça com bocas que pareciam linhas finas. A única coisa que se destacava neles eram os olhos. Olhos castanhos bem escuros como moedas que foram enterradas na lama.

O condado de Red Hill não recebia muitas visitas de estranhos. Não ficava no cruzamento de nenhuma estrada principal. A entrada da interestadual era em grande parte uma rota de fuga para os moradores. Rostos desconhecidos eram raridade. Beauregard observou os dois homens na mesa. Eles olhavam direto para a frente ou, de vez em quando, para o teto. Em nenhum momento viraram a cabeça na direção do bar. Em nenhum momento, olharam na direção do homem da cicatriz.

"Ouça sua intuição. O dia que não fizer isso, vai dar merda."

Ele ouviu o pai dizer isso inúmeras vezes. Um dito bruto, mas também preciso. A intuição de Beauregard estava falando com ele agora, sussurrando que estava rolando alguma coisa com as três caras desconhecidas.

Beauregard pegou o telefone e mandou uma mensagem para Kelvin.

Leva as meninas lá pra fora.

Kelvin pegou seu telefone. Ele leu a mensagem e digitou uma resposta.

Qual foi?

Os dedos de Beauregard voavam pela tela.

Os caras na mesa e no bar. Preciso ver qual é a deles.

Kelvin mandou de volta uma resposta maior.

Quer que eu mande elas pra casa?

Não vou te deixar sozinho.

3 pra 2 é melhor que 3 pra 1.

— Pra quem você tá mandando mensagem? — perguntou Kia. Ela esticou a mão para pegar o telefone dele. Beauregard a segurou pelo pulso, puxou a mão dela até a boca e deu um beijo. Ela revirou os olhos e puxou a mão de volta. — Todo mundo que você conhece está aqui — falou ela, sorrindo como um palhaço louco.

— Jamal vai levar o carro até a oficina. Preciso ir lá abrir a loja.

Kia deslizou da cadeira para o colo de Beauregard e jogou os braços ao redor do pescoço dele.

— Nááááo, você não pode ir embora. A gente só está começando. — Ela beijou Beauregard no pescoço, mas ele achou que ela estava mirando na bochecha.

— Você está bêbada, amor. Vou pedir pro Kelvin levar vocês pra casa. É meia-noite, e a gente tem que pegar os meninos. K, você se importa de levar as duas pra casa e buscar o Darren e o Javon? — perguntou Beauregard.

— Tem certeza? — perguntou Kelvin. O tom bem-humorado que havia mais cedo em sua voz tinha evaporado.

— Tenho certeza. Eu te ligo amanhã.

— Bug, eu vou com você — falou Kia.

— Amor, você precisa ir pra casa. Tem que trabalhar amanhã. Vai com o Kelvin. Vou pra casa daqui a pouco — disse ele.

— Qual é o problema? — perguntou ela.

— Nada. Só preciso ir abrir a oficina pro Jamal. Um dia vou ter meu próprio guincho e a gente não vai mais ter esse problema — disse ele, mexendo no queixo dela outra vez. Mas o rosto de Kia estava frouxo.

— NÃO, tem alguma coisa errada — disse ela, com a voz arrastada. O último drinque estava fazendo efeito. Aparentemente também estava aperfeiçoando as habilidades dela de detectar uma mentira.

— Não, amor, está tudo bem. Vou pra casa logo, logo — disse ele, deslizando-a para longe de seu colo e se levantando.

Kia se levantou e cambaleou, mas Beauregard segurou-a pelo cotovelo esquerdo e a firmou. Kelvin e a amiga também se levantaram. Beauregard beijou Kia no rosto.

— Vejo você daqui a pouco, amor — sussurrou ele.

— Tem certeza? — perguntou Kelvin.

— Tenho. Te vejo na oficina amanhã — respondeu Beauregard.

— Leva um donut quando for pra casa — pediu Kia.

— Tá legal, amor. Te amo.

— É bom mesmo — respondeu ela. Kia foi na direção da porta com Kelvin e a amiga dele. Kelvin olhou por cima do ombro. Beauregard não falou nada. Kelvin seguiu com as garotas e saiu do bar.

Beauregard se virou e foi na direção do bar. Ao passar pela mesa com os dois gângsteres da roça, ele os observou mais de perto. O da esquerda tinha um volume aparente no cós da calça do lado direito. Beauregard não ficou chocado por terem conseguido entrar com uma arma no Danny's. O bar não tinha segurança. A placa na porta proibindo armas era encarada como uma sugestão pela maioria dos clientes. Beauregard passou pelo homem da cicatriz sentado no bar. Ele tinha um volume na lombar por baixo da camisa branca.

Beauregard foi até o banheiro nos fundos do local. Ele deixou correr um pouco de água pela pia e lavou o rosto. Três homens armados que ele nunca tinha visto antes estavam em um bar na cidade em que ele vivia. Será que os Thompson tinham contratado assassinos de outro lugar? Não parecia provável. Patrick e o pai eram sujeitos práticos. Se fosse acontecer alguma revanche, eles mesmos fariam isso. Beauregard enxugou o rosto com uma toalha de papel.

Ele vinha assistindo ao noticiário de vez em quando desde que vira a reportagem sobre Eric. A gerente da joalheria tinha sido encontrada queimada no apartamento dela. A namorada de Ronnie tinha fugido da cidade, mas deixara um cadáver para trás. A polícia disse que as prisões pelo assalto eram iminentes, mas Beauregard achou que isso era balela total.

— Tem alguém ligando os pontos — disse ele para o próprio reflexo.

Era um risco que se corria na Vida. Não importava o quanto você fosse esperto ou o quanto planejasse bem as coisas, sempre havia a possibilidade de que algum peão fosse dar as caras no seu bar favorito para te acertar com um tiro duplo. Você colocava, por vontade própria, uma Espada de Dâmocles sobre a própria cabeça cada vez que executava um serviço.

Ele respirou bem fundo e saiu do banheiro. Pegou uma cadeira vazia de uma das mesas do bar e a colocou na mesa dos dois pistoleiros vestidos com um blazer barato. Ele se sentou perto do sujeito da esquerda.

— Posso ajudar? — falou o Esquerdo.

— Depende — respondeu Beauregard.

Mais ágil que um gato, ele pegou a arma com a mão esquerda enquanto agarrava o pulso esquerdo do homem com a mão direita. Boonie sempre dizia que ele tinha as mãos do pai. Ele pressionou o cano do revólver no bloco rígido que era a barriga de Esquerdo.

— Talvez você possa me contar por que você e o seu amigo no bar estão de olho em mim a noite toda. — Direito esticou a mão para baixo da mesa, mas Beauregard balançou a cabeça. — Não. Põe as mãos de novo na mesa, palmas pra baixo. Agora, ou eu vou começar a apertar o gatilho e não vou parar até ele estalar.

O rosto de Direito ficou vermelho como um balão de circo, mas ele seguiu a ordem.

A nuca de Beauregard formigou. Alguém estava vindo por trás dele. Ele não tirou os olhos dos dois pistoleiros. O homem da cicatriz puxou uma cadeira e se sentou. Ele trazia um copo cheio de um líquido escuro.

— Você é ligeiro, hein? Mas, pra ser sincero, até um macaco de um braço só podia dominar o Carl. Sem ofensa, Carl — disse o homem da cicatriz. Carl não pareceu muito ofendido com nada. Nem com a arma em sua barriga.

— Quem mandou vocês? — perguntou Beauregard.

Ele não se virou para olhar o homem da cicatriz e manteve a arma pressionada contra a barriga de Carl. Alguém tinha colocado uma música meio estilo blues para tocar na jukebox. Casais dançavam lentamente no velho piso de madeira, corpos girando com suavidade em pequenas órbitas elípticas no tempo das notas tristes que vinham das caixas de som.

— Direto ao assunto. Mas essa não é a hora de você fazer perguntas. Essa é a parte em que você usa seus olhos e ouvidos — respondeu o homem da cicatriz. Ele pôs a mão no bolso. Beauregard apertou mais a arma na carne de Carl.

— Burning Man... — disse Carl, em uma voz baixa e retumbante.

— Não se preocupa, Carl, o Beauregard é um cara esperto. Ele não vai estourar suas tripas aqui sem um bom motivo. Tenho uma coisa aqui no meu telefone que ele precisa ver — disse Billy. Ele colocou o telefone na mesa e tocou na tela. Beauregard olhou para baixo.

Havia um celular na mesa passando um vídeo curto. Ele mostrava as luzes traseiras de um carro saindo do estacionamento do Danny's. Beauregard estreitou os olhos. As luzes traseiras pertenciam a um Nova. O Nova de Kelvin.

— A gente ia te pegar quando você fosse embora, mas você sacou a gente. Estamos em cinco. Três de nós em um carro e mais dois em outro. Dizem que você é um cara bem selvagem com um lado bem ruim. Mas, quando você identificou o Carl, eu disse a mim mesmo: bom, vamos dançar. Então mandei meus parceiros do outro carro seguirem seus amiguinhos. Agora eu vi como você é rápido. E, cacete, você é rápido no gatilho. Então você provavelmente está achando que consegue atirar em mim, no Carl e no Jim Bob — falou Billy.

Carl estremeceu.

— Mas — continuou — se meus parceiros não tiverem notícia de mim em, digamos, ah, sei lá, uns cinco minutos, eles vão queimar aquele carro como se fosse uma fogueira enorme.

Beauregard engatilhou a arma de Carl.

— E se eu não acreditar em você? E se eu atirar em vocês três e ligar pro meu amigo e mandar ele meter bronca? Aquele Nova tem disposição.

Billy sorriu.

— Aposto que tem. Mas é muito "e se", não é, Beauregard? Qual é, eu já falei, você é um cara esperto. Devolve a arma do Carl e vamos nessa. Tem alguém que precisa falar com você, e ele não é do tipo que gosta de ficar esperando.

Beauregard se apoiou na arma e a enfiou ainda mais fundo na carne de Carl. Ele podia atirar no sujeito, isso ele sabia. Será que conseguia acertar o da direita e o que Carl tinha chamado de Burning Man também? Mesmo que conseguisse pegar os três, será que Kelvin ia conseguir fugir do carro que os perseguia? Como tinha dito Burning Man, era muito "e se".

— Tique-taque, tique-taque — falou Billy.

Beauregard pensou no que Boonie tinha dito. Sobre a maneira como homens que nem ele morrem. Ele não queria levar Kia junto. Essa honra estava reservada para homens como os três sentados à mesa com ele. Junto com quem quer que fosse o chefe deles. Beauregard enfiou a arma de Carl no cós da calça do sujeito.

— Vamos — disse.

Billy virou sua bebida, fez uma careta e pôs o copo na mesa. Ele pegou seu telefone, passou os dedos na tela e o colocou de volta no bolso de trás.

— Viu? Agora o Natal não precisa chegar mais cedo.

Vinte e um

Eles não o vendaram. Isso era ruim. Significava que não se importavam que ele visse aonde estavam indo. O que muito provavelmente significava que ele nunca iria embora depois que chegassem aonde estavam indo. Também não amarraram suas mãos. Não havia necessidade. Eles já tinham a apólice de seguro deles, no fim das contas.

Beauregard se sentou entre Jim Bob e Burning Man. Estavam em um Cadillac CTS 2010. Um bom sedan de porte médio com um potente motor 3.0. O interior do carro era dominado por uma luz pálida fantasmagórica. A luz de LED percorria a parte interna das portas e o chão. Apenas uma iluminação sutil, nada muito prepotente. Beauregard percebeu que as travas infantis estavam acionadas. Ele tinha pensado em acertar Jim Bob com o cotovelo, abrir a porta e empurrá-lo depois de pegar a arma do sujeito. Enfiar o cano no olho de Burning Man e sugerir que ele falasse com os parceiros dele para que eles parassem onde estavam. Dava para ver que o plano seria frustrado pelos bem-intencionados defensores dos direitos do consumidor.

Eles entraram na interestadual e foram para o oeste. O Cadillac deslizava pela noite. Beauregard sentiu o ouvido estalar quando começaram a subir as Blue Ridge Mountains, que cortavam a Virgínia em intervalos irregulares.

Por fim, eles pegaram uma saída perto de Lynchburg. A saída os jogou em uma rua principal margeada por carvalhos de algum vilarejo pitoresco escondido bem no interior da montanha de Peaks of Otter. Postes de luz verde-escura brincavam de esconde-esconde com as glicínias por toda a rua. Uma faixa colocada na fachada de um prédio de granito imponente, ladeado por colunas, anunciava que faltava uma semana para a Feira de

Kimball Town. O carro saiu da rua principal e pegou uma secundária igualmente bem iluminada. O veículo parou diante de uma tabacaria no fim da calçada. Era a última na pequena fileira de lojas que havia ali. A fachada de tijolos era interrompida por uma enorme janela panorâmica. Uma placa reluzente acima da porta da frente dizia THE HOT SHOP. A placa neon na janela informava que a loja estava fechada. Jim Bob pressionou o cano de sua arma nas costelas de Beauregard.

— Tenta fazer alguma coisa. Eu quero. Aí eu posso puxar o gatilho até a arma estalar — disse Jim Bob. Ele olhou Beauregard com maldade, exibindo os dentes tortos.

— Já chega, Jim Bob, você sabe que o Lazy quer falar com esse cara — disse Billy ao abrir a porta do carro. Jim Bob empurrou Beauregard por ali. Carl desceu e, antes que Beauregard pudesse reagir, ele lhe deu um soco na altura do rim. Beauregard cambaleou e caiu de encontro ao carro. Ele respirou bem fundo, tossiu e então se endireitou.

— Porra, vocês têm um pau de cinco centímetros ou algo assim? Parem com essa merda. O Lazy quer falar com ele. Ele não vai poder falar se estiver vomitando ou mijando sangue — disse Billy. Beauregard não detectou preocupação nenhuma pelo seu bem-estar. Burning Man parecia se preocupar apenas em não decepcionar Lazy. Fosse quem fosse esse cara.

— Foi mal, Billy — murmurou Carl.

Beauregard concluiu que Burning Man devia ser o apelido de Billy. Isso pareceu estranhamente cruel para ele, mas não se escolhe o próprio apelido. Se escolhesse, ninguém iria se referir a ele como Bug.

Billy, vulgo Burning Man, bateu na porta da tabacaria. Um garoto branco e magro com cabelo louro liso e uma cara de sono abriu a porta.

— Vocês voltaram rápido — disse.

— Ele não deu muito trabalho. Ele chegou? — perguntou Billy.

O garoto balançou a cabeça.

— Ainda não.

— Beleza — falou Billy. Ele gesticulou na direção do interior da loja. — Depois de você — disse para Beauregard.

Beau entrou na loja. As luzes no teto estavam apagadas, mas havia placas de neon e relógios nas paredes o bastante para iluminar o caminho dele. As placas e os relógios retratavam cenas de filmes antigos.

Beauregard reconheceu alguns, outros não. Lá estavam Rick e Sam no piano de *Casablanca* sobre um fundo vermelho. Um relógio na parede mais distante e acima de uma prateleira cheia de cigarros exibia o rosto do sorriso maníaco de Richard Widmark como Tommy Udo do *Beijo da morte* original, delineado por um fogo químico azul.

O garoto que abriu a porta passou depressa por Beauregard e bateu em uma porta atrás do balcão. Um homem gigantesco que nem uma fera abriu. Jim Bob empurrou Beauregard por ali. O cômodo era pouco decorado. Havia uma mesa de carvalho barato com um anacrônico telefone de discar perto da beirada. As paredes eram de concreto cinza, sem reboco. Havia uma cadeira de madeira atrás da mesa e mais três cadeiras de metal de frente para ela. O limitado espaço espartano da sala contrastava fortemente com a exuberância do resto da loja.

— Sente-se — disse Billy.

Só havia uma cadeira vazia entre as três. Ronnie estava sentado na primeira, e Quan, na do meio. Beauregard se sentou ao lado de Quan.

— Bug, eu... — Ronnie começou a falar, mas Beauregard o interrompeu.

— Cala a boca — disse ele.

Ronnie baixou a cabeça. Beauregard cruzou os braços. Quan estava com a cabeça apoiada nas mãos. Sua respiração era pesada e difícil. Ele batia o pé no chão como se estivesse acompanhando o ritmo mais rápido do mundo. Havia no canto um circulador de ar que movimentava o ar sufocante do local. Uma única lâmpada dentro de um lustre de tela pendia do teto. Alguns engradados plásticos de leite vazios estavam empilhados no canto esquerdo mais distante da sala. Beauregard supôs que aquilo já tinha sido um depósito. Agora era uma câmara de tortura fuleira se fingindo de escritório.

Tanto Quan quanto Ronnie tinham apanhado. A boca de Quan sangrava sem parar. Sua camisa branca de basquete estava coberta por manchas vermelhas. Ronnie tinha o olho esquerdo roxo. O nariz estava torto e quebrado. Nenhum deles estava preso também. Claramente não havia necessidade. Eles não pareciam combativos. Beauregard percebeu isso assim que entrou na sala. Os ombros caídos e olhar cabisbaixo entregaram sua submissão. Se já tinha chegado a isso, eles não ajudariam em nada.

Beauregard ouviu as dobradiças da porta rangerem.

— Ora, a turma toda está aqui — disse uma voz trêmula e aguda. Beauregard sentiu Quan se encolher.

Um homem alto e magro entrou na sala. Ele usava uma calça cáqui passada à perfeição e uma camisa de botão preta por baixo de um colete de veludo preto. Ele era estreito nos quadris e mais anguloso nos braços. Seu rosto corado era fino e terminava em um queixo perversamente afilado. Um amontoado de cabelo castanho tingido com grisalho se erguia em sua cabeça como se ele tivesse enfiado o dedo no bocal de uma lâmpada enquanto usava uma peruca feia. Ele ficou no meio da sala bem debaixo da única lâmpada. Ele sorriu para os três. Um sorriso jovial que se espalhou por seu rosto como leite derramado. Sua boca exibia dentes enormes e brancos demais para serem de verdade.

— Essa é A Gangue em Apuros, hein? — disse o homem. Ele riu da própria piada. Depois de meio segundo, todos os capangas dele riram também. O sujeito foi na direção da cadeira atrás da mesa. Carl a segurou e o homem sentou na frente de Quan. Ele cruzou as pernas. Um sorriso afetado substituiu o anterior.

— Eu adoro filmes. Não importa o estilo. Terror, policial, antigos, novos. Porra, eu gosto até de comédia romântica. Adoro John Hughes. E Molly Ringwald? Fiu-fiu — disse o sujeito.

— A gente sente muito e... — Ronnie tentou falar, mas a parede humana que tinha aberto a porta do escritório o acertou na nuca. Ronnie foi para a frente e caiu imóvel no chão. Jim Bob e Carl o pegaram pelos braços e o sentaram de volta na cadeira.

— Mas alguns dos meus filmes favoritos são os que falam sobre roubos. Eu adoro essa porra, rapaz. Um roubo tem alguma coisa que me pega muito, cai melhor do que uma prostituta barata — falou o sujeito.

Ele se levantou e virou a cadeira. Sentou-se e pousou os braços no encosto antes de descansar o queixo nas mãos.

— Vocês têm que me contar. Como é que fizeram aquilo? Vocês costuraram um cronômetro nas luvas? Que tipo de motor tinha naquele carro? Quem teve a ideia de pular pelo viaduto com o carro? Aquilo ali precisou de muito colhão, vou te falar.

Ninguém respondeu.

— Qual é, tá tudo bem. Vocês podem falar agora — falou o homem. Mais uma vez, ninguém respondeu.

— Era um V8 modificado com um kit de nitro — disse Beauregard, por fim.

O homem piscou para ele.

— Maneiro, maneiro. Viu, é disso que eu estou falando. Essa porra é coisa de filme de roubo — disse ele.

— Você é o Lazy? — perguntou Beauregard. Ele ouviu passos atrás de si. Preparou-se para o golpe, mas o homem na frente dele ergueu a mão.

— Espera, Wilbert. Esse cara aqui acabou de me lembrar que eu não fui educado. Minha mãe me deu o nome de Lazarus Mothersbaugh por causa de como eu morri durante o parto e então voltei à vida quando tiraram o cordão enrolado no meu pescoço. Mas todo mundo por aqui me chama de Lazy. Acho que é porque eu tenho preguiça de falar meu nome todo — disse o sujeito.

Todos os capangas dele deram uma risada abafada, menos Billy. Ele estava olhando para o nada.

— Mas voltando ao assunto. Se tivessem roubado qualquer outra joalheria em qualquer outro lugar, vocês estariam tranquilos. Mas vocês roubaram uma que me pertence. O que significa que estão bem encrencados — disse Lazy.

Ele sorriu, mas dessa vez pareceu forçado. Beauregard achou que era o sorriso de um ator, era só mais uma parte da performance.

— Algum de vocês já ouviu falar de mim? — perguntou Lazy. Quan ergueu a mão. — Cacete, rapaz, você não está na aula de inglês — falou ele. Carl riu. — Vocês me ferraram de verdade naquela loja. Eu estava usando ela pra pagamentos de todos os tipos. Eu consegui uns diamantes num negócio que a gente não precisa falar agora. Digamos apenas que sou um parceiro silencioso em alguns empreendimentos muito interessantes. Mas, cara, aqueles diamantes eram melhor que dinheiro. Mais fáceis de carregar e impossíveis de rastrear. Isso é bem útil quando você tem que pagar por duas ou três potrancas mexicanas lá no Oeste. É, rapaz, eu tinha um esqueminha maneiro lá. E vocês foderam legal com ele. Agora a polícia está fuxicando tudo. E alguns negócios meus desandaram — falou Lazy. Ele sugou os dentes e assentiu. — Mas, porra, a parada que vocês fizeram, bom, eu tenho que tirar o chapéu pra vocês. Agora, aquela garota... como é que é mesmo nome dela, Burning Man?

— Jenny.

— É, a Jenny. Ela disse que você era o cabeça, Ronnie. Você que pensou na parada toda — disse Lazy. Ele apontou um dedo comprido e fino para Ronnie. O rosto de Ronnie estava pálido. — Mas, Beauregard, era você no volante. Cacete, aquilo foi direção de alta categoria, rapaz. — Lazy continuou apontando para Ronnie, mas virou a cabeça para olhar Beauregard. — Não foi sua primeira vez nesse tipo de coisa, foi?

Beauregard não disse uma palavra.

— Responde — falou Burning Man.

— Não — disse ele.

Lazy se levantou e deu a volta, parando atrás de Beauregard. Ele se curvou e colocou a boca perto do ouvido dele.

— Perguntei de você por aí, rapaz. Falaram que você ganharia até do diabo na estrada pro inferno — falou Lazy, e se endireitou. — Mas, não importa o quanto eu goste do estilo de vocês, rapazes, e Deus sabe que todos vocês ganham pontos por estilo, não posso deixar uma parada dessa passar. Quer dizer, vocês me roubaram e agora eu tenho que ser compensado — disse Lazy com uma cadência melódica. Ele parecia um pregador batista em um encontro de avivamento.

Ele apontou para Wilbert. O homenzarrão saiu da sala e voltou alguns minutos depois com cinco caixas de cereal. Ele despejou o conteúdo delas na mesa. Maços de dinheiro se espalharam como a recompensa por uma colheita no outono.

— Vocês devem ter arrumado um bom receptador. Pegando a parte de vocês e juntando com o que o velho Ronnie ainda tinha, vocês devem ter conseguido uns setecentos mil dólares de três milhões. É um bom retorno — disse Lazy.

Beauregard e Quan olharam com raiva para Ronnie. Lazy deu uma gargalhada.

— Ah, meu Deus, ele deu menos pra vocês? Que feio — disse. Ele deu a volta para ficar de frente para os três. — A gente já pegou as partes do Ronnie e da Jenny. Quan não tinha o suficiente pra gente se preocupar, mas pegamos mesmo assim. Beauregard, você deu sorte. Não vou botar meus rapazes pra vasculhar sua casa atrás da sua parte. Acho que você não é tão burro assim a ponto de manter a parada com você. E, a essa altura, não importa. Mesmo que a gente tivesse tudo, vocês ainda ficariam devendo. Se fosse em qualquer outro dia, estariam mortos que nem o porco do bacon que eu comi no café da manhã — disse Lazy.

Ele se sentou de novo em sua cadeira. Beauregard sentiu que tudo estava se encaminhando para um "mas". Se fosse matar os três, ele não os teria reunido para uma reunião de equipe. Lazy queria alguma coisa. E queria muito.

— Mas Deus sorriu pra vocês hoje. É, rapazes, vocês cruzaram o meu caminho num momento em que eu preciso de uns caras com habilidades especiais — disse Lazy. Beauregard reconheceu a frase de algum filme idiota de ação de uns anos atrás. — Eu sei que parece impossível, porque eu sou um amor de pessoa, mas estou tendo uns problemas com um cara da Carolina do Norte. A gente discordou sobre quem manda no quê por aqui. E eu tive que ceder. O cara está me dando um trabalhão lá naquelas bandas. Mas eu vou ganhar. Porque ele só tem soldados. Eu tenho uma família — falou Lazy.

Ele assentiu para seus homens. Eles assentiram em resposta.

— Um dos soldados dele adquiriu um vício sério em metanfetamina. Por ironia do destino, o cara pra quem ele está devendo é um dos meus rapazes. Em troca pela dívida dele, o soldado me contou um segredinho. O chefe dele vai receber um carregamento que vai passar pelas Carolinas. Um caminhão carregado de platina que não deveria nem estar desse lado do país — contou Lazy.

Ele ergueu as mãos em súplica.

— É aqui que vocês entram. Vocês vão pegar esse carregamento pra mim. Não vai ser fácil. Esse cara tem um poder de fogo enorme e não se importa nem um pouco de se exibir. E, se aquele soldado estiver certo, esse carregamento é um negócio dos bons pra ele. Perder isso ia ser uma porrada violenta pro cara. Então vocês sabem que ele vai lutar por isso com unhas e dentes. Mas, se conseguirem a parada, bom, então isso vai nos deixar quites — falou Lazy.

É mentira, pensou Beauregard.

— O que acham disso, rapazes? Acho que vocês todos fazem parte da família agora — disse Lazy.

— Sabe a rota e a hora? Sabe quantos carros vão escoltar o caminhão? Você falou que ele tem poder de fogo, então vou presumir que tem carros levando gente armada — falou Beauregard. Ele se preparou para o golpe, que dessa vez veio. Um soco curto bem no meio das escápulas. Ele se segurou nas laterais da cadeira. Uma pontada de dor desceu por suas costas até a coxa esquerda, mas ele não caiu.

— Sinceramente, essa é uma boa pergunta, Beauregard. É mesmo. Mas nossa família funciona como uma família de verdade. Eu sou seu pai, agora. E você não fala até que eu deixe — disse Lazy.

Ele se encostou no apoio da cadeira e se inclinou para trás até tirar duas pernas dela do chão. Ele se equilibrou assim por um segundo antes de colocar as quatro no chão outra vez.

— Outra coisa que a gente não faz nessa família é abrir o bico. A gente anda junto e a gente morre junto. E a gente nunca dedura um membro da família. Nunca — disse ele.

Ele correu uma das mãos pelo cabelo que parecia um ninho de rato.

— Beauregard, você quer chutar qual dos seus companheiros te entregou? A Jenny nos contou sobre o Ronnie e o Quan, mas não sabia porra nenhuma sobre você. A gente nunca ia te achar se um deles não tivesse aberto o bico. Vou te dar uma dica. É o mesmo rapaz que andou abrindo o bico na boate sobre como ele teve que derrubar um idiota durante um assalto — falou Lazy.

Beauregard não respondeu. Não precisava da dica. Ronnie podia ser um trapaceiro, mas não era dedo-duro.

— Ai, meu Deus — gemeu Quan.

— Duvido que você vá encontrar com ele — falou Lazy.

Billy puxou o revólver. Um .38 preto pequeno. Ele atirou no rosto de Quan três vezes. Cada estrondo pareceu um canhão dentro da salinha. Beauregard sentiu gotas quentes caírem no lado direito do seu rosto. Quan escorregou da cadeira e desabou do seu lado. Sua cabeça pousou nos pés de Beauregard. O corpo todo de Quan estremecia. Ele soltou um suspiro molhado e então ficou imóvel.

— Caralho, cara! — gritou Ronnie.

Um punho do tamanho de um pernil deu um tapa na lateral da cabeça dele. Ronnie voou e foi parar na mesa. Ninguém se mexeu para levantá-lo dessa vez.

— Esse moleque era como uma geladeira quebrada. Não conseguia guardar porra nenhuma. Caras assim não servem pra nada, a não ser tiro ao alvo — falou Lazy.

Beauregard não olhou para o corpo de Quan nem para a figura curvada de Ronnie no chão. Ele olhou para um ponto na parede atrás da mesa.

— Levanta ele? — disse Lazy.

Carl pegou Ronnie e o sentou na cadeira outra vez. Lazy puxou sua cadeira para a frente até que as pernas estivessem pressionando as coxas de Quan.

— O lance é o seguinte, rapazes. Vocês estão me devendo. Então vocês vão fazer essa parada. Porque, se não fizerem, vou matar todo mundo que vocês amam. Vou fazer isso na frente de vocês e bem devagar. Talvez eu peça pro Burning Man queimar todos eles. Talvez eu faça os rapazes baterem neles até a morte com martelos. Não importa como, apenas saibam que eles vão morrer. E vocês vão se juntar a eles. Isso eu prometo. Eu dou minha palavra — avisou Lazy.

Ele se levantou e pôs as mãos nos joelhos. Seu olhar sustentou o de Bug, depois voltou sua atenção para Ronnie e de novo para Bug.

— Dá pra ver o ódio nos olhos de vocês, rapazes. Tudo bem. Podem me odiar o quanto quiserem. Se estão torrando os miolos pra tentar achar um jeito de me pegar, podem deixar essa merda pra lá. Se nem Deus conseguiu me matar quando eu nasci, vocês dois não vão conseguir isso agora. Se tentarem qualquer gracinha, eu faço vocês escolherem qual dos seus entes queridos vai ter a garganta cortada primeiro — sussurrou ele.

Ele deu um passo atrás e bateu no ombro de Billy.

— O Burning Man aqui vai passar pra vocês todas as informações sobre a rota, o dia e a hora. Vocês vão ter um telefone descartável com um número nele. Quando tudo estiver feito, e estou querendo dizer logo depois que estiver feito, vocês ligam pra esse número. No mais, acho que estamos conversados — disse Lazy.

— Levantem — ordenou Billy.

Beauregard e Ronnie se levantaram. Jim Bob os empurrou na direção da porta.

— Vai andando, Rock and Roll — falou Billy.

Ronnie piscou. Seus olhos começaram a se encher de água, mas no fim ele começou a andar. Beauregard olhou por cima do ombro para Lazy e então seguiu Ronnie na direção da porta.

Quando eles saíram, Wilbert e o garoto pegaram uma lona atrás dos engradados e enrolaram o corpo de Quan. Carl os ajudou. Depois disso, Wilbert se virou para o garoto.

— Vai buscar a van.

O garoto saiu trotando pela porta da frente. Wilbert começou a recolher os maços de dinheiro. Carl colocou as três cadeiras de volta no canto perto dos engradados.

— A gente podia usar aquele caminhão — falou Carl.

— É, a gente podia, mas aí o Shade ia saber que a gente tem um homem lá dentro. Deixa que os garotos fazem isso. Se ele vir um bando mestiço, não vai colocar na nossa conta. Ele acha que somos um bando de caipiras racistas — respondeu Lazy.

— E não somos? — perguntou Carl.

Lazy sorriu.

— Essa não é a questão.

O garoto voltou para dentro da loja. Ele e Wilber carregaram o corpo de Quan até a van do lado de fora. Lazy cruzou as pernas. Carl se recostou na parede. Ele sabia que Lazy estava prestes a falar.

— Aquele caminhão vai ter muito mais rolo de platina do que a gente pensa. Vamos matar vários coelhos como uma cajadada só. A gente mantém o nosso homem lá dentro. A gente tira dinheiro do Shade. Vamos receber de volta o triplo do que aqueles rapazes roubaram. E, quando eles trouxerem o caminhão pra gente, vou mandar o Burning Man queimar os dois como se fossem a porra de uma vela — falou Lazy.

— Você sempre tem um plano, não é? — disse Carl.

Lazy alisou seu colete com as mãos largas.

— É como meu pai dizia. Enquanto eles estão indo plantar o trigo, eu já fiz o pão.

Vinte e dois

O carro os largou logo depois da saída.

— Aqui está o telefone, e o dia e a rota. Vocês têm uma semana — falou Billy.

Ele entregou pela janela um celular de flip e um pedaço de papel para Ronnie. Jim Bob foi embora cantando pneu. O cascalho voou e quase os atingiu. Já era bem tarde. Beauregard olhou seu relógio. Quase cinco da manhã. O céu ainda estava escuro, mas o nascer do sol já despontava.

— Bug, eu não sabia — disse Ronnie. Beauregard começou a andar. Ronnie correu atrás dele. — Porra, eu juro que não sabia. Como eu podia saber? Bug, o que a gente vai fazer?

Ele alcançou Beauregard e pôs uma das mãos no ombro dele. Beauregard se virou e agarrou a garganta de Ronnie com as mãos. Ele o arrastou para fora do acostamento e desceu com ele até a margem de uma vala. Ronnie segurou os braços de Beauregard. Era como se estivesse tentando dobrar uma barra de aço só com as mãos. Os bíceps de Beauregard se destacavam nitidamente sob as mangas de sua camisa. Ele colocou todo o seu peso sobre Ronnie enquanto o espremia, esvaindo sua vida. Ronnie tentou arranhar os olhos dele, mas os braços de Beauregard eram compridos demais.

— Você... precisa... de mim... — guinchou ele.

As palavras saíram em uma distorção confusa, mas Beauregard entendeu. Os olhos de Ronnie começaram a tremer nas órbitas. Beauregard o soltou e se encostou na beirada da vala. Ronnie se ergueu sobre o cotovelo esquerdo. Massageando a garganta com a mão direita, ele tossiu uma bola de catarro e cuspe no chão.

— Somos só eu e você, Bug. A gente precisa um do outro pra sair dessa.

— Cala a boca. Só cala a boca e escuta um minuto. Você sabe que ele não vai deixar a gente sair dessa, né? Mesmo que a gente consiga, ele vai nos matar. Que nem ele matou o Quan, que nem ele matou a Jenny, que nem ele matou a moça que era a gerente. Você ouviu o que ele disse sobre a polícia. Ele está dando um jeito nessa merda. O único motivo pra gente ainda estar vivo é porque ele quer o caminhão. E ele tem medo do cara de quem ele estava falando. Essa é a nossa carta na manga. O caminhão e o medo dele — falou Beauregard.

— Você já bolou um plano? — perguntou Ronnie.

— Eu estou bolando um plano desde que ele atirou no Quan — respondeu Beauregard.

Ele subiu pela encosta da vala e seguiu pela estrada. Ronnie esperou uns minutos antes de ir atrás dele. Um caminhão semirreboque passou por eles indo na direção da cidade no mesmo momento em que Ronnie tentou perguntar algo para Beauregard.

— O quê?

— Eu perguntei se você acha mesmo que a Jenny foi morta — disse Ronnie.

Beauregard continuou andando.

— Acho.

— Era pra eu ter ido ao baile com ela quando a gente estava na escola. Eu fui expulso uma semana antes. Fiquei esperando ela no estacionamento depois do baile. Quando ela saiu da escola, a luz do corredor iluminou ela por trás. A Jenny parecia um anjo ruivo. Acho que ela é um anjo de verdade agora — disse Ronnie.

Beauregard não respondeu. O som dos passos dos dois no cascalho que pavimentavam o acostamento preenchia o espaço entre eles.

— Esse seu plano envolve matar esses filhos da puta? — perguntou Ronnie.

Beauregard pôs as mãos no bolso.

— Sim.

— Eles são gente ruim, não são, Bug? Eles são uns filhos da puta bem ruins, não são?

— Eles acham que são. Mas eles sangram como qualquer um.

Eles chegaram ao Danny's às oito. Beauregard deu uma carona para Ronnie até o trailer.

— Me dá a informação sobre a rota — falou ele.

Ele parou a caminhonete atrás do carro de Reggie. Ronnie vasculhou seu bolso e puxou um pedaço de papel.

— Vou te ligar amanhã. A gente precisa de pelo menos mais duas pessoas. O Reggie entra nessa com a gente? — perguntou Beauregard. Ronnie deu de ombros, depois correu os dedos pelo cabelo.

— Sei lá. Ele sabe dirigir. Mas ele não se dá nada bem com armas. Ele não bateria nem numa uva se rolasse uma guerra de comida.

— Se sair do jeito que eu tô pensando, ele só vai ter que dirigir. Te ligo amanhã.

Ronnie desceu da caminhonete e se debruçou na porta do carro. A janela do passageiro estava toda aberta.

— Bug, juro que se soubesse que aquela loja pertencia a alguém assim eu nunca teria te envolvido — falou.

O olhar que Beauregard lhe deu fez Ronnie calar a boca com um estalo audível. Ele se endireitou e se afastou da caminhonete. Ele observou Beauregard dar ré e sair pela entrada de carros a sessenta por hora. Quando chegou à estrada, ele arrancou com a caminhonete, cantando pneu enquanto se afastava no horizonte.

Ronnie entrou no trailer. Reggie estava deitado no sofá com o pé no braço do móvel. O pé estava envolto com fita adesiva e o que parecia ser uma camiseta velha. Ronnie bateu a porta. Reggie sentou na mesma hora. Ele segurava a arma de Ronnie na mão direita. Ele balançou o cano e mirou na porta.

— Meu pai amado, abaixa essa arma, idiota — gemeu Ronnie.

Reggie piscou algumas vezes.

— Ronnie! Caralho, me desculpa. Achei que aqueles caras tinham voltado.

Ronnie esticou a mão para Reggie, que não se mexeu por alguns instantes.

— Ah, sim. Toma, eu nem sei o que fazer com isso — disse ele ao entregar a arma para o irmão.

— Puxa o gatilho, cabeça de vento — respondeu Ronnie.

Reggie se virou, se esforçou para ficar de pé e foi mancando até o irmão com passos instáveis. Ele jogou os braços ao redor de Ronnie e o apertou com uma força surpreendente.

— Achei que você nunca mais fosse voltar. — Ele choramingou no ouvido do irmão.

— Como assim? E deixar isso tudo aqui? — falou Ronnie.

Reggie o soltou, e Ronnie o ajudou a voltar para o sofá. Reggie caiu sentado, seguido pelo irmão ao seu lado. Os dois descansaram a cabeça no encosto em movimentos espantosamente similares.

— Ronnie, quem eram aqueles caras? — perguntou Reggie.

— Problema com P maiúsculo — respondeu ele, fechando os olhos. O sono estava se aproximando como um assassino. — Como está seu pé?

— A bala saiu do outro lado. Deve ter errado os nervos e essas coisas, porque ainda consigo mexer os dedos. Eu limpei com água oxigenada e enrolei com fita.

— Eu sei que dói pra caralho.

— Eu tinha oxicodona. Então, sabe? Está tudo bem agora.

Ronnie esfregou a testa.

— Reggie.

— Oi.

— Como eles sabiam que o dinheiro estava nas caixas de cereal?

— Eles chegaram apontando as armas, Ronnie. Eu... desembuchei tudo. Desculpa. Mas era isso que eles queriam? O dinheiro?

Ronnie soltou uma risada bufada.

— Não. Eles querem tudo, Reggie. Porra, eles querem tudo da gente.

Beauregard estacionou ao lado do carro de Kia. O sol já estava alto, e a grama reluzia com o orvalho. Ele desceu da caminhonete e andou até sua casa, que estava em um silêncio sepulcral. Ele foi para o quarto.

Beauregard entrou no quarto sem acender a luz. Ele estava tirando a blusa quando o abajur na mesa de cabeceira foi aceso.

— Onde é que você se meteu, porra? — perguntou Kia. Ela estava usando apenas uma das camisetas dele.

— Surgiu uma parada — respondeu ele.

— E você não podia ligar?

— Não.

Ela franziu a testa enquanto o avaliava.

— Bug, tem sangue no seu rosto — disse Kia. Ela parecia distante, como se estivesse falando em uma lata ligada à outra por um fio.

— Não é meu — disse ele, tirando a camiseta e a calça. Ele saiu do quarto e foi para o banho. Tirou a cueca e as meias e ligou o chuveiro para esquentar a água primeiro. Passou pela borda da banheira e deixou a água cair direto em seu rosto.

Ele estava começando a se ensaboar quando a cortina do chuveiro foi aberta com tanta força que alguns aros soltaram.

— Bug, que porra é essa que está acontecendo? — disse Kia. A água espirrou pelo rosto e pelo peito dela, encharcando a blusa.

— Nada com que você precise se preocupar.

— Tem a ver com aquele serviço, não tem? Eu te falei! Eu te falei pra não se meter nessa merda. Vende a porra daquele carro, mas não, você não escuta. Agora você entra aqui, depois de passar a noite toda fora, com o sangue de alguém no rosto — sibilou ela.

O sibilo virou um soluço. Beauregard a segurou e a puxou para um abraço apertado.

— Eu vou resolver isso. Eu prometo — disse ele.

Ela o empurrou. Ele observou o rosto dela. Kia ainda chorava, mas as lágrimas tinham se perdido em meio à água que caía sobre os dois.

— Você sempre diz que vai resolver. Mas eu fiquei aqui a noite toda esperando uma ligação dizendo que você estava morto. Você não vai estar resolvendo nada se no fim eu ficar viúva — disse ela. — Eu sei que você ficou puto comigo por eu ter falado com a Jean, mas é verdade. Você sabe quantas vezes eu planejei o seu velório na minha cabeça? Você vai resolver. Como você consegue dizer isso pra mim com essa cara séria?

Beauregard desligou a água e saiu do chuveiro. Kia deu um passo atrás. Ele passou a mão por trás dela e pegou uma toalha. Enxugou o rosto e o peito e depois pendurou a toalha.

— Porque eu sempre resolvo — disse ele, por fim.

Vinte e três

Kelvin ergueu a mão para chamar a garçonete. Ela veio andando toda-toda em seus jeans apertados demais e sua camiseta curta demais.

— O que vai querer, amor? — perguntou ela.

— Duas cervejas — respondeu Kelvin.

— É pra já, docinho.

Ela voltou com duas garrafas de cerveja meio quentes. Kelvin pegou a dele e tomou um longo gole.

— Você acha mesmo que vai funcionar? — perguntou Kelvin.

— Eu não tenho escolha — falou Beauregard, e tomou um gole da cerveja.

— Bom, quando é que a gente precisa estar na Carolina do Norte? — perguntou Kelvin.

— Não posso pedir pra você fazer isso, K — disse Beauregard.

A garçonete botou um blues para tocar na jukebox. O som do Danny's penava para acomodar o baixo bem grave que saía pelas caixas de som. Havia só mais dois clientes no bar, sentados mais ao canto. Ele e Kelvin tinham fechado a oficina mais cedo. Kelvin sugerira que eles fossem tomar uma cerveja. Depois que se sentaram, Beauregard contou todos os acontecimentos das últimas 36 horas. Ele não podia contar a Kia e não queria contar a Boonie. Kelvin era a única pessoa com quem podia conversar. Ele não estava pedindo ajuda ao primo. Só precisava desabafar.

— Não, que se foda. Se você acha que eu vou deixar você fazer outro serviço com o Jesse James de segunda mão e o irmão idiota dele, você tá muito doido. É por causa dele que você está nessa confusão — disse Kelvin.

— A confusão é minha e eu preciso dar um jeito nela.

— Beauregard, não me obriga a falar isso.

— Falar o quê?

Kelvin baixou o tom de voz.

— Eu te devo uma. Não só por me dar um emprego. Eu te devo por causa do Kaden. Me deixa ajudar. Eu preciso te ajudar — falou ele.

— Você não me deve porra nenhuma por aquilo — disse Beau.

— Não é assim que eu sinto. Me deixa fazer isso — pediu Kelvin.

Beauregard terminou a cerveja. Ele ergueu dois dedos, e a garçonete piscou para ele do outro lado do bar. Mais algumas pessoas surgiram quando uma música melosa com harmonias vocais tomou conta do lugar.

— A gente tem seis dias para se preparar.

— E que tipo de resistência a gente deve encontrar? — perguntou Kelvin.

A garçonete entregou as cervejas. Beauregard esperou ela se afastar para continuar.

— Muita, eu acho. Perguntei sobre esse cara por aí. Parece que ele e o Lazy estão em pé de guerra faz um tempo. Lembra do Curt Macklin? Que tinha um desmanche em Raleigh? Ele falou que a maioria dos gângsteres e dos bandos nas Carolinas do Norte e do Sul e da Virgínia estão fechados com esse cara. O Lazy foi o único a se opor, e isso não está dando muito certo pra ele. O Curt me contou que o Lazy mandou uns capangas até o local que esse sujeito estava usando pra fazer metanfetamina. Ele despachou os caras de volta pro Lazy em um tonel de vinte litros.

Kelvin fez uma careta.

— Como chamam esse cara?

— O Curt disse que ele só sabe que chamam o sujeito de Shade. Perguntei se ele era mesmo tão ruim. O Curt disse que ele é pior — falou Beauregard.

— Por que a gente nunca ouviu falar nele antes? Ou nesse tal de Lazy? — perguntou Kelvin.

Beauregard deu de ombros.

— Acho que a merda que eles fazem não precisa de motoristas.

— Tipo o quê? — perguntou Kelvin.

— Falei com um soldado de Newport News que eu conheço. Fiz uma corrida pra ele até Atlanta. Ele me contou que o Lazy basicamente comanda tudo no oeste de Roanoke Valley. Ele é dono de um monte de tabacarias por lá. E alguns lugares pra pagamento de empréstimo também — falou Beauregard.

— Agiotas legais — disse Kelvin. Beau assentiu.

— O cara que eu conheço me contou que o dinheiro dele vem mesmo de administrar garotas pelo corredor DC–Maryland. Ele serve um monte delas para caras do exército e do governo naquela área. Disse que parece que ele fazia faculdade. É formado em química ou alguma porra dessa. Mexe com metanfetamina, heroína e alguns comprimidos que vêm da Virgínia. Dizem que ele também mexe com bebidas alcoólicas — disse Beauregard.

Kelvin riu.

— Ele deve fazer isso em nome dos bons tempos. Cacete. Então você está no meio de um aspirante a Pablo Escobar, fatiando uns filhos da puta e colocando os caras em um tonel, e um Walter White caipira. Quando você faz merda, é pra valer mesmo.

Beauregard revirou os olhos.

— Se não quiser se meter nisso...

— Eu não falei isso. Tô dentro. Além do mais, minhas duas namoradas vão estar fora nesse fim de semana, então não tenho nada pra fazer — disse Kelvin. Ele tomou um longo gole de cerveja. — Você vai mesmo tentar jogar um contra o outro, como num jogo de xadrez, é?

— Não é xadrez. É mais como brincar de trenzinho. A gente vai colocar os dois no mesmo trilho e deixar que batam de frente — falou Beauregard.

— Você acha que o maluco vai cair nessa?

— Eu acho que o Shade tá arruinando a vida dele. O Lazy quer ferrar esse cara, mas também precisa do que tem naquele caminhão. Ele já estava encurralado antes de a gente aparecer e roubar a fortuna dele.

— E como você planeja não ser pego no meio do fogo cruzado?

— Eu vou entrar em contato com o Shade e dizer pra ele quando e onde eu planejo encontrar o Lazy com o caminhão dele. Aí eu largo a parada uma hora antes, e os dois vão aparecer na mesma hora.

— Bom, parece simples. Isso significa que alguma coisa vai dar merda — disse Kelvin. — Espera aí, e se o Lazy dominar o sr. Shade?

— Eu tenho um rifle com mira — falou Beauregard.

— Eita, porra. Então acho que é isso — disse Kelvin.

Beauregard tomou mais um gole de cerveja.

— É, simples assim. Mas vamos do começo. A gente tem que pegar aquele caminhão.

— É, essa vai ser a parte divertida — disse Kelvin.

Ronnie ficou sentado no sofá de porta aberta. O ar-condicionado finalmente tinha partido dessa pra melhor em uma morte agonizante, cuspindo água e gás fréon como se tivesse uma tuberculose mecânica. Reggie estava deitado em seu quarto com o pé para cima. Ronnie via o sol se pondo pela porta aberta. Linhas laranja e vermelhas dividiam o céu. A luz do sol dançava pela superfície encerada do Mustang dele. Ronnie não dirigia o carro desde que tinha visto Quan ter os miolos estourados. O carro tinha só um quarto do tanque cheio. Era o suficiente para ir até o Danny's, mas e daí? Ele não tinha dinheiro para beber, que dirá voltar para casa.

— Ó, assim é a queda dos poderosos — disse ele.

Deu um gole na última cerveja da geladeira, que também não parecia estar muito boa. Uma semana atrás, estava cheirando cocaína nos peitos de alguma hipster, e agora estava racionando cerveja. A vibração do celular interrompeu seu réquiem pela vida que ele acabara de perder. Ronnie pegou o telefone no bolso e olhou a tela.

— Oi, Bug.

— Estamos dentro. Seu irmão pode dirigir mesmo?

— Bom, mais ou menos. Atiraram no pé dele quando vieram me pegar. Ele fez um curativo com gaze e fita. Está pulando como se tivesse uma perna de pau, mas deve dar pro gasto — respondeu Ronnie.

Veio um silêncio pesado do outro lado da linha.

— A gente vai ter que se virar com isso. Vamos pra Carolina do Norte na sexta à noite — disse Beauregard.

— Bug, você ainda não me contou qual é a desse seu plano. Como a gente vai recuperar o nosso dinheiro? — perguntou Ronnie.

Mais silêncio.

— Ronnie, não tem isso de recuperar o nosso dinheiro. Se isso sair como eu estou pensando, a gente vai recuperar a nossa vida. Você devia ter colocado um pouco do seu dinheiro em algum lugar seguro, não em caixas de cereal — disse Beauregard.

A linha ficou muda.

— Vai se foder, Bug. Era uma boa ideia — disse Ronnie para a linha muda.

Vinte e quatro

Beauregard ajustou a bandana ao redor do nariz e da boca. Tinha a estampa de uma caveira e ossos cruzados. Ele tinha visto personagens em alguns jogos de videogame que Darren e Javon jogavam usando um tipo de máscara parecido. Ele puxou o boné de beisebol para cobrir mais o rosto e ajustou seu disfarce pelo menos umas dez vezes desde que Kelvin tinha mandado mensagem e avisado que estava em posição.

Ele se deu conta de que, na verdade, estava nervoso. A sensação era tão estranha para ele que perceber isso foi chocante. Em geral, quando estava prestes a fazer um serviço, era dominado por uma sensação de tranquilidade. Saber que tinha calculado todos os possíveis desfechos e se preparado para qualquer eventualidade lhe dava uma sensação de paz.

Naquela noite, ele não sentia paz nenhuma. Naquela noite, se sentia um amador. Um virgem desajeitado e descoordenado tentando encontrar um caminho para o êxtase ou para a agonia. Seis dias. Seis malditos dias para planejar, arrumar as peças necessárias e ir para a Carolina do Norte para executar a porra do serviço. Beauregard ajeitou a mochila nos ombros. Respirou bem fundo. Alguns mosquitos zumbiam em volta de seu rosto, aparentemente atraídos por seu hálito quente e a promessa de uma boa quantidade de seu sangue abundante e delicioso. Ele os abanou para longe e olhou seu relógio. As mãos reluziram de leve na escuridão. Eram dez horas. O homem de Lazy tinha jurado que a caravana passaria pela Pine Tar Road entre dez e dez e meia. Jurou por uma pilha de Bíblias que eles fariam esse caminho para evitar a interestadual e agentes rodoviários supercuidadosos que colocavam radares de velocidade escondidos. Porém Beauregard não sabia muito bem o quanto era possível acreditar na palavra de um viciado.

No bosque pantanoso atrás dele, gafanhotos se lamuriavam. O suor correu por sua testa, pingando no olho direito. Ele o esfregou com as costas da mão enluvada, passou de lado pela vala seca e rasa e ficou mais perto da beira da estrada. O pôr do sol tinha sido duas horas atrás, mas o calor ainda irradiava do asfalto. Beauregard checou o relógio outra vez.

— Anda logo. Anda logo — sussurrou.

Ele tocou na empunhadura da sua .45. Estava enfiada no cós da calça na lombar. Ele sabia que estava ali, mas tocar nela o deixava mais tranquilo. Não houvera tempo para comprar nenhuma peça com Loucura, o que era só mais um exemplo de como ele tivera que baixar seu padrão no que dizia respeito a esse roubo em particular. Mas esse não era um assalto normal, era? O desespero dele e a ganância de Ronnie tinham colocado todos eles nesse vespeiro cercado por cobras. Ainda assim, apesar da surpreendente falta de preparação e das dificuldades severas que ele enfrentara em seu destino desde que tinham roubado a joalheria, ele planejava sair vivo dessa. Lazy cometera o mesmo erro que muitas pessoas cometiam em relação a ele. Pessoas como a própria mãe ou os caras da Precision. O pessoal do banco. A família da mãe de Ariel. Às vezes, até mesmo da própria mulher. Todos eles o subestimavam.

O pai dele costumava dizer que, quando Bug se dedicava a alguma coisa, era como uma rocha rolando por um desfiladeiro. E que Deus tivesse piedade de quem estivesse em seu caminho.

O celular descartável vibrou no seu bolso.

Beauregard o pegou e olhou a tela. Era uma mensagem de Kelvin.

Lá vem eles. Cinco minutos de distância.

Beauregard se levantou e tirou a mochila do ombro. Ele a abriu e puxou um sinalizador. Ele o acendeu e trotou até um Lincoln Continental 1974 cinza em mau estado e enferrujado. Depois de explicar a situação para Boonie, o velho tinha insistido em ajudá-lo a conseguir o veículo que Beauregard precisava para o plano. Isso foi depois que ele soltou impropérios e palavrões contra Ronnie Sessions e as circunstâncias de seu nascimento durante dez minutos. Beauregard tinha tentado deixar Boonie fora da jogada, mas, como muitas coisas nos últimos tempos, isso não tinha saído como ele planejara.

O cheiro pungente de gasolina emanava do Lincoln em ondas nauseantes. Beauregard jogou o sinalizador pela janela aberta do motorista e pulou para trás. O carro entrou em combustão com um sonoro VUMP. Beauregard tinha diluído um pouco a gasolina para que o carro não explodisse, apenas queimasse com uma chama boa e estável. Ele voltou para o bosque, pegou binóculos de visão noturna na mochila e se agachou outra vez. Ele estacionara o Lincoln na horizontal, atravessado na estrada secundária estreita. A largura de uma pista padrão na interestadual de duas faixas variava entre três metros e três metros e meio. O Lincoln media, de uma ponta à outra, quase seis metros. Os carros que desciam pela Pine Tar Road não teriam como manobrar nem nas melhores condições. Com o carro engolido pelas chamas e bloqueando a estrada, eles teriam que parar.

Pelo menos era o que Beauregard esperava que acontecesse. Ele mandou uma mensagem para Ronnie e Reggie.

Vão pros seus lugares. Dez minutos.

Ele guardou o telefone no bolso de novo. A luz das chamas ao redor do Lincoln formava sombras estranhas no asfalto. O couro e o plástico queimados faziam subir fumaça preta na direção da lua crescente e do céu preto-azulado que fazia as vezes de pano de fundo. Beauregard entendia por que tinham escolhido aquela rota. Ele não vira um único carro durante uma hora. A Pine Tar cortava vários condados que tinham uma população total menor que a de um bairro de Manhattan. Era uma rota que ele mesmo teria escolhido.

O som de dois veículos se aproximando o tirou de seu devaneio. Um par de faróis potentes de LED assomou na escuridão. Uma van Econoline branca surgiu no topo da colina seguida por uma SUV preta de quatro portas. O motorista da van provavelmente não esperava ver um carro em chamas no meio da estrada às dez da noite de uma quinta-feira. Beauregard viu quando ele pisou no freio e a traseira da van começou a derrapar de um lado para outro. O peso de sua carga atrapalhava o controle da direção. Beauregard guardou isso para mais tarde. A SUV preta também pisou no freio. Por um momento, Beauregard achou que a SUV fosse bater na traseira da van, mas o motorista tinha a vantagem de contar com freios melhores e uma direção superior, conseguindo parar o veículo a uns dez centímetros das portas traseiras da van.

Essa foi uma coisa que o informante de Lazy sem dúvida tinha entendido errado. Não era um caminhão que transportaria o contrabando para Shade, mas sim uma van. Burning Man ligara para eles um dia depois que eles tinham visto o sujeito se livrar de Quan e passar aquela ínfima informação. O informante deles ligara em pânico. Beauregard ficou se perguntando do que ele tinha mais medo: de Shade ou de uma aliança perdida. Quando Beauregard perguntou a marca e o modelo da van, Burning Man ficou incrédulo.

— Que diferença isso faz? — perguntara ele.

— Preciso do número da placa também — respondera Bug, ignorando a pergunta do roceiro cheio de cicatrizes.

— Eu meio que queria conseguir entender o que você está planejando, rapaz — dissera Burning Man com uma risada.

Beauregard se obrigou a não estraçalhar o celular de flip barato em pedacinhos. O capanga infiltrado de Lazy conseguiu a informação para eles, mas foi só naquele exato momento que Beauregard acreditou piamente que ele tinha passado as informações certas. A van era exatamente como ele descrevera. Uma Ford Econoline 2005 com apenas as janelas do motorista e do passageiro. O tipo de veículo que se via todo dia nas estradas e mal era notada de tão comum que era.

O motorista da SUV desligou os faróis dianteiros, mas manteve as luzes de estacionamento acesas. Beauregard espiou com os binóculos.

Três homens desceram do veículo. Eles foram até a frente da van, que ainda estava com os faróis todos acesos. Ainda que fosse muito anos 1970, dois deles usavam moletons com capuz leves e folgados. No meio da iluminação dos faróis e o brilho do fogo, Beauregard via com clareza as protuberâncias no cós das calças por baixo dos moletons. O terceiro homem, o motorista, não fazia a menor questão de esconder sua arma. Ele carregava nas mãos cor de mogno e largas uma AR-15. Os três ficaram olhando para o carro destruído, depois se entreolharam e se viraram para aquela confusão de aço derretido e vidro se estilhaçando que bloqueava a passagem deles. A observação pelos binóculos conferia a tudo um brilho esmeralda. Até as chamas do carro pareciam emitir uma luz verde-limão.

— Será que a gente devia ligar pra alguém? — perguntou um dos Irmãos Moletom.

— Porra, e a gente liga pra quem? Pra porra do urso Smokey? — perguntou o motorista.

Ele usava uma camisa do time de basquete Washington Wizards. Seus dreadlocks compridos caíam por suas costas em espirais sinuosas. Antes que o primeiro Irmão Moletom, que tinha feito a pergunta pertinente mas um tanto ingênua, pudesse responder, uma caminhonete surgiu na colina e parou atrás da SUV. Os três homens se viraram e olharam a picape. O motorista segurou sua AR-15 ao lado do corpo e se colocou nas sombras. O motorista da picape desligou o carro e os faróis. A porta da caminhonete se abriu com um rangido, e Kelvin desceu. Ele vestia uma das blusas que usava para trabalhar, mas sem o emblema da oficina.

— Ei, o que é que está pegando? — perguntou ele enquanto andava até os homens e o carro, que agora estava totalmente tomado pelas chamas.

O motorista, sr. Dreadlocks, surgiu das sombras brandindo a AR-15. Ele não a apontou para Kelvin, mas também não a deixou pendurada ao lado do corpo. Ele a segurava em um ângulo no meio do caminho. Beauregard respirou fundo. Avisara a Kelvin que ele teria que ser bem convincente, fazer parecer que estava irritado e confuso. No entanto, era uma atuação que tinha um equilíbrio arriscado. Se ele fosse calmo demais, poderia despertar suspeitas. Se viesse com muito ímpeto, eles poderiam atirar nele de cara.

— Quem é você, porra? — perguntou Dreadlocks. Kelvin fez uma cena ao notar arma. Ele recuou e ergueu as mãos.

— Ei, cara, eu não quero problema. Só quero chegar em casa — respondeu ele. Ele sumiu com o tom de bravata e a chateação na voz e o substituiu por cautela e medo. Beauregard achou que ele podia ganhar um Oscar com aquela performance.

— Dá a volta e vai na contramão, irmão — falou Dreadlocks. Agora ele apontava a arma para Kelvin.

Fodeu, pensou Beauregard.

Ele abaixou os binóculos e pegou a .45, mirando no Dreadlocks. Ninguém disse nada. Beauregard ouvia o crepitar do fogo consumindo o carro que já fora luxuoso, o piar de uma coruja solitária, os motores em ponto morto da van e da SUV e os batimentos fortes do próprio coração. Os gafanhotos tinham reduzido o tom e o volume de sua serenata para um nível quase imperceptível.

Beauregard sentiu um aperto no estômago como se tivesse uma jiboia nas entranhas. Ele tinha dois pentes extras na mochila se desse tudo errado. Ele colocou a mão esquerda no pulso direito e estabilizou a mão com o revólver. Ele devia acabar com Dreadlocks agora mesmo. Depois acabar com os Irmãos Moletom. As chamas emitiam tanta luz que ele achou que poderia acertar Dreadlocks em cheio. Acertar os Irmãos Moletom podia ser mais complicado, porque eles estavam na sombra.

Quanto mais esperava, mais era provável que Kelvin fosse levar bala. Beauregard espremeu os olhos, mas não dava para ver quanto de força Dreadlock tinha no gatilho. O próprio Beauregard estava colocando pouco mais de um quilo de pressão no gatilho de dois quilos da .45.

— Olha, cara, essa é a única estrada que eu posso pegar. Não sei o que está rolando e não tenho interesse em saber, mas tenho um extintor na minha caminhonete. Se a gente apagar o fogo, a gente consegue empurrar o carro pra tirar do caminho, e cada um vai cuidar dos seus assuntos. E os meus assuntos não têm nada a ver com o de vocês — falou Kelvin.

Silêncio.

— Temos que estar em Winston-Salem às duas da manhã — disse um dos Irmãos Moletom. Kelvin deu de ombros. Os músculos nos braços de Dreadlocks ondularam como cordas de navio.

Ele não está comprando a história, pensou Beauregard, que começou a sair do mato e da urze que margeavam a estrada.

— Olha, minha mulher já vai comer meu fígado porque ela acha que eu estou traindo ela. A gente pode se ajudar, cara — falou Kelvin.

— E você está? — quis saber um dos Irmãos Moletom.

— Estou o quê? — perguntou Kelvin.

— Traindo ela?

Dreadlocks fez um aceno com a AR-15.

— Vai pegar o extintor — grunhiu ele. Kelvin assentiu e trotou de volta até a picape.

Ele pegou um extintor fino atrás do assento. Voltou até o carro, puxou o pino e pulverizou o Lincoln. Uma nuvem esbranquiçada de CO_2 envolveu o carro, abafando as chamas. Kelvin teve que acertar o carro mais três vezes antes que o fogo se extinguisse por completo.

— Vou ver se dá pra mexer no câmbio. Aí a gente pode empurrar. Mas cuidado, porque ainda está quente pra caralho — falou ele.

Com cautela, ele esticou a mão pela janela, tomando cuidado para que o braço não tocasse no carro que ainda fumegava. Beauregard tinha deixado em ponto morto, mas tudo fazia parte da encenação.

— Ih, já estava solto — falou ele.

Ele recuou, tirou a camisa pela cabeça e foi até a traseira do carro. Envolvendo as mãos na camisa, ele a transformou em uma imitação de luva de forno.

— Todo mundo tem que empurrar. É um Lincoln, e dos velhos. É pesado pra cacete — falou Kelvin.

Os Irmãos Moletom colocaram as mãos no bolso do casaco e assumiram posição, um de cada lado de Kelvin. Beauregard viu a porta da van se abrir e observou uma luz cor de âmbar dentro do carro se acender. Um sujeito enorme e forte usando um boné de beisebol com uma nota rasgada começou a descer do veículo.

— Pode sentar essa bunda lá dentro do carro — falou Dreadlocks.

O motorista da van entrou de novo, mas não fechou a porta totalmente. Por fim, a luz da cúpula acabou apagando.

— Ei, cara, a gente vai precisar de todo mundo — falou Kelvin.

— Vocês conseguem. Eu acredito em vocês — disse Dreadlocks. Ele ainda apontava o rifle para Kelvin. Ele ficou entre a van e o Lincoln.

— Tyree, esse carro é pesado pra caralho. Vem, cara, vamos tirar isso da estrada e vazar — falou um dos Irmãos Moletom para Dreadlocks. Beauregard chegou um pouco mais perto da estrada.

Tyree colocou o rifle na estrada. Ele ficou ao lado do Irmão Moletom à esquerda de Kelvin.

— Eu não vou estragar minha blusa — disse Tyree ao posicionar seu Air Jordan no porta-malas do carro.

— Ah, eu te entendo. Beleza, no três — falou Kelvin.

— Um.

Beauregard guardou os binóculos outra vez na mochila e rastejou pela vala seca. Ele se abaixou até começar a andar de lado outra vez. Foi subindo pouco a pouco em direção à porta do motorista da van. Seu sapato com sola de borracha escorregou pelo cascalho e pelo asfalto como se desse um suspiro.

— Dois.

Beauregard pressionou as costas contra a lateral da van.

— TRÊS — exclamou Kelvin.

Os quatro homens empurraram e chutaram o Lincoln. O rangido de metal contra metal dominou a noite enquanto os freios se chocavam com os rotores.

Beauregard se levantou e apontou a .45 para o motorista. O homem tinha um rosto largo com uma pele clara, quase bronzeada. Ele olhou para a arma de Beauregard como um passarinho olha para uma cobra. A mão do motorista pairou acima da buzina, mas Beauregard balançou a cabeça. Ele puxou um pedaço de papel branco do bolso com a mão livre e encostou o papel no vidro.

"DESLIGA A LUZ DE DENTRO DO CARRO. NÃO FAZ NENHUM BARULHO. VAI PRA TRÁS E DEITA DE CARA PRO CHÃO. SE NÃO FIZER ISSO, EU TE MATO" estava escrito no papel.

O motorista não tinha fechado a porta por completo, então Beauregard segurou a maçaneta e a abriu devagar. Ele fez um gesto para o motorista ir para a parte de trás da van. O homem deslizou seu tamanho considerável pelo painel central e se deitou lá. Beauregard fez uma bolinha com o papel, a colocou no bolso e subiu na van. Ele viu que o homem tinha seguido as instruções com a atenção de uma criança obediente. Ele fechou a porta com suavidade e então tirou sua mochila enquanto segurava a arma. Usando a mão livre, ele pegou dois pares de algema dentro dela e os entregou para o motorista.

— Algema uma das pontas de um dos pares de algemas a uma das tiras que estão prendendo o palete. Engancha a outra ponta na corrente do meio do outro par. E coloca esse par em você. Anda logo — sussurrou Beauregard.

— Você vai atirar em mim? — perguntou o motorista. A voz dele era um assobio trêmulo.

— Não se você colocar as algemas — disse Beauregard. Ele olhou o relógio. Assumir o controle da van tinha levado um minuto e meio. Eles estavam dentro do cronograma.

— Isso deve bastar, camaradas — falou Kelvin. O Lincoln fumegante estava abatido em um ângulo diagonal na faixa que seguia rumo ao norte da Pine Tar Road. Eles tinham movido o carro só o suficiente para conseguirem passar.

— É — falou Tyree. Ele pegou sua AR-15 de novo e mirou em Kelvin outra vez. Kelvin ergueu as mãos na frente dele. Largou a camisa de trabalho e deu um passo atrás.

Beauregard observou a cena pelo para-brisa. Toda a saliva em sua boca evaporou na mesma hora. Sua respiração estava irregular e pesada.

— Não faz isso — murmurou.

— Ei, cara, qual é — falou Kelvin.

Tyree andou até ele, colou o cano da arma contra a bochecha de Kelvin e empurrou até que o cano afundasse no rosto dele.

Beauregard ficou plantado no banco do motorista. Ele tinha a .45 na cintura, mas atirar através do para-brisa seria um desperdício. A van era uma arma mortal de duas toneladas se fosse preciso. Beauregard viu Tyree pressionar o cano da arma com mais força ainda no rosto de Kelvin. Seu corpo todo se contraiu.

— Não, não, não, você tem que convencer esse filho da puta — falou Beauregard sem se importar se o motorista estava ou não ouvindo.

Ele viu o rosto de Kelvin iluminado pelo brilho azulado dos faróis. Aquilo estava terrivelmente vívido. Os olhos eram do tamanho de pratos de jantar. Trechos da conversa chegavam até ele em pedaços abafados. As palavras eram indiscerníveis, mas a AR-15 deixava a natureza da ameaça de Dreadlocks completamente clara.

Beauregard engatou a marcha da van. Ele podia acabar com a distância entre a van e Tyree em menos de três segundos. O que não faria a menor diferença, porque, se Tyree apertasse o gatilho, Kelvin estaria morto antes de cair no chão.

Beauregard segurou o volante em um aperto mortal.

— Se eu fosse você, esquecia tudo que viu essa noite. Se eu te encontrar de novo, em qualquer lugar, sua mulher vai ficar viúva. Entendeu bem? — falou Tyree.

— Esquecer o quê? — respondeu Kelvin.

— Vem, Tyree, a gente tem que ir — disse um dos Irmãos Moletom.

— Mete o pé, parceiro — disse Tyree.

Kelvin abaixou as mãos e pegou sua camisa. Ele pegou o extintor usado e passou pelos três homens. Ele olhou para van enquanto andava de volta até a caminhonete. Ele subiu nela e fechou a porta. A bandana de Beauregard farfalhava enquanto ele respirava profundamente.

— Entrem no carro — ordenou Tyree.

Os outros dois homens se apressaram até a SUV. Ao fazer o caminho de volta até o veículo, o homem deu um tapa no teto da van. As janelas e o para-brisa tinham um vidro fumê bem escuro. Na escuridão da noite da Carolina do Norte, com os faróis de LED ofuscantes castigando suas retinas, Tyree não percebeu Beauregard sentado no banco do motorista.

— Vamos nessa, Ross — disse Tyree, depois de bater no teto do veículo.

Ele entrou na SUV. Beauregard engatou a marcha da van e pisou no acelerador. A caravana estava mais uma vez a caminho. Kelvin tinha contado até cinquenta antes de partir também. Quando ele chegou à colina seguinte, as luzes traseiras da SUV já eram apenas pontinhos vermelhos.

Beauregard manteve a van a quase cem quilômetros por hora enquanto eles corriam pela estrada sinuosa que serpenteava pelas colinas da Carolina do Norte. A SUV ficou a mais ou menos um carro de distância atrás dele, com seus faróis baixos surgindo e desaparecendo nos retrovisores laterais. Ele guardou a arma na mochila com a mão direita enquanto segurava o volante com a esquerda. Trocando as mãos, ele agarrou o volante com a direita e deslizou a esquerda por baixo do painel perto da porta. Seus dedos habilidosos encontraram a caixa de fusíveis da van. Ele visualizou as especificações da caixa de fusíveis. Tinha as decorado pelo manual de reparo Chilton. Ele podia visualizar a caixa preta quadrada em sua mente com os fusíveis coloridos de duas lâminas em três fileiras curtas que se estendiam pelo comprimento da caixa. Beauregard fez contou deslizando os dedos pelos retângulos de plástico rígido.

Um, dois, três, quatro para baixo. Um, dois, três para a direita, pensou ele. Ele puxou o fusível responsável pela luz dos freios de sua entrada. Ele os deixou cair e pisou fundo no acelerador. A van saltou para a frente enquanto o motor berrava. Uma curva acentuada se aproximava, mas Beauregard não tirou o pé do acelerador. Ele fez a curva a mais de 110 por hora e sentiu os pneus traseiros tentando derrapar para a direita enquanto fazia a curva. Ele puxou o volante para a esquerda e deu uma leve pisada no freio. Olhando pelo retrovisor lateral, viu que a SUV agora estava a uns seis carros de distância. Ele deu um sorriso, mas a bandana cobriu sua própria imagem quando ele ergueu os olhos para o retrovisor interno. Mais uma vez, ele pisou fundo. O motor da van se esgoelava em protesto, mas Beauregard se manteve inclemente. O velocímetro estava acima dos duzentos por hora, e ele pretendia abrir uma distância gritante nos próximos dois minutos. A estrada adiante tinha mais uma curva fechada que o obrigou a enfiar o pé esquerdo no freio enquanto mantinha o direito firme no acelerador. A van derrapou pela curva como um homenzarrão surpreendentemente ágil na pista de dança. Ele olhou pelo retrovisor lateral. As luzes da frente da SUV apareceram alguns segundos depois.

Beauregard ouviu o ritmo em *staccato* de disparos atrás dele. Ele tirou o pé do freio e pisou com toda a força no acelerador. Ele olhou pelo retrovisor lateral outra vez. Mais uma rajada de tiros explodiu mesmo enquanto os faróis da SUV ficavam para trás. Logo tinham desaparecido por completo. O bando da SUV deve ter presumido que o motorista da van tinha decidido traí-los e sumir com o que seu chefe tinha saqueado.

Era exatamente o que Beauregard queria que eles pensassem.

Um longo trecho de reta se abriu diante dele como uma faixa preta. Ele olhou o velocímetro. Cento e quarenta e cinco quilômetros por hora.

Beauregard pegou o telefone no bolso. Dirigindo com a mão esquerda, ele rolou pela lista de contatos com uma olhada rápida para baixo. Quando achou o que dizia R1, apertou o botão verde para ligar. Voltando os olhos para a estrada, viu um cervo castanho pisar com elegância no meio da estrada.

— Puta merda! — resmungou ele.

Beauregard puxou o volante para a direita enquanto tirava o pé do acelerador, mas sem frear. Ele ouviu o palete na parte de trás da van gemer enquanto a gravidade atuava sobre ela com mãos invisíveis insistentes. Beauregard conduziu a van pelo acostamento mais estreito da estrada e contornou o cervo aparentemente distraído. O pneu direito dianteiro tentou escorregar e cair na vala, mas Beauregard se recusou a permitir que ele escapasse. Ele chegara longe demais e tinha que ir mais longe ainda para cair por uma merda dessas. Ele acelerou e girou o volante para a esquerda. A traseira da van derrapou, estremeceu, e então o pneu direito dianteiro encontrou a estrada outra vez e se firmou no asfalto. Beauregard tinha feito tudo isso com a mão esquerda enquanto ainda segurava o telefone na orelha direita.

— O que foi? — berrou Ronnie.

— Nada. Fica preparado. Dois minutos — falou Beauregard.

Ele encerrou a chamada e atirou o telefone no porta-copos. Mais uma série de colinas se aproximava em trinta metros. Ele já tinha dirigido duas vezes naquela estrada desde que eles tinham chegado na manhã anterior. Ele tinha reparado em cada torrão de terra, buraco e curva. Os detalhes estavam gravados em sua mente como gado marcado à brasa. Ele olhou pelo retrovisor lateral. Não dava para ver os faróis dianteiros da SUV em lugar nenhum. O veículo deles era mais rápido, mas ele tinha mais habilidade.

No topo da segunda colina, Beauregard viu que um caminhão-baú branco saiu de onde estava no acostamento mais largo e começou a andar na frente dele. Ele tirou um pouco o pé do acelerador e pegou o telefone para ligar para Ronnie.

— Você precisa se manter a cem por hora. Eu estou indo com tudo — avisou Beauregard. Ele falou com a respiração entrecortada.

— Saquei. Quer que eu abaixe a porta agora?

— Sim. — Ele jogou o telefone para o lado outra vez.

Boonie tinha arranjado a caminhonete e os outros dois veículos para o plano de Beauregard. Ele teve que roubar o caminhão-baú. Ele e Kelvin tinham ido até Newport News e o roubaram de uma loja de encanamentos na Jefferson Avenue. A van que eles iam raptar tinha quatro metros e meio de comprimento, 1,8 metro de largura e dois metros de altura. O caminhão-baú da Akers and Son era largo e profundo o bastante e mal tinha altura livre suficiente para o serviço. No modelo original, ele tinha uma porta de rolar que subia e se enrolava em duas tiras de metal fixadas no teto. Beauregard tinha se livrado da porta de enrolar, além de fazer mais alguns ajustes.

Ronnie queria chegar abrindo fogo, mas Bug sabia que isso não tinha a menor chance de dar certo. Ele imaginou, corretamente, que o bando que dava cobertura à van estaria armado com munição pesada. Eles não tinham tempo nem o dinheiro para entrar numa disputa bélica.

Beauregard se aproximou do caminhão-baú.

Em vez de rolar para cima, a porta do caminhão começou a abrir para fora como a tampa de um caixão. Com uma vagarosidade torturante, ela continuou a abrir até ficar quase paralela com a estrada. Depois de uma pausa curta, ela continuou a descer até que sua extremidade fez contato com a estrada. A borracha de vedação que ele tinha instalado na parte de cima da porta começou a soltar fumaça assim que a fricção com o chão começou a devorá-la. Ele só tinha alguns minutos antes que a borracha ficasse toda desgastada e fagulhas começassem a pontilhar a noite. A porta em si era feita com barra roscada soldada em um padrão cruzado como uma folha de tela metálica. Ele a prensara entre duas lâminas de aço com meio centímetro de espessura. Vigas de suporte com cinco centímetros de largura iam desde baixo até a parte de cima da porta. Elas paravam a oito centímetros do começo da borracha de vedação na borda da rampa. Kelvin o tinha ajudado a conectar o sistema hidráulico que abria e fechava a porta. Uma chave pendurada no volante controlava o aparato todo.

Fechada, parecia como qualquer outra parte de um caminhão-baú.

Aberta, se tornava uma rampa.

Beauregard se concentrou na rampa. Eles chegaram a outro trecho reto da estrada, este com quase cinco quilômetros. Ronnie estava a cem por hora. Beauregard teria que fazer a van chegar a pelo menos 105 para entrar no caminhão e depois pisar no freio para impedir que ela entrasse pela cabine. Essa era a melhor chance deles. Em três minutos, a estrada se transformaria em uma montanha-russa e seguiria assim pelos próximos oito quilômetros até passar por um posto de gasolina isolado.

Beauregard fez a van chegar a 105 quilômetros por hora e mirou na rampa. E então ele sentiu. Sentiu pela primeira vez na noite. A adrenalina, a energia, a relação simbiótica homem-máquina. As vibrações cadenciadas que subiam pelo asfalto, passando pelos pneus e pela suspensão como sangue correndo pelas veias, até chegar às mãos dele. O motor falava com ele na linguagem da potência e das rotações por minuto. Ele lhe dizia que estava louco para correr.

A empolgação enfim chegara.

— Vamos voar — sussurrou Beauregard.

Ele alcançou a rampa a 110 quilômetros por hora. A van balançou como uma esquife em mar aberto. Beauregard ouviu o motorista gemer na parte de trás. Grunhindo, ele aliviou a pressão no acelerador em uma escala infinitesimal. Ele ajustara a rampa para que o espaço entre ela e beirada da carroceria fosse mínimo, mas, se ele entrasse rápido demais, furaria os pneus dianteiros. Sem aviso, o caminhão deu um tranco para a frente, acelerando violentamente. Beauregard sentiu a rampa sumindo sob suas rodas.

— Merda! — rosnou ele, pisando fundo no acelerador quando a rampa desapareceu por completo debaixo da van.

Os pneus dianteiros atingiram o asfalto como se fossem as bombas nucleares de Hiroshima e Nagasaki. A van adernou da esquerda para a direita enquanto Beauregard lutava com o volante. Depois de conseguir controlar o carro de novo, ele procurou o celular. Apertou o botão de ligar com o polegar direito enquanto dirigia com a mão esquerda.

— O que é que foi isso? — perguntou Beauregard quando Ronnie atendeu.

— Desculpa, meu pé escorregou. Porra, Bug, desculpa, eu...

Beauregard o interrompeu.

— Fica a cem. Eu estou indo de novo — falou ele.

Eles tinham perdido sua melhor chance no trecho reto e comprido. Agora mais colinas íngremes surgiam diante deles. Beauregard rangeu os dentes enquanto a van lutava para se arrastar para cima e para baixo carregando ele, o motorista e o palete de platina.

Ronnie tentara manter o caminhão estabilizado, mas ele dava solavancos e ia mais rápido na descida e mais devagar na subida. Era impossível casar o tempo nesses vales mais curtos.

Não havia nenhum farol dianteiro no retrovisor. Ainda não. Ele respirou fundo. Eles tinham mais uma chance. Não era o ideal, mas eles não tinham mesmo escolha. Depois dessa última colina, a estrada virava uma reta de novo. Só que, dessa vez, era uma questão de metros, não de quilômetros.

Ao descer pela colina, Beauregard viu faíscas alaranjadas saindo da rampa. A borracha de vedação tinha se desgastado e o metal estava em atrito direto com o asfalto. As faíscas pareciam vaga-lumes infernais. Sessenta metros. Ele só tinha sessenta metros antes que a estrada terminasse, e eles caíssem de novo na rodovia principal. Sessenta metros para fazer esse trabalho. A rodovia principal tinha 65 quilômetros de asfalto liso e quatro faixas. Quando chegassem a ela, a SUV poderia alcançá-los. Ele não teria como deixá-la para trás naquele trecho. Beauregard se concentrou na rampa. Os faróis potentes da van iluminaram o interior do caminhão. Lá dentro, a luz foi refletida de volta para ele. Em meio a uma chuva de faíscas, eles viu quatro sacos de areia que ele tinha acoplado na parede para servir como um anteparo. Um posto de gasolina solitário iluminado por lâmpadas tremeluzentes de sódio passou voando pela janela dele. As luzes amarelas deixaram faixas marcadas em sua vista.

Menos de cinquenta metros agora.

Beauregard olhou de relance pelo retrovisor lateral. Ele viu o brilho ambiente dos faróis dianteiros subirem pela última colina por onde eles tinham passado. A SUV ainda não aparecera ali, mas ia acontecer em questão de segundos. Ou era agora ou ele ia levar um tiro na porra da cara.

Trinta metros.

Beauregard grunhiu e pisou no acelerador. O ponteiro no velocímetro foi de 110 para 130 quilômetros por hora. Ele passou por uma placa verde retangular que informava que a Pine Tar Road estava acabando.

Dirija como se você tivesse roubado essa parada, não é?, pensou Beauregard.

Ele pisou fundo. Enquanto o velocímetro chegava a 145 quilômetros por hora, choviam faíscas na van como se fosse uma onda de estrelas cadentes.

— Ali! Tá ali, porra! — berrou Tyree.

Ele jogou a SUV para a direita e encostou em um posto de gasolina isolado e com pouca iluminação. O posto ficava a pouco menos de dois quilômetros do fim da Pine Tar Road. Tyree pisou no freio e pulou do veículo com a AR-15 em uma das mãos. Os Irmãos Moletom seguiram logo atrás, mantendo suas armas sob o casaco e mantendo distância de Tyree.

Sob as lâmpadas de sódio amarelas que ficavam em cima das bombas de gasolina, estava a van. Mariposas voavam ao redor e por baixo da cobertura que havia sobre as bombas, lançando silhuetas estranhas e trêmulas pela superfície do veículo. Tyree se aproximou da parte de trás da van com passos deliberadamente lentos. Ele pressionou o cabo do rifle contra o bíceps direito enquanto segurava na trava traseira com a mão esquerda. As portas se abriram com um rangido horrível.

— Filho da puta — falou Tyree.

A van estava vazia. Sem motorista, sem platina, sem nada. Tyree agarrou a porta e a fechou com força. Ele a abriu outra vez e a fechou com força. Ele fez isso mais cinco vezes. A sétima e última foi derradeira para a janela traseira, que explodiu em um milhão de cacos. Pedaços de vidro fumê temperado choveram pelo concreto.

Tyree jogou a cabeça para trás e berrou:

— FILHO DA PUTA!

Dentro da loja, o caixa colocava a garrafa de cerveja de um litro dentro de uma sacola marrom para seu único cliente. Os dois observavam com uma preocupação crescente o homem no estacionamento, que batia a porta da van repetidas vezes. Ele e o cliente pularam de susto quando ouviram o homem no estacionamento uivar para o céu enquanto o vidro da porta de trás se estilhaçava todo. O caixa espiava pela janela panorâmica da frente da loja.

— Isso não tá me cheirando bem. Não tá cheirando nada bem. Acho que aquele cara ali está armado. Será que é melhor chamar a polícia? — perguntou o caixa enquanto entregava a sacola marrom para o cliente.

Reggie pegou a sacola e o troco.

— Não é da minha conta, cara — respondeu. Sua voz hesitou um pouco, mas, como o caixa não fazia ideia de quem ele era, o sujeito não percebeu. Reggie abriu a cerveja e tomou um grande gole enquanto saía da loja. Um vento morno bateu do nada, levantando guardanapos, tampas de plástico e guimbas que tomavam conta do estacionamento. Ele foi seguindo na direção da estrada, andando na diagonal e se afastando da van e da SUV. Ele tentou dar mais um gole na cerveja, mas suas mãos tremiam e ele derramou tudo na camisa.

— Ei, branquelo, você viu quem estava dirigindo essa van? — perguntou uma voz atrás dele.

Reggie parou. Parecia que sua garganta estava se fechando. Ele segurou a garrafa com mais força. Respirando rápido, ele se virou para encarar o trio de homens que estava perto da van.

— Não — respondeu ele. Tyree deu um passo à frente. Reggie olhou para a arma nas mãos do homem. A cerveja começou a subir goela acima.

— Você não viu nada? — perguntou Tyree.

— Não, não mesmo — respondeu Reggie. Seu pé ferido passou a latejar. Ele começou a batê-lo no chão como se marcasse um ritmo que só ele podia ouvir. Tyree deu mais um passo à frente. Agora apenas trinta centímetros os separavam.

— Tem certeza? — perguntou Tyree.

— Tenho — disse Reggie. Sua voz tinha se reduzido a um ruído quase inaudível.

Tyree o encarou.

Um celular tocou. Um dos Irmãos Moletom atendeu.

— Ei, Ty, é o Shade. Ele não está conseguindo falar com o Ross. Ele quer falar com você.

Tyree apertou o cabo de seu rifle. Ele começou a andar para a frente de novo, mas parou. Ele sustentou o olhar de Reggie por alguns segundos antes de engolir em seco e esticar a mão esquerda.

— Me dá o telefone — disse ele. Sua voz tinha perdido um pouco do tom ameaçador.

Reggie assentiu de repente e começou a descer pela estrada. Depois de andar pouco menos de duzentos metros, um par de faróis dianteiros surgiu atrás dele e iluminou seu mundo todo. Reggie parou, se virou e usou a mão livre para cobrir os olhos.

Uma picape cheia de lama parou no acostamento. A porta do passageiro se abriu com um rangido, como se fosse uma cripta. Reggie mancou até a caminhonete e subiu.

— Deu tudo certo? — perguntou Kelvin.

— Deu. Eu fiz exatamente o que o Bug mandou. Assim que eu vi o caminhão e a van passarem, eu saí e dirigi até o posto de gasolina. Aqueles caras chegaram dois segundos depois que eu tinha entrado na loja — falou Reggie. Ele deu mais um gole na cerveja.

— Você não comprou uma cerveja pra mim? — falou Kelvin. Reggie segurou a garrafa perto do peito.

— Eu não sabia que você queria.

Kelvin riu.

— Calma, peão, eu só tô de sacanagem com você — falou Kelvin ao voltar para a estrada.

ug ficou sentado no escuro dentro da van e esperou Ronnie fazer a curva. Era uma curva à esquerda em uma velha estrada de terra cheia de ervas daninhas e grama, logo depois de uma loja de rações e sementes. A estrada de terra subia por uma colina íngreme e dava em uma campina plana. Beauregard supôs que um dia houvera uma casa ali, mas fazia muito tempo que ela deixara de existir. A natureza ainda não tinha reivindicado o local por completo. Ele encontrara esse lugar no dia anterior, dirigindo o Lincoln com Kelvin enquanto Ronnie e Reggie estavam no hotel. Ele não dava muito crédito para essa coisa de destino ou sorte mas encontrar aquele lugar tinha sido um golpe de sorte. Ficava quase dois quilômetros fora da rodovia no meio do nada com espaço suficiente para o caminhão, a van e a picape que Kelvin estava dirigindo manobrarem. Àquela hora da noite, ninguém iria notá-los, a não ser que estivessem procurando por eles.

Beauregard torcia para ninguém ir procurá-los ali. Ele não gostava da ideia de matar alguém. Ao mesmo tempo, não era algo que o deixava tão angustiado assim. Era algo que fazia uma bagunça. Assassinar alguém sempre deixava uma sujeira pra trás. Se tivesse que ser feito, você tinha que torcer para se sujar e rapidamente limpar tudo da melhor maneira que pudesse. Quando eles tinham encontrado os caras que mataram Kaden, a velha Mastigadora limpou tudo muito bem para eles.

O caminhão parou. A bomba hidráulica chiou e estremeceu conforme a rampa era mais uma vez baixada. Beauregard ligou a van e desceu de ré devagar pela rampa. Ele encostou no chão, virou o volante para a direita, engatou a marcha e estacionou ao lado do caminhão-baú. Desligou o motor e desceu do carro, recostando-se na porta do motorista. Os faróis do caminhão iluminaram a campina com um brilho assustador momentos antes de serem apagados. Um bosque de pinheiros cercava a campina. Beauregard ouviu a porta do caminhão se abrir e depois fechar. Ronnie deu a volta até a traseira da van.

— A gente conseguiu, porra! — disse ele, erguendo uma das mãos para um cumprimento.

Beauregard olhou feio para a mão até Ronnie baixá-la e deixá-la solta ao lado do corpo.

— Ainda não acabou. A gente tem que colocar a carga no caminhão.

— Mas, e o... seu passageiro?

— Ele não viu porra nenhuma. A gente coloca a carga no caminhão e algema ele no galho de uma árvore. Se ele for esperto, vai esperar a gente ir embora e usar as algemas como uma serra de corda pra se soltar — respondeu Beauregard.

— Você acha que é uma boa ideia? Deixar ele assim? — perguntou Ronnie. Beauregard puxou a bandana abaixo da boca.

— Eu falei que ele não viu porra nenhuma. Além disso, ele não vai procurar a polícia.

Ronnie deu de ombros.

— Só estou perguntando. O Shade é pior do que a polícia — falou.

Ele pôs as mãos no bolso. Beauregard percebeu o contorno de uma pistola pequena no bolso direito. Estava ali como um escorpião adormecido. Mortal e inerte ao mesmo tempo.

— Aham.

Um par de faróis subiu pela estrada tomada por plantas. Kelvin parou na campina e então virou a caminhonete de forma que a porta traseira ficasse de frente para a parte de trás da van. Ele colocou o veículo em ponto morto fazendo um barulho forte. Ele e Reggie desceram e encontraram Ronnie e Beauregard no meio da campina.

— Essa transmissão está nas últimas — falou Kelvin.

— Vai dar tudo certo. Ronnie, pega a lanterna no caminhão. Vamos tirar o garotão da van e encontrar uma árvore pra amarrar ele. Aí a gente bota a carga na picape. São onze da noite — falou Beauregard. — Meia-noite quero que a gente já esteja na estrada.

— Sabe, eu andei pensando. Será que o Lazy ia ficar sabendo se a gente pegasse uns rolos pra gente? Assim, eu sei o que você falou, mas, sério, você acha que aquele filho da puta vai dar falta de dois rolos? Porra, dois rolos é o suficiente pra nós quatro. Eu sei de um cara que pode conseguir um valor bom pra gente — falou Ronnie.

Beauregard pôs a mão no ombro de Ronnie. Ele deixou o polegar sobre a clavícula de Ronnie. Sob a vegetação rasteira, esperanças começaram a chamar umas às outras. Beauregard enterrou o polegar na clavícula de Ronnie e apertou seu plexo braquial.

— AI! Cacete, Bug! — guinchou Ronnie. Ele se curvou e pôs uma das mãos no joelho enquanto tentava tirar a mão de Bug de seu ombro com a outra.

— Não é pra falar em pegar nada. Não é pra falar do que o Lazy vai ficar sabendo ou não. A única coisa que eu quero você falando é sobre colocar a carga na porra do caminhão. Agora vai tirar o garotão da van — disse Beauregard.

Ele soltou Ronnie, que cambaleou para trás, batendo no irmão. Beauregard desamarrou a bandana e a entregou para Ronnie.

— Faz o garotão botar isso aqui.

Ronnie ficou olhando sério para ele. Beauregard por um instante achou que ele fosse fazer alguma coisa. Sentiu algo semelhante a alívio porque eles finalmente poderiam resolver aquilo, mas então a faísca desapareceu dos olhos de Ronnie.

— Porra, Bug, foi só uma ideia. Cacete. Cadê a porra da chave das algemas? — disse Ronnie.

Beauregard pegou-as no bolso. Colocou a bandana na mão esquerda de Ronnie, e as chaves, na direita. Ronnie fechou as mãos com firmeza e foi até a van. Ele abriu a porta traseira e entrou.

— Olha aqui. Eu vou colocar uma venda em você. Aí vou soltar as algemas da tira. Se quiser ver peitos grandes e bundas enormes novamente na sua vida, faz exatamente o que eu mandar. Beleza? — falou Ronnie.

— B-Beleza — respondeu o motorista.

Ronnie subiu em cima do homem deitado de bruços e tentou amarrar a bandana ao redor da cabeça dele. As duas pontas do pano mal se encontravam enquanto Ronnie tentava dar um nó simples.

— Cacete, que cabeção. Parece uma abóbora, porra — falou Ronnie, murmurando. Grunhindo, ele deu um puxão forte no tecido ao redor dos olhos do homem e atou um nó pequeno e grosseiro.

Ronnie soltou a algema da tira de metal que segurava os rolos de platina no palete. Ele se levantou e pegou Ross pela gola de sua camisa jeans de botão, ajudando o sujeito a se levantar. Eles executaram um movimento de se arrastar para trás até chegar ao para-choque.

— Beleza, desce. Devagar. Não vou tentar pegar na sua bunda gigante — disse Ronnie. O pé do motorista pairou no ar enquanto ele tentava encontrar o chão. Ronnie soltou a gola dele e o segurou pelo braço. — Desce. Agora o outro pé.

O motorista colocou os dois pés no chão. Ronnie o segurou em um ângulo um tanto perpendicular. Ele virou a cabeça na direção de Beauregard.

— Onde você quer fazer isso? — perguntou ele.

— Escolheu mal as palavras — falou Kelvin.

Antes que Ronnie pudesse responder, o pequeno nó que ele tinha amarrado se desfez sem a menor cerimônia. A bandana caiu do rosto do motorista e flutuou sem pressa até o chão. O motorista olhou por cima do ombro direito bem no rosto de Ronnie. Eles se encararam por meio segundo antes de ele se livrar do aperto de Ronnie e sair correndo pela campina.

— Fodeu! — gritou Ronnie. Ele puxou uma .32 do bolso e começou a atirar no motorista. O homem se pôs a correr em zigue-zague. Ele chegou até a linha das árvores e se embrenhou no bosque.

— Pega as lanternas! — berrou Beauregard.

Kelvin correu até a caminhonete e pegou duas lanternas robustas. Ele jogou uma delas para o primo.

— Vamos. Reggie, você vem comigo! — ordenou Beauregard. Ele saiu correndo para o bosque.

— Você escutou, seu merda! — gritou Ronnie, que andou na direção do bosque.

Kelvin passou por ele como se Ronnie estivesse imóvel enquanto eles seguiam até os pinheiros. Reggie mancou atrás deles, mas seu passo mais lento não tinha muita urgência.

Beauregard acendeu a lanterna. Os pinheiros e as azaleias selvagens pareciam apavorantes sob a luz amarelada e forte. Ele se embrenhou na mata, passando por baixo de galhos pendurados e pulando por cima de raízes podres de árvores que já estavam mortas quando ele ainda estava na detenção. Ele parou por um instante e escutou. Tentou ignorar os insetos e os animais e apenas procurou ouvir os ruídos que um homem gordo assustado e correndo para salvar sua vida faria. Parte dele ficou na dúvida se Ronnie tinha amarrado mal a bandana de propósito ou algo assim. Ele estava tão convicto sobre matar o motorista, será que tinha feito isso para obrigar Beauregard a tomar uma atitude? Ele balançou a cabeça para espantar o pensamento. Isso era uma jogada de xadrez. Ronnie era o tipo de cara que só jogava damas. A Porra do Ronnie Sessions. Esse devia ser o apelido dele, em vez de Rock and Roll. O cara era uma cagada congênita. Não conseguia nem amarrar direito a porra de uma venda.

Um barranco íngreme assomou à frente dele, salpicado de pinheiros moribundos e cedros doentes. O som da sua própria respiração parecia incrivelmente alto, como um fole em uma fábrica de aço antiga. Sua .45 pesava em sua lombar. Ele a puxou com a mão direita enquanto segurava a lanterna no alto com a esquerda.

Ele ouviu algo se quebrando e partindo atrás dele, à esquerda. Eram Ronnie, Kelvin e Reggie. Ele olhou o barranco outra vez. Será que o motorista, que estava a dois cheeseburguers de um ataque cardíaco, tinha subido um aclive tão íngreme em menos de dois minutos? Em geral, Beauregard teria dito não, mas o medo dá asas aos homens. Ele começou a escalar o barranco. Ele se içou e chegou ao topo em menos de cinco minutos. Ele parou e respirou fundo. A respiração saiu pesada.

As primeiras notas de "Born Under a Bad Sign" ecoaram pela noite. Eram ásperas e agudas, quase robóticas. Alguém gostava de blues e tinha essa música como toque do celular. A cabeça de Beauregard virou rápido para a direita.

Tarde demais, ele percebeu que a floresta estava lhe pregando peças. Ao se virar, o motorista se jogou contra ele. Os dois aterrissaram com um baque no chão, e Beauregard ficou por baixo. Seu pulso direito bateu contra uma raiz ou uma pedra. A dor subiu pelo braço e ele sentiu a arma escorregar de sua mão. O peso do motorista o esmagava no chão. Cada respiração era agoniante. Enquanto tateava cegamente em busca da arma, ele sentiu um metal quente abocanhando sua garganta. Ele não conseguia respirar. Com calma, quase de modo abstrato, ele percebeu que o motorista usava as algemas para estrangulá-lo. Beauregard soltou a lanterna, parou de tentar pegar a arma e empurrou a si e ao motorista para cima, saindo do chão. Os dois viraram de lado, mas o motorista ainda conseguiu se apoiar. As mãos de Beauregard se engalfinhavam com o rosto do motorista como um par de tarântulas. Seus polegares encontraram os olhos do homem quando seu peito começou a arder e manchas pretas dançaram na frente de seu rosto.

Beauregard enfiou os dois polegares nas órbitas do homem. O motorista uivou como um urso ferido. Ele aliviou a pressão no pescoço de Beau ao tentar proteger os olhos. Beauregard rolou para longe do homem. Respirando com força para tomar ar, ele correu de quatro pelo chão da mata, passando a mão por cima e por entre os detritos. Sua arma. Ele precisava de sua arma.

O facho de sua lanterna começou a dançar por entre árvores que estavam a pouco mais de trinta de centímetros dele.

Beauregard virou de costas bem a tempo de bloquear parcialmente um golpe do motorista. Ele tinha pegado a lanterna com as mãos e a empunhava como um bastão. Beauregard trouxe as pernas até o peito e chutou o homem enquanto usava as mãos para bloquear seus golpes. Ele tinha que se levantar. Deixar a arma de lado. De pé, eles ficavam literalmente em pé de igualdade.

Uma auréola iluminou o homem por trás quando uma saraivada de tiros ecoou pelo bosque. Uma névoa fina de sangue e pedaços de ossos dominou o espaço entre ele e o motorista. O homem começou a cair para a frente. O sangue vazava de dois ferimentos no meio do seu peito. Beauregard segurou o corpo quando ele foi lançado para a frente, a lanterna caindo de suas mãos. Ele jogou o corpo para a esquerda e se contorceu para a direita. Seu rosto e seu pescoço estavam salpicados de gotas de sangue. Ronnie e Kelvin chegaram ao topo do cume, os dois com armas em punho. Kelvin também segurava a outra lanterna. Ele passou por cima do motorista e estendeu a mão livre para Beauregard. Ele a segurou, e Kelvin o ergueu.

— Você está bem? — perguntou ele.

— Estou. Esse sangue é quase todo dele.

— Cara, por que ele saiu correndo? Ele achou que tinha algum bufê por aqui? — perguntou Kelvin.

Beauregard balançou a cabeça e sentiu um sorriso tentando se abrir em seu rosto.

— Te devo uma.

— Nada, estamos quites agora. Mas você deve uma ao Ronnie. Acho que foi ele que acertou o cara — disse Kelvin.

Beauregard olhou por cima do ombro do primo e viu Ronnie olhando para o corpo do motorista no chão. Ele cantarolava uma música que Beauregard não reconheceu e voltou sua atenção para o primo.

— Vamos voltar para a van e botar a carga lá. Já quero estar de volta na Virgínia quando o sol nascer — disse Beauregard.

O plano era que ele e Kelvin dirigissem a picape. Já que Ronnie tinha colocado todos eles nessa situação, ele e Reggie teriam que assumir o risco de conduzir o caminhão-baú roubado.

Kelvin estava prestes a responder quando sua bochecha esquerda explodiu. Um fluido quente se espalhou pelo peito de Beauregard. Uma dor aguda cruzou seu deltoide direito enquanto Kelvin desmoronava no chão. Beauregard pulou para trás, movido por nada além de puro instinto. Ele se sentiu flutuar no ar pelo que pareceram minutos antes de seu corpo desabar pelo declive oeste do barranco. Ele caiu de cabeça enquanto tiros eram disparados do cume e as balas ricocheteavam nos troncos secos dos pinheiros em decomposição. Terra, galhos e folhas mortas entraram por sua camisa, por sua calça e por sua boca enquanto o corpo dele rolava pela colina. O mundo era um caleidoscópio rodopiante até que girou uma última vez. O tronco largo de um pinheiro velho atingiu seu rosto, e então só havia escuridão.

Vinte e seis

Por um instante, Beauregard achou que estava cego. O mundo parecia escuro e cheio de sombras. Ele piscou e sentiu algo quente e úmido escorrer por seu rosto. Então enviou a mão esquerda em uma missão exploratória e tocou o próprio rosto. Era sangue. Ele tinha sangue nos olhos. Um ferimento acima do olho esquerdo tinha criado um coágulo, mas seus dedos ásperos o abriram.

Ele não estava cego, só estava escuro ainda. Beauregard sentou-se e, na mesma hora, se arrependeu. O vômito subiu correndo por seu esôfago e saiu por sua boca. Ele se inclinou para a esquerda e deixou que jorrasse no chão. Parecia estar preso em uma roda-gigante.

Respirando bem fundo, ele tentou se sentar de novo. Dessa vez não vomitou, mas sem dúvida queria. Uma coruja piou para ele de algum lugar. Ele tentou ouvir qualquer outro som, como pessoas andando ou vozes com pena dele. Mas tudo que escutou foram os ruídos comuns de um bosque à noite. Ele hesitou, mas então enviou a mão esquerda em uma expedição subindo pelo seu braço. Quando seus dedos encontraram o ferimento, ele apertou os lábios e gemeu. O ferimento tinha uns cinco centímetros de comprimento, mas não era profundo. A bala tinha passado de raspão. Ele flexionou a mão direita. Os dedos se mexeram, ainda que de má vontade. Ele tocou a testa. Um calombo do tamanho do ovo de uma galinha tinha se formado logo acima de sua sobrancelha esquerda e um pouco à direita do corte que tinha sangrado em seus olhos. Ele olhou para o relógio. O brilho opaco em seu rosto não era o bastante para chamar atenção. Eram duas e meia da manhã. Eles tinham caçado o cara no bosque por volta de onze horas. Ele ficara desacordado por mais de três horas.

Kelvin estava morto fazia três horas. Seu primo, seu melhor amigo, estava morto havia três horas.

A porra do Ronnie Sessions. Beauregard devia ter previsto isso. Ele devia ter se preparado. Vira o rosto de Ronnie quando Lazy espalhara aquele dinheiro pela mesa. Aquele olhar ávido e pobre que dizia que Ronnie não queria desistir do roubo que fora tão difícil. Beauregard tinha visto aquele olhar e deixado para lá. Por insensatez, tinha presumido que o desejo de viver superava a ganância. O que ele não tinha levado em conta é que, para Ronnie, uma vida sem dinheiro não é vida. Agora, por causa da avareza dele e da presunção de Beauregard, Kelvin estava morto.

Beauregard fechou os olhos. Ele precisava se levantar e se mexer. Kia e os meninos estavam na mira de um psicopata roceiro amante de filmes. Um roceiro que estava esperando uma van cheia de um metal precioso ser entregue a ele no domingo à noite sem atraso. Seu informante contaria que a van nunca chegou. Lazy então se sentaria e ficaria esperando por uma ligação que nunca seria feita. Lazy suspeitaria de que eles tinham o traído. Ele mandaria o Freddy Krueger da roça atrás dele. Ariel estava a salvo porque não sabiam dela. Mas Kia e os meninos tinham que sair da cidade. Beauregard pôs a mão no bolso e puxou o telefone descartável, que estava quebrado. Provavelmente tinha sido destruído na queda.

— Merda — balbuciou ele.

Ele tinha que escalar o barranco outra vez. A van já teria sumido há muito tempo. Ele tinha deixado as chaves na ignição. Mais um erro. A picape e o caminhão-baú ainda estariam lá. Ronnie provavelmente estava com as chaves do caminhão. Tudo bem. Ele podia fazer uma ligação direta. Ou podia pegar as chaves no bolso de Kelvin e dirigir a caminhonete.

A dor da perda o atingiu com a força de um terremoto, emitindo tremores por todo seu corpo. Ele sentiu um espasmo no esôfago, mas não restava mais nada em seu estômago, então só sentiu a ânsia de vômito. Gemendo, Beauregard se deu um tapa com força. Depois de alguns segundos, repetiu o gesto. Os tremores começaram a diminuir. Ele se apoiou sobre as mãos e os joelhos. Respirando bem fundo, ele se levantou. O mundo ao redor tremeluziu como se ele estivesse passando por uma parede de água. Beauregard fechou os olhos e se endireitou. Mais uma respiração profunda, e ele começou a escalar o barranco. Cada passo era como andar em melaço. Ele cambaleou, se aprumou e continuou. Quanto mais perto chegava do topo, mais devagar subia. Ele sabia o que o aguardava lá em cima. Ele sabia o que veria quando terminasse de escalar essa colina indefinível na Carolina do Norte. Mas ele tinha que ver. E não só porque precisava de um par de chaves.

Ele merecia isso. Merecia ser confrontado com o completo vazio que ficaria gravado sobre o que restara do rosto de Kelvin. Então ele subiu. Ele puxava mudas de árvores e se agarrava à terra úmida para continuar subindo. Ele marchava em direção à sua penitência com uma determinação fúnebre.

Os olhos sem vida de Kelvin o receberam quando ele chegou ao topo da colina. A cabeça estava virada para um lado e a boca estava aberta. O ferimento na bochecha era uma cratera vermelha. Beauregard via o que sobrara dos dentes de Kelvin pelo buraco.

Beauregard se largou no chão ao lado do corpo do primo. Formigas subiam pelo rosto dele. Algumas entravam e saíam de sua boca. Beauregard segurou a mão dele. Era como tocar uma peça fria e dura de cera. Os dedos de Kelvin estavam rígidos como pedra. Beauregard tentou tirar as formigas do rosto dele, mas suas mãos começaram a tremer. Ele balançou a cabeça e se firmou. As formigas que ele espantara subiam de novo pelo rosto de Kelvin com a competência impiedosa de uma mente coletiva. Beauregard tentou fechar o olho de Kelvin que ficou inteiro, mas a pálpebra se recusava a ficar fechada. Ele abaixou a cabeça até repousá-la no peito de Kelvin. O odor fétido de uma morte recente era tão forte que dava para sentir o gosto. Ele engoliu e desafiou seu estômago a se rebelar.

— Depois que eu cuidar de tudo isso, vou voltar e enterrar você direito. Eu te prometo. Você não tinha que estar aqui, nunca. Você nunca ficou me devendo nada — murmurou Beauregard para o peito de Kelvin.

Alguns momentos se passaram. Na cabeça de Beauregard, surgiam cenas do passado, como numa filmagem caseira, emendando rolos antigos de oito milímetros. Kelvin e ele pequenos tunando suas bicicletas com cartas de baralho presas nos aros da roda para imitar o som de uma moto. Kelvin o desafiando a dirigir sem os faróis pela Callis Road sabendo muito bem que Bug ia conseguir. Kelvin vestindo um terno e entregando-lhe um anel. Esses momentos e milhares de outros como esses rasgaram sua alma feito lâminas e a açoitaram.

Enfim, Beauregard ergueu a cabeça e tocou o próprio rosto. O sangue — o sangue de Kelvin, o sangue do motorista — ainda estava seco no canto de seus olhos. Ele não tinha chorado. Ele se odiava um pouco por isso, mas haveria tempo para lágrimas mais tarde. Ele pôs a mão no bolso da frente de Kelvin para pegar as chaves. Ele tateou pelo chão engatinhando e revirou o solo procurando sua arma. Ele a encontrou a uns trinta centímetros de onde ele e o motorista tinham desabado no chão. Ele a colocou volta no cós da calça e desceu pelo outro lado do barranco. Assim que chegou à campina, viu que o caminhão-baú e a caminhonete estavam inclinados. Os dois pneus do lado do motorista tinham sido cortados.

— Você se acha muito esperto, não é, Ronnie? — falou Beauregard.

Quando eles tinham ido examinar o local de encontro, Beauregard notara algumas casas perto da estrada. Uns poucos trailers e alguns ranchos de um andar. A maioria tinha carros na entrada. Alguns exibiam até uma garagem.

Red Hill ficava a seis horas dali. Dependendo do tipo de veículo que roubasse e de quanto combustível tivesse, Beauregard talvez conseguisse chegar e fazer apenas uma parada para abastecer. Ele tinha pouco mais de duzentos dólares em dinheiro com ele. Isso o faria chegar a Red Hill por volta de oito horas, ou mais ou menos por aí. Ele podia tirar Kia e os meninos da cidade às nove. Boonie cuidaria de seus ferimentos. E então ele poderia lidar com o sr. Ronnie Sessions e o sr. Lazy Mothersbaugh.

Beauregard cruzou a campina. Ele se embrenhou no meio dos pinheiros como um fantasma e seguiu para o norte.

A estrada quase não tinha carros quando Ronnie cruzou a fronteira e entrou na Virgínia. Reggie tinha reclinado o assento e pegado no sono. Ele não dissera uma palavra desde que tinham descido da colina.

— Ei, tá com fome? — perguntou a Reggie.

— Não — disse Reggie.

— Vai ficar assim o dia todo?

— Assim como?

— Sentado aí como uma esfinge, porra.

— Só consigo pensar naquele dia que a gente foi até a casa do Bug quando ele apontou a arma pra você e encostou o cano bem na sua barriga. Ele estava disposto a te matar na frente da mulher e dos filhos por você ter ido até a casa dele sem avisar. Eu fico pensando no que ele vai fazer com a gente por termos matado o melhor amigo dele — falou Reggie.

— Primeiro, se eu soubesse que você ia ficar falando merda assim, eu não teria te contado nada. Segundo, o Beauregard está morto — respondeu Ronnie.

— Você tem certeza que ele está morto? Você desceu a colina pra ter certeza de que o pescoço dele estava quebrado? Ah, não, espera, eu sei a resposta — disse Reggie.

— Quer saber? Cala a boca e volta a dormir — falou Ronnie.

Reggie se ajeitou no assento e virou a cabeça para a porta. Ronnie apertou um botão no rádio, mas nada aconteceu. Ele ficou olhando direto para a frente tentando ignorar o que Reggie dissera.

— Eu acertei ele. Eu sei que eu acertei ele.

Reggie começou a rir.

— Ah, você sabe? Sabe mesmo? Vou te falar o que eu sei. Eu sei que você traiu o Bug e que o tal do Lazy vai matar a gente. Você sabe disso, não é? Porra, você acabou com a nossa vida. O Bug vai vir atrás da gente. Ele vai vir e vai matar a gente que nem barata. E, se ele não vier, o Lazy e os capangas dele vêm. A gente tá muito fodido — disse Reggie. Ele cruzou os braços e olhou pela janela.

— Reggie, isso não vai acontecer. Confia em mim.

— Confiar em você? O Quan confiou em você. O Kelvin confiou em você. O Bug confiou em você. Porra, a Jenny confiou em você. E como é que eles acabaram? — rebateu Reggie.

Ronnie pôs a mão no joelho de Reggie.

— Eles não eram meu irmão. Olha, mesmo que eu não tenha acertado ele, provavelmente ele quebrou o pescoço rolando pela colina.

— Você sempre diz pra confiar em você, mas você sempre faz merda no meio do caminho — falou Reggie, em um tom de voz gélido como um lago congelado.

— Você quer voltar a ser um lixo branco e pobre? Hein? Aqui nessa van tem 28 rolos de platina. O Bug falou que cada rolo tem mais de dez libras. Mesmo que a gente ganhe cinquenta centavos por dólar, já é o suficiente pra sair da Virgínia e se ajeitar em um lugar em que todas as ruas deem na praia — disse Ronnie. Reggie não respondeu. — Ele ia entregar tudo, Reggie. Tudo. Nossa segunda chance de três milhões de dólares indo embora — falou Ronnie. Reggie tirou a mão do irmão do seu joelho.

— A gente sempre vai ser um lixo, Ronnie. Ter dinheiro não vai mudar isso — disse Reggie. Ronnie abriu a boca para rebater a afirmação do irmão, mas nada lhe veio à mente. A verdade tinha um jeito esquisito de encerrar uma discussão.

Eles dirigiram em silêncio por alguns quilômetros. Ronnie abriu a boca para dizer algo com o intuito de distrair a cabeça de Reggie da situação atual quando o telefone descartável começou a vibrar em seu bolso. Ronnie quase saiu da pista. Por que estavam ligando tão cedo? Ele olhou seu relógio. Eram pouco mais de cinco da manhã.

— São eles, não são? — perguntou Reggie.

— Não, é o *Quem quer ser um milionário* — respondeu Ronnie. O suor escorria por sua testa oleosa.

— É melhor atender.

— Cala a boca e me deixa pensar, tá bem? — disse Ronnie. O telefone continuou a vibrar. Ronnie tamborilou os dedos no volante. O telefone parou de vibrar. Então, quase na mesma hora, recomeçou. Por fim, Ronnie pôs a mão no bolso e atendeu.

— Oi.

— Rock and Roll. Achei que você estivesse me ignorando. Já estava ficando chateado. Cadê a van? Meu informante disse que o Shade está bem puto porque ela não chegou a Winston-Salem. Ele perguntou aos capangas que estavam escoltando a van o que aconteceu, mas não gostou muito do que eles responderam. Ele está arrancando os dentes deles até conseguir uma resposta que ele goste. — Lazy riu. — Agora, vou te falar, vocês continuam me impressionando, rapazes, mas não era pra vocês terem me ligado quando o negócio tivesse acabado? Achei que isso estava explícito — falou Lazy.

Ronnie deixou a última frase pairar no ar por um instante antes de responder.

— O negócio é o seguinte. Aquele cara, o Beauregard? Ele roubou a van.

— Eu sei. Foi o que eu falei pra vocês fazerem — disse Lazy.

— Não, você não entendeu. A gente tinha pegado a van, então ele e o camarada que estava com ele se voltaram contra mim e meu irmão. Ele atirou na gente e fugiu com a van — disse Ronnie. Um silêncio carregado transmitiu um peso pela ligação do celular. Parecia fazer o telefone pesar.

— Onde você está, rapaz? — perguntou Lazy. Ele falou com uma pronúncia profunda e calculada.

— Eu? Estou a 45 minutos de casa. Ele deixou um dos veículos que a gente usou pra trás. Acho que demos sorte — disse Ronnie.

Uma fileira de carros passou por ele como se ele estivesse parado. Ele olhou para o velocímetro. Estava a 110 quilômetros por hora. A van chacoalhava como uma máquina de lavar cheia de tijolo.

— Beleza. Vai pra casa e fica lá. A gente vai chegar lá e ver se consegue descobrir pra onde esse cara fugiu — disse Lazy.

A linha ficou muda.

— Por que você falou pra eles que a gente está indo pra casa? — perguntou Reggie.

— Pra ganhar tempo.

— Em algum momento, a gente vai ter que ir pra casa.

— Não, não vai. Vamos visitar sua namorada no País das Maravilhas. Conheço um cara que pode vender essa merda, só não posso chegar nele sem ligar primeiro. A gente só precisa de mais algumas horas — disse Ronnie.

— Ela não gosta muito de você — falou Reggie.

— Caguei. Contanto que ela não me coma, vamos ficar de boa — respondeu Ronnie.

Lazy pôs o telefone na mesa. Billy terminou de falar com um cliente na frente da loja e depois voltou para o escritório.

— O Rock and Roll disse que o rapaz Beauregard deu o fora com nosso dinheiro — disse Lazy.

— Como você quer resolver isso? — perguntou Billy.

Lazy puxou um cachimbo e o encheu com um perfumado montinho de tabaco sabor maçã.

— Liga pros rapazes que estão vigiando a casa deles. Quando Ronnie e o irmão dele chegarem, tragam os dois pra cá. Pega o pessoal do Beauregard também. Se ele fugiu mesmo com a van, ele vai tentar avisar à esposa. A gente traz ela pra cá, ele traz a van pra gente. Se é que ele está com ela — disse Lazy.

— Se é que ele está com ela? — perguntou Billy.

Lazy acendeu o cachimbo e deu uma longa tragada.

— Ele pode ter fugido com a van, mas ele me pareceu ser mais esperto do que isso. Ele também pode ter sido desovado em uma vala e o rapaz Sessions pode estar com a van. De qualquer forma, a gente vai descobrir. Talvez a gente tenha que assar uns marshmallows sobre eles, mas a gente vai descobrir — disse Lazy ao soltar um fio de fumaça azulada.

Vinte e sete

Beauregard encostou em uma parada da estrada com o Jeep encoberto por uma nuvem.

Vazava um vapor por baixo do capô que envolvia o veículo todo. Ele acabara de cruzar a fronteira e entrar na Virgínia. O relógio no rádio informava que eram nove da manhã. O ponteiro do medidor de temperatura já tinha passado tanto do vermelho que precisou decretar falência. Ele estacionou o Jeep e desligou o carro. Olhou pelo retrovisor interno antes de descer. A casa móvel que ele invadira tinha um armário de remédios surpreendentemente bem abastecido. Curativos grandes e pequenos, peróxido, álcool 70% e aspirinas. A camisa preta de manga comprida que ele pegara era grande demais, e a calça, muito comprida, mas aquilo ia dar para o gasto por enquanto. O Jeep tinha sido uma aposta desde o início. Uma relíquia enferrujada com um grave vazamento de óleo e dois pneus dianteiros carecas. Parecia um adereço de um filme apocalíptico que tinha sido deixado para trás.

Ainda assim, o carro atravessara todo caminho por Sussex antes de começar a desistir da vida. Beauregard desceu e abriu o capô. Mais vapor rodopiou ao redor de sua cabeça. O cheiro doce e enjoativo do anticongelante dominou seu nariz. Beauregard abanou o vapor. Ao lado do radiador, viu um fio de fumaça saindo de um buraco do tamanho de um alfinete. Beauregard olhou em volta da parada de descanso. Era uma das maiores da interestadual. Sob carvalhos enormes, havia uma fileira de bancos de piquenique. Um prédio de tijolo abrigava os banheiros, máquinas automáticas de lanches e uma mesa de informação. Beauregard foi até as mesas de piquenique.

As primeiras três estavam vazias. Nada nas mesas e nada no chão sob elas. Era muita sorte ter encostado em uma parada com uma equipe de limpeza esmerada. A quarta mesa estava ocupada por uma família asiática que tomava café da manhã. Beauregard tentou colocar um sorriso no rosto ao se aproximar deles.

— Com licença.

O pai o avaliou com um olhar desconfiado.

— Desculpa o incômodo, mas será que vocês não teriam pimenta?

O pai consultou a mãe em silêncio. Os olhares que os dois trocaram pareciam reconhecer que pimenta não era uma arma mortal que pudesse ser usada contra eles. As duas crianças, um menino e uma menina, os dois com menos de dez anos, enfiaram a mão em suas lancheiras e tiraram vários pacotinhos de pimenta. A mãe os reuniu e entregou a Beauregard.

— Você vai tomar café da manhã também? — perguntou a garotinha.

Beauregard sorriu.

— Não, meu carro está aquecendo porque o radiador está vazando. Um pouco de pimenta vai dar um jeito no buraco por um tempinho — respondeu ele.

Ela assentiu como se falasse sobre conserto de carro todos os dias.

— O que aconteceu com o seu rosto? — perguntou o menino.

A mãe dele mandou ele ficar quieto.

— Um acidente — respondeu Beauregard.

Ele enfiou os pacotes de pimenta no bolso.

— Obrigado — disse ele, e voltou para o Jeep. No meio do caminho, ele parou e se virou. — Então, pessoal, será que vocês teriam um telefone?

Kia estava colocando leite no cereal de Darren quando ouviu uma batida na porta. Javon ainda estava na cama. Tinha ficado a noite toda desenhando enquanto ela e Darren assistiram a uma maratona de desenho animado. Ela terminou de colocar o leite e empurrou a tigela para Darren.

— Toma o seu café da manhã — disse ela.

Ela se levantou e foi andando até a porta. Enquanto isso, seu telefone começou a tocar. Kia parou e se virou na direção do quarto. Então olhou para a porta. O telefone parou. Ela continuou andando até a porta.

— Mãe, você esqueceu o cereal — disse Darren.

Kia mal o ouviu. Ela espiou pela janela no formato de diamante no meio da porta. Havia um homem branco parado na varanda. Mais dois homens brancos estavam perto de um LTD antigo. O da varanda era do tamanho da geladeira dela. Os outros dois eram consideravelmente menores. O homem na varanda usava uma camisa de botão branca e calça jeans. Os dois perto do carro usavam camisetas e calça jeans. Um deles tinha um boné de beisebol desbotado da CAT.

Ela abriu só uma fresta da porta.

— Posso ajudar?

O homenzarrão puxou a porta da mão dela. Ela ficou na entrada usando uma das blusas de Beauregard e um short de ginástica. Estava dolorosamente consciente de como ele grudava em sua bunda.

— Você é casada com um rapaz chamado Beauregard? — perguntou o homenzarrão.

— Por quê? O que está acontecendo? — perguntou ela.

O homenzarrão deu uma olhada nela.

— Pega seus filhos, vocês vêm com a gente — disse ele.

— Eu não vou a lugar nenhum, nem meus filhos. Agora me fala o que é que está acontecendo — falou Kia.

O homenzarrão se virou para os outros dois recostados no carro e acenou com a cabeça. Sem aviso, ele agarrou o braço de Kia e começou a arrastá-la para fora da casa. Ele se moveu com uma velocidade tão impressionante que ela já estava no primeiro degrau antes de começar a revidar. Kia arranhou os olhos dele e chutou suas bolas. Ela ganhou um resmungo por criar problema. O cara branco com o boné da CAT passou por eles. O coração dela se despedaçou quando ouviu Darren começar a gritar.

— Mamãe! Mamãe! Mamãe! — berrava ele enquanto o homem do boné da CAT o arrastava para fora de casa pelo bracinho fino.

O terceiro homem entrou enquanto Kia e Darren eram sendo levados à força até o carro. Kia se contorcia e lutava como podia, mas era inútil. Era como tentar disputar contra uma montanha.

O homenzarrão parou de arrastá-la. Ele a puxou mais para perto e passou o antebraço pelo pescoço dela. Ela sentiu algo frio e duro contra a têmpora. Ninguém se movia. Kia esticou o pescoço para olhar na direção de casa. O terceiro homem estava saindo de costas com as mãos erguidas. Quando chegou ao último degrau, ele parou.

Javon estava na varanda segurando uma arma. Era uma Beretta 92 de 9 mm. Uma das armas de seu pai.

O homenzarrão segurou Kia com mais firmeza.

— Agora você vai esperar um pouco e abaixar essa arma. Você não quer que ninguém se machuque, quer? — perguntou ele.

Javon não se mexeu. Ele apontava a arma para a frente e a outra mão estava em seu pulso.

— Não, não quero. Então solta a minha mãe e o meu irmão — disse ele. Não gaguejou nem sussurrou. Ele falou com uma voz alta e clara que estava prestes a mudar.

— Olha, menino, você não sabe o que fazer com isso — falou o homem.

Javon não desviou os olhos do homenzarrão nem por um momento. Ele soltou a trava de segurança.

— Solta minha mãe e meu irmão — disse ele.

O homenzarrão ainda tentava decidir como lidar com aquela situação quando Boné da CAT ergueu a mão e murmurou:

— Foda-se essa merda.

Javon apontou a arma na direção do sujeito e puxou o gatilho. A pistola saltou na mão dele como se estivesse viva. O homem da CAT se agachou. A bala passou zunindo por cima da cabeça dele e estilhaçou o farol do LTD. Javon continuou apertando o gatilho. Ele mudou do homem com o boné para o sujeito na frente dele. Uma flor vermelha surgiu no peito do homem enquanto ele desabava como uma marionete cujas cordas tinham sido cortadas. Ele nem chegou a pegar sua arma.

O homenzarrão afastou a arma da cabeça de Kia e apontou para Javon. Assim que fez isso, uma bala atingiu o pescoço dele. O homem puxou o gatilho por reflexo, mas sem apontar. Boné da CAT mergulhou no chão e rastejou de volta na direção do lado do motorista do LTD. Ele ergueu sua arma e atirou por cima do capô.

O homenzarrão cambaleou de volta até o LTD. Sua arma escorregou de sua mão e aterrissou na grama. Ele desabou dentro do carro com as pernas ainda penduradas pela porta. Boné da CAT pulou no banco do motorista, ligou o carro e puxou a blusa do homenzarrão, arrastando-o para dentro do carro. Balas trincaram o para-brisa enquanto ele dava ré. Os pés dele se arrastaram pelo chão enquanto eles saíam pelo jardim e pegavam a estrada.

Javon continuou apertando o gatilho ainda que mais nenhuma bala estivesse saindo da arma.

— Javon! — berrou Kia. — Javon, liga pra emergência!

Ele continuou puxando o gatilho.

— Javon, liga pra emergência! — gritou ela.

Os olhos de Kia saltavam das órbitas. Seu rosto e seu peito estavam cobertos com rastros de sangue. Ela agarrava Darren em seus braços. Foi só então que Javon enfim entendeu. Ele entrou correndo em casa e foi até o quarto da mãe. O telefone dela estava na mesa de cabeceira. Ele largou a arma no chão, pegou o telefone e ligou para a emergência. Os gritos de sua mãe ecoavam pela casa toda.

— Qual é a emergência? — disse uma voz robótica.

— Alguém atirou no meu irmão — disse Javon. Ele começou a gritar também.

Kia estava sentada na sala de espera bem abaixo de uma televisão que ficava passando uma propaganda do hospital. A luz das luminárias florescentes refletia no piso de azulejo branco. Isso estava lhe dando dor de cabeça. Seus olhos ardiam. Ela tinha chorado o caminho todo de casa até a emergência. Eles não permitiram que ela sentasse atrás com Darren. Ela ficou olhando para ele durante todo o trajeto até o hospital por uma janelinha na cabine da ambulância. O motorista tentara fazer Kia colocar o cinto de segurança, mas ela o ignorou. Precisava ficar olhando para ele. Se ficasse olhando para ele, então ele não poderia morrer. Ela disse isso a si mesma enquanto eles corriam a toda pela estrada. Contanto que ela pudesse vê-lo, ele não morreria.

Kia colocou a cabeça entre as mãos. Seu peito era um ninho de nós que não paravam de se apertar. Jean esfregou suas costas enquanto ela encarava o chão por entre os dedos. Ele só tinha oito anos. Uma criança de oito anos não deve morrer. Deve fazer piadas bobas e se recusar a lavar uma tatuagem falsa que o irmão fizera nela.

— Kia.

Ela ergueu a cabeça. Beauregard corria pela sala de espera. Ele chamava seu nome sem gritar, mas usando toda a potência de sua voz grave de barítono. Quando virou no canto, ele parou a um metro e meio dela. Ele parecia ter saído do inferno. O lado esquerdo de seu rosto era um ferimento enorme e feio. Ele usava uma blusa preta de manga comprida do Lynyrd Skynyrd que era duas vezes seu tamanho. Uma calça larga demais sobrava em seu corpo.

— Kia. O que eles disseram? — perguntou ele.

Ela olhou com raiva para ele.

— Você não vai nem ao menos perguntar o que aconteceu? — quis saber ela.

Beauregard baixou os olhos.

— Eu fui até em casa e vi os buracos de bala. Fui até a vizinha. Linda me contou. O carro quebrou. Era pra eu estar lá, mas o carro quebrou — disse ele.

Ela mal podia ouvi-lo.

— Uns homens foram na nossa casa. Homens que estavam atrás de você — disse Kia, e se levantou.

— Eu sei. Eu tentei te ligar, mas você não atendeu — falou Beauregard.

— Não faz isso. Não faz isso de jeito nenhum. Se você não tivesse saído com aquele branquelo pra fazer uma porra de um serviço, você não teria que ligar — disse Kia. Ela falava com os dentes à mostra.

— Kia, vamos lá fora conversar — pediu ele.

— Conversar o quê, Beauregard? Sobre como você se meteu com uns gângsteres e eles foram até a porra da nossa casa? Quer conversar sobre como eu te falei pra vender aquela merda de carro? Mas você não ia fazer isso, ia? Porque você não queria se livrar do carro do seu querido pai. Meu filho está numa mesa de operação lutando pela vida dele porque você liga mais pra um dedo-duro morto do que pro próprio filho. Meu outro filho está na delegacia porque teve que atirar em duas pessoas pra impedir que eles levassem a mãe e o irmão mais novo dele. Você entende isso, seu filho da puta? Meu filho teve que matar uma pessoa hoje. Mas eu acho que você pensa que tudo bem. É uma tradição da família Montage, certo?

Beauregard sabia que ela estava tentando magoá-lo. A única pessoa que conhecia seus pontos fracos melhor do que a mulher que criou você era a melhor com quem você dividia uma cama. Mas ele aceitou. Aceitou como nunca tinha aceitado antes, porque ela tinha razão. Ele causara aquele horror à sua família. Mas não significava que não os amava.

— Eles são meus filhos também, Kia — disse Beauregard.

Kia deu um passo à frente e deu um tapa na cara dele. Sua mãozinha acertou em cheio na bochecha machucada. Luzes piscaram na frente do rosto dele. Por um momento, ele sentiu algo frio e estranho nascer em seu peito. Ele ergueu a mão direita e a fechou em um punho, mas só por um breve segundo. Ele merecia isso. Isso e muito mais.

— Não, hoje eles não são. Hoje eles são meus filhos, e eu tenho que proteger os dois. Proteger os dois de gente que nem você — disse Kia. Ela pressionou o corpo contra o dele. Seus membros pareciam feitos de aço. Seu hálito tinha cheiro de fumaça e ácido gástrico.

— Kia, eu não sou gente nenhuma. Eu sou o pai deles.

— Sai — disse ela.

— O carro quebrou. Era pra eu estar lá, mas o carro quebrou.

— SAAAAAI! — guinchou ela.

Kia socou o peito dele com seus punhos. Quando ele tentou abraçá-la, ela recuou como se ele tivesse uma doença contagiosa.

— SAI DAQUI, CARALHO!

— Não, Kia, por favor — disse ele, esticando a mão para ela.

Ela guinchou outra vez. Um uivo visceral e gutural sem palavras discerníveis, mas em uma linguagem que era perfeitamente compreensível.

Jean se levantou e puxou a irmã conta o peito. Kia amoleceu nos braços da irmã. Jean a levou de volta até seu assento.

— Beauregard, vai embora. Eu te ligo quando a gente souber de alguma coisa — falou ela.

Ele se virou em um círculo quase perfeito. A equipe da recepção, as enfermeiras, os faxineiros, outros pacientes, todos olhavam pasmos para eles.

— O carro quebrou. Era pra eu estar lá, mas o carro quebrou. Eu consertei e fui direto pra casa. Eu consertei — disse ele, num sussurro.

Ele repetiu enquanto se dirigia até as portas de correr. E de novo enquanto andava na direção do Jeep enferrujado, parado no estacionamento com uma chave de parafuso enfiada na ignição. Beauregard entrou e bateu a porta. Ele começou a gritar e bater as mãos no volante. Cada músculo de seu corpo trabalhava em harmonia com seu diafragma. Seu peito começou a doer quando ele arqueou as costas e uivou. As pessoas que passavam andando pelo estacionamento abaixavam a cabeça e desviavam o olhar enquanto se apressavam na frente do Jeep. O som que vinha daquele veículo surrado não precisava de explicação ou tradução.

Era o mais puro e inequívoco som do desespero.

Vinte e oito

Boonie destrancou a porta de casa com uma das mãos enquanto balançava um engradado com seis cervejas na dobra do braço livre. O céu estava tomado por listras de magenta conforme o sol ia mergulhando no horizonte. Ao passar pela soleira da porta, seu coração veio parar na boca.

Beauregard estava sentado em sua poltrona de couro reclinável.

— Cacete, garoto, você me deu um susto, porra. O que é que você está fazendo aqui? — perguntou Boonie.

Beauregard levantou a cabeça.

— Eu fiz merda, Boonie — disse ele.

Boonie fechou a porta e deu uma boa olhada nele.

— O que foi que aconteceu com o seu rosto?

— Você tinha razão. Sobre o Ronnie, sobre tudo — falou Beauregard.

Boonie se sentou no sofá perpendicular à poltrona reclinável.

— Me conta — disse ele.

Beauregard passou a mão com cuidado na testa. Ele contou tudo a Boonie. A joalheria, Lazy, a van, Kelvin, tudo até o que tinha acontecido com Darren. Boonie ouviu em silêncio, sem interromper nenhuma vez ou fazer qualquer pergunta. Quando Beauregard terminou de falar, Boonie se levantou, foi até a cozinha e voltou com uma jarra de vidro. Ele desenroscou a tampa, tomou um gole e a colocou na mesa de centro entre eles.

— Sinto muito, Bug. O que você quer que a gente faça? — perguntou Boonie.

Beauregard virou a cabeça e encostou a bochecha que estava inteira na lateral da poltrona. A superfície estava gelada. O ar-condicionado central de Boonie estava fazendo hora extra.

— Sabe, eu costumava me ver como duas pessoas. Às vezes eu era o Bug; outras vezes era o Beauregard. O Beauregard tinha mulher e filhos. Administrava um negócio e ia a peças de teatro da escola. O Bug... bom, o Bug roubava bancos e carros-fortes. Ele entrava em curvas fechadas a 160 quilômetros por hora. O Bug jogou as pessoas que mataram o primo dele em uma trituradora de carros. Eu tentei manter os dois separados, o Beauregard e o Bug. Mas meu pai tinha razão. Não dá pra ser dois tipos de animal. Em algum momento, um dos animais se solta e destrói a loja. Manda a porra toda pro inferno — disse ele.

Ele segurou a jarra e agitou. Quando a colocou na mesa de novo, quase metade do conteúdo tinha ido embora. As lágrimas escorriam pelo canto de seus olhos.

— Atiraram no meu filho, Boonie. Atiraram no meu filho porque o Bug fez merda e o Beauregard não estava lá pra consertar.

— A gente vai consertar, Bug. É só me falar o que você quer que a gente faça — respondeu Boonie.

Beauregard chegou mais para a frente.

— Eu vou consertar. Talvez eu precise de alguns favores.

— Qualquer coisa — disse Boonie.

— Eu estacionei na estrada perto daquela casa antiga na Carver's Lane. Preciso que aquele carro vá pro pátio e seja destruído. Aí vou precisar de um carro emprestado. Não posso andar por aí com a minha caminhonete.

— Tá legal, sem problema. Mas o que a gente vai fazer em relação a essa situação do Ronnie e do Lazy? — perguntou Boonie, a voz cheia de malícia.

Beauregard sorriu. O sorriso não foi muito além dos cantos de sua boca.

— A gente não vai fazer nada. Eu vou encontrar o Ronnie e recuperar a van. Só tem dois lugares onde ele pode estar. Ele não tem como enrolar alguém pra passar toda aquela carga roubada. Pelo jeito que ele passou os diamantes, eu sei que ele tem uma conexão, mas vai levar uns dias pra ele fazer uma negociação. Acho que ele não é tão burro assim pra ficar na casa dele. Então só sobra o País das Maravilhas. Depois que eu recuperar a van, eu vou ligar pro sr. Lazy.

Boonie grunhiu.

— Você não pode encarar esses caras sozinho. Os idiotas lá do País das Maravilhas não são de nada, mas esse Lazy é brabeira.

— Eu já deixei o Kelvin morrer.

— E eu não vou deixar você morrer. Anthony era como um irmão pra mim, mas você se tornou um filho. Não posso deixar você sair por aí sozinho como se você fosse uma merda de um caubói. Sua família precisa de você. Porra, eu preciso de você, seu filho da puta teimoso — disse Boonie.

Beauregard se inclinou para a frente e encarou Boonie nos olhos.

— Eu já era, Boonie. Eu sei o que você acha que a minha família precisa, mas eu vou te falar do que eu preciso. Eu preciso que você faça pelos meus filhos o que fez por mim. Fique ao lado deles. Acho que agora eu entendo por que meu pai foi embora. O Beauregard e o Bug são a mesma pessoa. E essa pessoa não é boa pra uma família.

Boonie tirou o boné e bateu com ele no joelho.

— Para de falar merda. Você é o pai deles. Você é o marido da Kia. Eles precisam de você. Se você for embora, vai cometer o mesmo erro que seu pai — disse Boonie, cuspindo.

Beauregard se levantou. Boonie também, embora tenha demorado um pouco mais para ficar de pé. Ele colocou o boné de novo.

— Se você não quer me ajudar, então vou embora — disse Beauregard.

Boonie cruzou os braços.

— Eu faria qualquer coisa por você. Você sabe disso. Mas eu vi o que a partida do Anthony fez com a sua mãe. O que fez com você. Eu sei que ele achava que estava tomando a decisão certa, assim como você. Mas vocês dois estão errados. Bug, olha ao seu redor. Você é a coisa mais próxima de uma família que eu tenho hoje em dia. Não faz isso — pediu Boonie.

— Essa coisa que tem na gente. Essa coisa que tem em mim. A coisa que tinha no meu pai. É como um câncer. Isso tem que parar em mim, Boonie. A Kia não é como a minha mãe. Eles não vão crescer fodidos da cabeça como eu. O Javon não vai pra detenção. Ele vai se livrar da cadeia alegando legítima defesa. E se o Darren sair dessa... — Beauregard engoliu em seco. — Quando o Darren sair dessa, ele, o irmão e a irmã vão crescer e ir embora de Red Hill. Eles vão pra faculdade, vão se apaixonar, vão ter filhos. Mas a única maneira de isso acontecer é se eu der conta do Ronnie e do Lazy. Agora, se você puder me ajudar, eu agradeço. Se não puder, então saia do caminho. Agradeço por isso também — falou Beauregard.

Boonie respirou fundo pela boca. Seus olhos foram de Beauregard para a parede atrás da poltrona reclinável. Havia ali fotos antigas em molduras baratas. Boonie e a esposa. O primeiro dia no pátio. Ele e Anthony posando ao lado do Mercury Comet 1967 de Boonie. Seu olhar voltou para Beauregard.

— Vamos tirar esse carro daí. Depois podemos lidar direito com o resto — falou Boonie.

— Oi, mãe — disse Beauregard.

Sua mãe tremeu enquanto suas pálpebras estremeciam. Elas se ergueram bem devagar, e Beauregard viu que a mente dela trabalhava enquanto ela se esforçava para se ajustar.

— Você está horrível — disse ela, por fim.

Beauregard deu uma risadinha.

— Eu sei.

— Que horas são?

— Já passa um pouco das nove.

— Deixaram você entrar depois do horário de visita?

— Eu não dei muita opção pro pessoal.

Ella lhe deu um longo olhar de esguelha.

— Qual é o problema? Te falaram que eu só tenho mais uma semana?

— Não. Olha, mãe, lembra aquela vez que a gente colheu todas aquelas amoras atrás do trailer? A gente deve ter pegado alguns quilos. O papai apareceu mais tarde, me trouxe uma versão fajuta de um boneco do G.I. Joe. Acho que se chamava Action Man ou algo assim? Ele foi lá com aquilo e ajudou a gente a colher umas amoras. Aí ele entrou, e você fez aquela torta de frutas. Lembra?

— Devem ter te falado que eu vou morrer em uma hora — disse Ella. Beauregard jogou a cabeça para trás e riu. Ella estremeceu.

— Meu Deus, parece seu pai falando — disse. Beauregard parou de rir.

— Não. Eu só estava pensando. Não era sempre ruim. Sabe, quando estava eu, você e o papai. Aquele dia foi legal. Não era sempre que a gente agia daquele jeito.

— De que jeito?

— Que nem uma família — disse Beauregard.

Ella olhou direto para a frente.

— Você está fugindo, não é?

— Por que está dizendo isso?

— Uma mãe conhece seu filho.

— Não estou fugindo. Só preciso resolver umas coisas.

— Sei. Era o que ele costumava dizer. Aí um dia alguém se resolveu com ele.

Beauregard levantou da cadeira e foi até a cama da mãe. Ele se inclinou por cima da grade e a beijou na testa.

— Você às vezes pode ser pior do que uma cascavel mergulhada em arsênico, mas você é minha mãe e eu te amo — disse ele no ouvido dela. — Eu não espero que você retribua. — Com delicadeza, Beauregard passou a mão na testa dela antes de ir até a porta. Ella o observou sair e se virar no corredor. Ela lambeu os lábios secos.

— Adeus, Bug — sussurrou.

Vinte e nove

Reggie cheirou mais uma carreira. Ele não cheirava pó havia muito tempo. Preferia a onda lânguida e envolvente que um pouquinho de heroína proporcionava. Mas não se pode ter tudo na vida. Ann tinha pó, então ele foi de pó. Assim que a droga atingiu sua corrente sanguínea, ele se lembrou por que não gostava dela. A sensibilidade em cada centímetro de sua pele ficou cem por cento mais potente. Até os fios de seu cabelo pareciam ter ganhado terminações nervosas. Ann pegou o frasco dele e despejou uma linha fina nas costas da mão. Ela cheirou e, na mesma hora, começou a esfregar o nariz vigorosamente.

— Cacete, meu Deus! Essa merda é forte — disse ela.

— Aham — falou Reggie. Seu coração parecia estar praticando sapateado irlandês em seu peito.

— Vem. Vamos fazer alguma coisa. Pó me deixa com tesão.

— O quê, você tá com fome? — perguntou Reggie.

Ann enrugou o nariz e segurou na virilha dele.

— Não, estou com TESÃO. A gente come depois — murmurou ela.

Reggie deixou que Ann o puxasse para cima dela. Enquanto deixava que ela baixasse sua calça, ele ouviu uma comoção vindo da entrada. Isso não era incomum. O País das Maravilhas não passava de uma comoção eterna com intervalos de paz e tranquilidade.

Sempre que Beauregard ia ao País das Maravilhas, ficava maravilhado em como aquele nome tinha pegado. Não podia acreditar que nenhum daqueles zumbis doidões e inatos que viviam lá viesse a entender o conceito de sarcasmo. Para eles, o lugar era mesmo um País das Maravilhas. Beauregard achou que um nome mais apropriado seria "País das Esperanças Perdidas" ou "País das ISTs". Escondido nos confins das colinas de Caroline County na ponta de uma paisagem estranhamente cenográfica, o País das Maravilhas era um tipo de oásis. Um conjunto de quatro casas móveis ligadas entre si formavam um T com duas pernas próximo a um lago pitoresco. O local bucólico e o entretenimento que o País das Maravilhas proporcionava eram conflitantes entre si. Era possível satisfazer uma ampla variedade de vícios nesse lugar. Os mais populares eram antigas preferências: sexo e drogas com uma pitada de álcool barato no meio para completar. Beauregard não se deu o trabalho de ir até a casa de Reggie e Ronnie. Esse último era um merda mentiroso e traidor, mas nem ele era tão burro assim. Ele podia achar que tinha se livrado de Bug, mas sabia que ainda tinha que lidar com Lazy. Não havia possibilidade de Ronnie ter voltado para o trailer deles. Ele ia querer ir para algum lugar onde se sentisse seguro. Um lugar onde pudesse relaxar enquanto tentava desovar a platina. Um lugar onde pudesse comemorar por ter passado a perna em Bug e Lazy.

O País das Maravilhas sem dúvida preenchia esses requisitos.

Uma porção de carros e caminhonetes com suspensão elevada estavam estacionados à direita, mais perto da base de montanha. O carro de Reggie estava parado perto de uma caminhonete com uma bandeira dos confederados na janela traseira. Uma batida *honky-tonk* saía estridente por uma das janelas do monstruoso trailer. Antigamente, um lugar como esse talvez fosse chamado de bar clandestino. Hoje em dia, lugar para injetar talvez fosse uma descrição mais adequada. Beauregard enfiou sua .45 na cintura e pisoteou o musgo e a grama até a perna do T onde alguém havia feito uma porta rudimentar.

Um homem magro estava sentado em um banco perto da entrada, dando goles em um frasco. Ele lançou um olhar severo e demorado para Beauregard.

— E aí, patrão? — cumprimentou ele.

— E aí, Skeet — respondeu Beauregard.

Skeet tomou um golinho do frasco.

— Quanto tempo. Se está procurando o Jimmy, deu azar. Ele foi pego. Está cumprindo dois anos em Coldwater por posse de drogas pra revender — disse Skeet.

— Não, não estou procurando o Jimmy.

Um homem baixo e largo com um boné de beisebol com a bandeira dos confederados e uma cara cheia de marcas que parecia uma estrada de cascalho veio andando num passo lento até a porta. Ele segurava um copo de plástico vermelho cheio de bebida destilada. Beauregard assimilou o ambiente. A primeira casa funcionava como um bar e área de lazer. Uma bela mulher de cabelos negros chamada Sam estava atrás do balcão do bar, feito de uma velha chapa de compensado e alguns engradados plásticos de leite. Perto do bar, havia cinco ou seis pufes esfarrapados. Algumas pessoas estavam estiradas neles como bonecos. O resto dos frequentadores assíduos estava sentado ao redor de duas mesas de plástico diferentes. Um hipster usando short cáqui e sandálias conversava com Sam perto do bar. Ninguém dava atenção à jovem nua que dançava em um palco feito com a antiga mesa da cantina de uma escola. Um letreiro néon da Coors estava pendurado na parede atrás dela, conferindo à pele da jovem um brilho avermelhado diabólico. O resto das luzes iluminava apenas o suficiente para que fosse possível encontrar seu cristal de metanfetamina caso o deixasse cair. Um cheiro pungente dominava o ar. Era uma mistura potente de maconha, uísque e odor corporal.

— A Sam está cuidando de tudo agora?

— Dá pra dizer que sim. Bom, ela é irmã dele.

— E está dando certo?

Skeet deu de ombros.

— Tranquilo. A maioria das pessoas continua agindo como se o Jimmy ainda estivesse aqui.

— Aham. Olha, Skeet, cadê o Ronnie e o Reggie? Eu vi o carro do Reggie lá fora.

Os olhos castanhos e úmidos de Skeet deram uma olhada rápida da esquerda para a direita. Ele hesitou antes de responder.

— Bom, o Ronnie saiu tem um tempo. O Reggie tá lá no fundo.

— Valeu.

— O que é que você quer, rapaz? — disse o homem com o boné dos confederados. As palavras foram ditas de soslaio.

— Nada — respondeu Beauregard.

Ele passou pelo homem. Boné dos Confederados agarrou seu braço. Beauregard olhou para a mão em seu braço em vez de olhar para o dono dela.

— A gente não pode ter um lugar sem que vocês fiquem se metendo? Porra, vocês já dominaram até a Casa Branca — disse Boné dos Confederados.

— Se você não tirar sua mão de mim, eu vou fazer você comer ela — avisou Beauregard.

— Bobby, cai fora — disse Skeet.

Ele pulou do banco e tirou a mão de Bobby do braço de Beauregard. O sujeito murmurou mais alguma coisa, mas Beauregard o ignorou. Ele se embrenhou pela primeira cassa até chegar à junção do T.

Esquerda ou direita? Beauregard concluiu que não importava. Ele tinha que estar em um daqueles quartos ali nos fundos. Jimmy Spruill alugava quartos por hora na parte de cima do T. Só para o caso de alguém querer ficar doidão com privacidade ao lado da sua alma gêmea da noite. Na parte dos fundos, o País das Maravilhas abrira mão de fingir qualquer civilidade. As quatro construções ligadas ponta com ponta eram uma espécie de Tártaro enfumaçado, lotado de brasas quase apagadas e agulhas usadas. Ninguém desviava os olhos do cinto que estava amarrando para dar pela presença dele passando por ali. A configuração dos quartos mudava de uma casa para a seguinte. Às vezes, eles ficavam à direita e então passavam para a esquerda. Nenhum deles tinha porta. Em seu lugar, havia cortinas de contas ou lençóis pendurados em hastes ajustáveis. Quando Beauregard espiava, não era repreendido. Algumas vezes, até foi convidado para participar da festa.

Reggie estava no último quarto da última casa. Sua bunda branca e pálida bombeava para cima e para baixo sobre a grandalhona que estivera no trailer dele algumas semanas antes. Sua calça estava amontoada ao redor dos tornozelos. A mulher abriu os olhos e encarou Beauregard por cima do ombro de Reggie.

— Amor — guinchou ela.

— Tô... quase — arfou Reggie.

— Amor, tem gente aqui! — gritou ela.

Reggie parou no meio do ato. Beauregard entrou no quarto e pegou Reggie no ar. Ele o tirou de cima da mulher e enfiou a cara dele direto na parede. Quando puxou sua cabeça para trás, jorrava sangue do nariz e do queixo dele. Beauregard bateu de novo com a cara de Reggie na parede, que ficou marcada com uma pintura de Jackson Pollock feita de sangue.

— Ei, Reggie, veste as calças. A gente tem que conversar — disse Beauregard.

Reggie puxou as calças para cima enquanto Beauregard segurava uma mecha de seu cabelo. Depois que Reggie cobriu a bunda magra, Beauregard o arrastou pelo quarto. A mulher grande lutava para se levantar da cama. Seus seios avantajados se esparramavam por cima de sua barriga como se fosse uma avalanche.

— Deixa ele! — gritou ela.

Beauregard a ignorou e arrastou Reggie pelo corredor. Reggie tentava se agarrar às paredes, mas não encontrava nenhum ponto de apoio. Ann, enfim, conseguiu se levantar e vestiu uma camisa. Ela caminhava gingando o mais rápido que podia atrás de Beauregard e Reggie. Quando Beauregard chegou à área de lazer, Skeet desceu do banco do bar.

— Ei, Bug, que porra é essa? — perguntou ele.

Bobby pulou de seu pufe e se atirou na direção de Beauregard e Reggie. Beauregard pensou que ele estava atrás de briga desde que vira um rosto marrom entrar pela porta. Quando Bobby se lançou na direção deles, Beauregard puxou a .45 da cintura. Ele a virou para segurá-la pelo cano e deu com a coronha na boca e no queixo de Bobby. Seu boné dos confederados voou quando a cabeça dele ricocheteou para trás. Beauregard puxou Reggie de lado quando Bobby caiu em uma das mesas de plástico. Bebidas voaram por todos os lados quando a mesa desabou sob o peso do sujeito. Beauregard se virou com a .45. Cruzou o salão dando o assunto por encerrado.

— Peguem ele! — berrou Ann.

— Eu vou levar esse cara daqui. Se alguém tiver algum problema com isso, é só falar — disse Beauregard.

Ninguém falou nada. Beauregard saiu pela porta com Reggie, que estava sem camisa e chorando.

— Vocês vão ficar todos sentados aí? Que belos amigos! — guinchou Ann.

Sam colocou em uma jarra menor um pouco de uma bebida clandestina que estava em um jarro grande de plástico e a entregou para o hipster.

— Não dá pra discutir com uma .45 — disse ela com sua voz rouca.

Os homens que estavam sentados à mesa que tinha desabado zanzaram para o bar. As conversas que haviam sido silenciadas voltaram ao volume normal. A garota no palco descera, e outra, mais magra, assumiu seu lugar. Skeet e outros homens ajudaram a levantar Bobby e lhe deram umas toalhas de papel para limpar a boca cheia de sangue. Depois de alguns minutos, era como se nada tivesse acontecido. E, para todos os efeitos, não tinha mesmo.

Beauregard virou na Route 301 e andou pelas estradas secundárias estreitas que saíam de Caroline County e voltavam para Red Hill. Ele andava próximo à linha branca enquanto dirigia pela pista de uma faixa disfarçada de rodovia de duas pistas. Reggie estava no banco do passageiro com o rosto pressionado contra o vidro. Nem ele nem Beauregard falavam. Não havia nada a ser dito.

Beauregard virou em uma estrada de cascalho. Eles passaram por uma torre de sinal de celular rodeada por cercas de arame novas e reluzentes que tremeluziam sob os faróis da caminhonete. Beauregard saiu da estrada de cascalho e pegou uma estrada estreita, coberta por um asfalto todo rachado. Ela levava a uma clareira onde ficavam as ruínas de uma antiga fábrica, como se fosse uma imitação de Stonehenge.

— Desce. Não corre. Eu vou atirar nas suas costas — avisou Beauregard.

Reggie desceu do caminhão de reboque. Assim que seus pés tocaram no chão, saiu correndo. Ele foi na direção dos bosques que rodeavam a clareira. Beauregard atirou para cima, e Reggie se jogou no chão. A ponta da grama afiada arranhou seu peito. Reggie sentiu uma mão agarrá-lo pelo cabelo e o puxar para ficar de pé. Ele se deixou ser arrastado de volta até o reboque. Beauregard o empurrou contra a porta do passageiro. Eles se encararam por um momento.

Beauregard deu um soco no estômago de Reggie, que se curvou e caiu de joelhos. Ele fez um barulho úmido de engasgo. Beauregard achou que o sujeito ia vomitar, mas ele não vomitou. Reggie soltou mais ruídos de engasgo e então ergueu a cabeça. Beauregard se agachou para que eles se olhassem na mesma altura.

— Eu vou perguntar só uma vez. Cadê o Ronnie?

— Eu não sabia. Eu não sabia de nada. Eu nunca teria concordado com aquilo — chiou Reggie.

Beauregard pôs a .45 no cós da calça na altura da lombar. Ele pegou a mão esquerda de Reggie com a sua esquerda. Usando a direita, abriu a porta do passageiro. Quando Reggie entendeu o que ele estava fazendo, já era tarde demais para se defender.

Beauregard segurou o pulso de Reggie e forçou a mão dele contra o batente. Ele bateu a porta na mão de Reggie.

A boca do sujeito se encheu de bile quente e ardida e dessa vez ele vomitou mesmo. O vômito escorreu por entre os dentes frouxos e pelo queixo. Ele gritou e bateu os pés. Ele engoliu um pouco de vômito e então pôs tudo para fora de novo.

— Cadê ele, Reggie? — perguntou Beauregard.

Uma leve brisa balançou a grama da clareira. As pontas afiadas ondularam como ondas em uma lagoa.

— Eu... não... sei... — respondeu Reggie.

Beauregard abriu a porta e a bateu mais uma vez na mão de Reggie. O homem jogou a cabeça para trás e uivou. Seus olhos estavam do tamanho de moedas.

— Não... não me obriga a contar. Ele é meu irmão. Não me obriga a contar. Você vai matar ele se eu contar — disse Reggie, chorando. Lágrimas grandes rolavam por seu rosto, deixando rastros pelo sangue no queixo.

— Eu vou te matar se você não me contar. Eles foram até a minha casa, Reggie. Atiraram no meu filho. Tudo porque o Ronnie não podia seguir o plano. Eu não quero te machucar mais, Reggie, mas eu vou. E não vou parar até você me contar onde ele está. Se você desmaiar, eu te acordo. Depois que essa mão ficar dormente, eu vou usar a outra. Depois vou usar seus pés e depois o seu pau. Eu vou alimentar esse caminhão com cada pedaço do seu corpo — avisou Beauregard.

— Eu sinto muito mesmo. Eu não sabia o que ele ia fazer.

— Eu sei que você sente, Reggie. Eu sei. Cadê o Ronnie?

O pomo de adão de Reggie subia e descia como uma isca de peixe.

Beauregard abriu a porta.

— Espera! — implorou Reggie.

— Eu não tenho tempo pra esperar, Reggie.

— Por favor. Ele é meu irmão.

— E o Darren é meu filho.

Nenhum dos dois disse mais nada. Os segundos iam passando, e um cachorro uivou ao longe.

Reggie abaixou a cabeça.

— Ele foi pra Curran County. Do outro lado das colinas daqui. Está na casa de alguma garota chamada Amber Butler. Acho que ela mora na Durant Road. Eu não sei o que ele fez com a van.

Beauregard se levantou.

— Beleza. Beleza — disse ele, em um tom robótico.

Reggie ergueu a cabeça para ele. Seus olhos estavam vermelhos e cheios de lágrimas.

— Estou com medo, Bug.

Beauregard puxou a .45.

— Não tem porque ter medo, Reggie. Só fecha os olhos.

Beauregard voltou ao pátio do ferro-velho pouco antes do amanhecer. Um saco de lona azul grande estava na parte de trás do caminhão de reboque. O escritório estava trancado, mas Bug sabia que Boonie guardava uma chave extra em um velho Pontiac perto do prédio principal. Depois que pegou a chave, ele entrou e pegou outra chave na estante à esquerda da mesa de Boonie. Ele foi lá fora e pegou o saco de lona grande na parte de trás do reboque. Beauregard o ergueu nos ombros com um gemido profundo. Ele saiu pelos fundos do escritório com passos pesados e foi até um Chevrolet Cavalier destruído. Usou uma das mãos para destravar o porta-malas com a chave que ele tinha pegado na estante. Ele jogou o saco de lona azul lá dentro e bateu a tampa. Depois, voltou para o escritório e trancou a porta. Pegou seu telefone na mesa de Boonie a caminho do sofá. Tinha uma mensagem de texto. Era de Jean, não de Kia.

Darren saiu da cirurgia. Eles tiraram a bala. Situação ainda delicada.

Beauregard desabou no sofá. Ele apertou o telefone contra a testa. Darren finalmente tinha saído da cirurgia. Darren, que amava rir do disparate que eram os palavrões. Eles tinham tirado uma bala do seu garotinho. Os olhos de Beauregard começaram a arder. Ele enterrou o rosto nas mãos. Tristeza e culpa cercavam seu coração como urubus. Ele enxugou os olhos e afastou aqueles sentimentos.

Eles podiam ficar com o coração dele quando isso tudo acabasse.

Trinta

Ronnie se curvou e acendeu o cigarro na boca do fogão de Amber. Inalou profundamente e deixou a fumaça encher seus pulmões. O câncer nunca tivera um gosto tão bom. Ele foi até a janela e abaixou a veneziana. Nada. Só escuridão. Ele deixou a fumaça em seus pulmões ondularem por suas narinas. Amber tinha acabado de sair para assumir seu turno no hospital. Ele pedira que ela pegasse alguns comprimidos de oxicodona para ele, mas ela empalidecera com o pedido.

— Ronnie, eu não faço mais isso. Tenho meu registro de enfermeira agora. Não posso fazer merda com isso.

— Saco, então me dá uma aspirina extraforte. Eu preciso de alguma coisa — falou ele.

Ronnie aceitaria qualquer coisa. Seus nervos estavam mais do que à flor da pele. Tinha tentado falar com Reggie o dia todo e não conseguira. O telefone dele não estava caindo nem na caixa postal. Só tocava algumas vezes e desligava. Ele deu mais um trago e deixou a fumaça fluir por suas narinas e pela boca. Lazy tinha ligado tanto para o celular descartável que ele finalmente tinha ficado sem crédito.

Ronnie bateu as cinzas do cigarro na pia. Amber tinha a própria casa móvel no fim de uma estrada comprida, assim como Reggie. A estrada era margeada de um lado por um milharal e do outro, por um pequeno e esparso bosque de nogueiras. Era difícil alguém pegá-lo de surpresa ali. Não que alguém soubesse onde ele estava. A menos que tivessem pegado Reggie. Mas Lazy não sabia nada sobre o País das Maravilhas. Pelo menos, Ronnie achava que não. Ele deu mais um trago. Talvez tivesse que ir até lá, pegar

Reggie e ir embora para a Costa Oeste. Não tinha nada ali na Virgínia para eles. Não mais. Ele não podia nem...

Lá fora, no escuro, um motor vinha acelerando. Ronnie foi até a janela outra vez e não viu nenhum farol. Ele correu até sua mochila e pegou sua arma. Ele apagou o cigarro no piso de linóleo e desligou todas as luzes. Com a respiração pesada, ele espiou pela veneziana. O motor estava se aproximando. Ronnie quase podia sentir sua vibração conforme ele ia acelerando cada vez mais. Ronnie sugou os dentes. Será que conseguia chegar até o Mustang? Eram pelo menos dez passos da porta da frente até o carro. Ele lambeu os lábios. O motor parou de acelerar e tinha se tornado um lamento agudo e metálico. Ronnie abriu uma fresta na veneziana.

— Puta merda! — gritou ele e correu para a porta dos fundos.

Um caminhão de reboque estava indo a toda na direção da casa móvel com os faróis dianteiros apagados. Ronnie estava correndo para a cozinha quando o caminhão bateu no trailer. A parede da frente implodiu, enchendo o interior do lugar de vidro, metal e madeira. O ronco do motor tomava conta de toda a estrutura. O impacto arremessou Ronnie contra a geladeira. Ele bateu no puxador da porta com o lado direito do corpo, como se tivesse levado um soco no rim. Ele se desvencilhou da geladeira e correu para a porta dos fundos.

Ronnie a abriu com um chute e desceu os degraus de madeira bambos, dois de cada vez. Estava quase no chão quando alguém segurou a porta e a bateu na cara dele. Ele perdeu o equilíbrio e caiu. A arma escapou de sua mão e desapareceu na escuridão da parte debaixo do trailer. Ronnie rolou de costas e usou os dois pés para chutar a porta de volta na direção de quem a tinha fechado.

A porta voltou em cheio no rosto de Beauregard. Ele sentiu algo em seu nariz soltar. Sangue e catarro escorreram de suas narinas pelo seu rosto. Ele engoliu um pedaço de seu incisivo. Beauregard cambaleou para trás e aterrissou de costas na parede de trás da casa móvel. Ele a empurrou e deu a volta na porta vaivém com a .45 abrindo caminho. Ele teve um vislumbre da silhueta de Ronnie correndo em direção ao milharal perto dali. Beauregard deu a volta correndo até a parte da frente do trailer. Quando chegou ao caminhão, tirou o pé de cabra que tinha usado como trava entre o painel e o acelerador, mantendo-o acionado. Pulou para dentro e engatou a ré. Ao sair com o caminhão, acendeu os faróis dianteiros e as luzes traseiras. Só o farol do lado do passageiro iluminava a escuridão. O outro devia ter quebrado com o impacto. Um teria que bastar. Ele engatou a primeira e pisou no acelerador.

Ronnie estava deixando um rastro no meio do milharal seco que qualquer pessoa conseguiria seguir. O farol produzia sombras vivas enquanto o caminhão quicava de fileira em fileira. Ronnie corria bem à frente, deixando caules partidos para trás. Beauregard engatou a segunda e encurtou a distância. Ronnie devia ter percebido que era inútil continuar correndo em linha reta tentando superar a velocidade de um caminhão. Ele cortou para a direita. Beauregard imaginou que ele estava indo na direção da estrada principal. Talvez para atravessá-la e correr para a mata. Ou talvez ele só estivesse fugindo sem ter a menor ideia de para onde estava indo. O pavor tinha um jeito único de transformar homens espertos em burros.

Em vez de virar o volante para a direita, Beauregard pisou no freio e virou para a esquerda. A traseira do caminhão ricocheteou pelas fileiras como uma pedra na água. Ronnie viu uma onda de terra e pés de milho voando em sua direção um segundo antes de a parte de trás do caminhão atingi-lo e mandá-lo pelos ares como uma bola de softbol.

Beauregard sentiu o veículo fazer contato com o corpo de Ronnie. Foi como atingir um bode de um tamanho considerável. Ele colocou o caminhão em ponto morto, desligou o motor, pegou a arma e desceu. Ao lado do veículo, ele ouvia gemidos à esquerda. Beauregard andou por entre os caules frágeis e secos que estavam quase virando pó pela falta de chuva das últimas semanas.

Ronnie estava deitado de costas com as pernas retorcidas em um ângulo estranho. Mesmo no escuro, Beauregard via que o jeans dele estava manchado. Fluídos vazavam de Ronnie Sessions com uma rapidez alarmante. Ele tentava recuar, mas seus braços não lhe obedeciam direito. Beauregard deixou a arma pender ao seu lado. Ele limpou o nariz com as costas da mão livre. Seu próprio sangue parecia óleo em sua pele.

— Ai, meu Deus, Bug, eu fiz merda. Eu sei. Eu sinto muito. Eu acho que quebrei minhas pernas — falou Ronnie. Seu cavanhaque grisalho agora estava manchado de vermelho-escuro pelo sangue que escorria de sua boca.

— Não, você não quebrou. Eu quebrei suas pernas. E você não sente muito. Você só sente muito que eu te achei — falou Beauregard.

Ronnie ofegava, respirando fundo diversas vezes.

— Eu sinto mesmo, Bug. Pelo serviço, pelo Kelvin, por tudo.

Beauregard pisou na canela de Ronnie e largou todo seu peso sobre o osso quebrado. Ronnie soltou um som estranho. Ficava entre um grito e um gemido estrangulado.

— Você não tem o direito de falar o nome dele. Você sente muito pelo meu filho também? Eles foram até a minha casa, Ronnie. Meu garotinho está numa cama de hospital lutando pela vida. Você sente muito por isso também? — perguntou Beauregard. Os olhos de Ronnie reviraram nas órbitas e depois se focaram em Beauregard. Ele se ajoelhou ao lado do corpo de Ronnie. — Você não podia só seguir a porra do plano, não é?

— Eu não podia voltar a ser um lixo branco pobre, Bug. Eu podia aguentar ser um lixo. Só não podia aguentar ser pobre de novo — respondeu Ronnie.

Beauregard balançou a cabeça devagar.

— Cadê a van, Ronnie?

Um pensamento se infiltrou por entre a névoa de dor que embaçava a mente de Ronnie.

— Você encontrou o Reggie, não é? Você matou ele, Bug? Ele não sabia o que eu ia fazer. Você matou meu irmão, Bug? — perguntou Ronnie.

Beauregard não falou nada. Ronnie só conseguia ouvir a própria respiração difícil. Ele piscou com força três ou quatro vezes. As lágrimas escorriam pelo canto dos olhos e fluíam pelos pés de galinha.

— A van, Ronnie.

— Ei, Bug. Vai se foder.

Beauregard deu um tiro no joelho esquerdo de Ronnie. O sujeito abriu a boca em um ricto de agonia. Beauregard se levantou.

— Esse foi pelo Kelvin.

Beauregard atirou no outro joelho de Ronnie. O sujeito vomitou, se engasgou com o vômito e tornou a vomitar. Beauregard empurrou a cabeça de Ronnie para a esquerda com seu pé para liberar suas vias aéreas. Não queria que ele desmaiasse.

— Esse foi pelo Darren — disse Beauregard. — Vou perguntar de novo. Cadê a van, Ronnie?

Ronnie virou o pescoço para encontrar o olhar de Beauregard.

— Por que eu te contaria, Bug? Você não vai me matar? — falou ele com uma voz estridente.

— Eu posso te machucar muito mais antes disso — respondeu Beauregard.

Ronnie fechou os olhos. Beauregard via um movimento por trás das pálpebras como se ele tivesse entrado em um estágio de sono REM. O tempo foi passando enquanto Beauregard esperava pela resposta.

— Não tenho tempo pra isso, Ronnie — disse ele.

Beauregard pisou no joelho direito de Ronnie e enfiou o calcanhar no ferimento da bala logo acima da patela. Ronnie ganiu e se sentou ereto como se fosse um vampiro em um caixão. Ele arranhou as coxas de Beauregard, que lhe deu uma joelhada no rosto. Ronnie caiu de costas na terra com os braços esticados. Ele tocou com a ponta dos dedos alguns caules de milho que tinham caído. Quando ele abriu os olhos, Beauregard viu que não sobrava nele mais nenhuma vontade de lutar.

— Está na casa antiga do meu avô. Crab Thicket Road. É do banco, mas ninguém quer morar naquela porra no meio do nada — chiou Ronnie. — Meu Deus, que mundo fodido, não é, Bug? — balbuciou ele. Agora o sangue fluía livremente por sua boca.

Beauregard virou a cabeça e cuspiu uma bola de sangue e saliva. Ele pôs o pé no peito de Ronnie e mirou em sua cabeça.

— O mundo está bem, Ronnie. A gente é que é fodido — disse ele.

Beauregard voltou para o pátio do ferro-velho por volta de meia-noite. A caminhonete de Boonie ainda estava lá quando ele parou no escritório. Boonie foi ao encontro dele enquanto ele descia do reboque e parou na frente da porta do escritório com as mãos nos quadris quando Beauregard puxou um saco de lona verde do caminhão. O saco caiu no chão com um baque alto.

— Descobriu onde está a van? — perguntou Boonie.

— Descobri — respondeu Beauregard.

Boonie suspirou e puxou o boné.

— A gente pode colocar ele junto com o irmão no Cavalier. Em uma hora, eles não vão ser nada além de um grande peso de papel — falou Boonie. Ele estreitou os olhos e estudou o rosto de Beauregard. Ele acenou para o farol quebrado e os caules presos no para-choque. — Parece que ele não se entregou com facilidade.

Beauregard se viu de soslaio pela janela do motorista.

— Melhor assim — respondeu.

Trinta e um

— São 87,50 dólares, senhora — disse Lazy. Ele deslizou dois pacotes de Marlboro vermelho pelo balcão. A velha colocou a bolsa com seu tanque de oxigênio em cima do balcão e puxou uma nota de cem do bolso de sua calça de poliéster amarela, entregando-a para Lazy. Enquanto contava o troco, ele ouviu um assobio estridente ecoando em seu escritório. Lazy entregou o troco para a sra. Jackson e foi até sua sala.

O celular descartável estava tocando e vibrando em sua mesa.

— Alô?

— Você quer a platina? Está comigo. Você vem até aqui. Só você, o garoto das cicatrizes e alguém pra dirigir a van. Já passa das duas da tarde. Acho que vocês conseguem chegar aqui até as cinco. Depois disso, eu vou mandar essa merda toda pra dentro de um lago — disse uma voz.

— É o desaparecido sr. Beauregard? Achei que esse telefone estivesse com o Ronnie.

— Ele não precisa mais dele. Eu vou te mandar o endereço por mensagem — disse Beauregard.

Lazy deu uma risada.

— Beau, acho que você não entendeu como isso funciona. Você não me dá ordens. Você não me diz aonde ir ou o que fazer. Eu é que mando, filho. Se eu mandar me trazer a van, você traz a porra da van. Se eu mandar você comer um sanduíche de merda, você vai comer a porra do sanduíche de merda e vai pedir um copo de mijo pra ajudar a descer. É assim que as coisas funcionam por aqui — disse ele. Lazy ouviu Beauregard respirando do outro lado da linha.

— Eu acho que você não está entendendo. Você precisa disso mais do que eu. E, pode acreditar, Lazy, você não vai querer que eu vá até aí. Você mandou gente na minha casa. Ameaçaram minha mulher. Atiraram no meu filho. A gente se encontra num lugar neutro e aí ficamos quites nessa parada. Se eu for aí, eu provavelmente vou matar todo mundo que aparecer na minha frente. Vai querer o endereço ou não? — falou Beauregard.

Lazy apertou o telefone.

— Tá. Manda aí, rapaz. A gente vai ter uma conversinha quando eu te encontrar — disse ele.

— Cinco horas — falou Beauregard. A linha ficou muda.

Lazy viu uma rachadura estreita surgir na tela do telefone quando ele o apertou com força.

Beauregard fechou o celular de flip e o colocou na mesa de Boonie.

— Ele vai? — perguntou Boonie.

— Ele não tem escolha. O Shade está detonando ele. Ele já perdeu a joalheria. Ele precisa disso.

— Você acha que vai dar certo? — perguntou Boonie. Beauregard esfregou as mãos largas nas coxas. Suas pernas ainda estavam doloridas por causa da queda. A dor o fez se contrair, mas também o fez se sentir impiedoso.

— Preciso fazer dar certo — disse ele.

Beauregard se levantou da cadeira. Boonie se ergueu também e saiu de trás de sua mesa, parando na frente de Beau. Um segundo se passou, depois mais um e outro. O momento se estendeu até arrebentar sob o peso da própria tensão. Boonie jogou os braços ao redor do homem mais alto e o apertou com força. Beauregard o abraçou forte também.

— Está tudo bem. Vai ficar tudo bem — disse Boonie.

— Não importa o que aconteça, garanta que Kia, Ariel e os meninos recebam o que eu deixei pra eles — murmurou Beauregard para Boonie ao pé do ouvido.

— Não se preocupa com isso. Vai tratar dos seus assuntos, garoto — disse Boonie.

Ele soltou Beauregard, deu um passo atrás e esfregou os olhos. Beauregard assentiu e foi até a porta. Ele a abriu e parou um instante. O sol da tarde criou uma sombra comprida ao redor dele.

— Eu amava meu pai. Mas você foi um pai melhor pra mim do que ele jamais teria sido — disse Beauregard. Ele saiu pela porta e a fechou.

Depois de sair do escritório de Boonie, Beauregard foi ao hospital. Ele foi direto até a ala da UTI. Uma enfermeira alta e muito magra com um cabelo castanho preso em um coque bem apertado estava na enfermaria.

— Com licença, em qual quarto está o Darren Montage? — perguntou ele.

A enfermeira ergueu os olhos de sua prancheta. Seus olhos verde-claros eram severos.

— Apenas a família direta pode vê-lo, senhor.

— Eu... Eu sou o pai dele.

— Ah, entendo. Ele está no quarto 245. Ele só pode receber visitas por 15 minutos — disse ela, voltando para sua prancheta.

Beauregard entrou no quarto como se o chão fosse feito de lava. O cheiro forte de antisséptico do hospital era ainda mais concentrado na UTI. Era como se a área toda tivesse sido mergulhada em desinfetante.

Darren estava deitado de costas no meio da cama. A cabeceira tinha sido ligeiramente elevada, fazendo com que as luzes de cima iluminassem seu rosto. Isso deixava o menino com uma aparência sobrenatural. Beauregard sabia que ele era pequeno. Na última vez que tinham levado o filho ao médico para um check-up, disseram que ele era um pouco menor do que a média para sua idade. No meio da cama do hospital, ligado a tubos e máquinas, ele parecia sem dúvida minúsculo, como um de seus bonecos. Beauregard chegou perto da cama. Ele pegou a mãozinha pequena do filho. Estava fria. As máquinas bipavam e sibilavam como se fossem uma geringonça de Rube Goldberg.

— Eu nunca quis nada disso pra você. Ou pro seu irmão ou pra sua irmã. Mas eu trouxe isso até você. Outra pessoa pode ter puxado o gatilho, mas fui eu que fiz isso. Eu tenho que assumir. Espero que um dia você saiba como eu sinto muito. Não importa o que aconteça hoje, acho que nunca mais vou te ver de novo, Fedido. Então eu queria te dizer que te amo. Um pai que ama de verdade os filhos não deixa que nada machuque eles. Não coloca os filhos em perigo. Não de propósito. Ele não é um bandido ou um gângster. Demorei muito tempo pra perceber isso — disse Beauregard.

Ele se inclinou por cima da guarda da cama e beijou Darren na testa.

— Eu nunca mais vou machucar vocês de novo — disse ele.

Ariel experimentava óculos de sol quando seu telefone tocou. Ela olhou a tela, não reconheceu o número e desligou. Ele tocou de novo alguns segundos depois. Era o mesmo número. Ela resmungou e atendeu dessa vez.

— Alô?

— Oi — disse Beauregard.

— Oi. Trocou de número? — perguntou ela.

— Sim. O que está fazendo?

— Eu e Rip estamos no shopping. E aí?

— Hum, nada de mais. Você não está gastando aquele dinheiro, está? — perguntou Beauregard.

— Não. Eu e Rip só estamos passeando. A gente caiu fora.

— Ah. Bom, eu só queria te falar uma coisa.

— Falar o quê?

Beauregard abanou uma mosca na frente do rosto. A van não tinha mais ar-condicionado, então ele abrira as duas janelas.

— Eu te amo.

Beauregard ouviu a algazarra indiscernível de vozes sem corpo pelo telefone. Os destroços sonoros de um grande shopping americano. A cacofonia de centenas de passos. Tudo, menos a voz de sua filha.

— Eu... Eu também te amo, pai — disse ela, enfim.

— Preciso ir, meu amor — falou Beauregard.

— Tá bom — disse Ariel.

A linha ficou muda.

Beauregard guardou o telefone no bolso. Ele desceu da van aninhando na dobra do braço uma espingarda de cano duplo. Nuvens fofas passavam pelo céu, escondendo o sol de fim de tarde. Ele andou até a frente da van e se recostou no capô enquanto observava um carro preto comprido vir correndo pela Crab Thicket Road.

Trinta e dois

O Caddy parou a pouco mais de quatro metros de Beauregard. Sob o sol poente, ele ficou em ponto morto como uma besta predatória rosnando para sua presa. A porta do passageiro se abriu, e Billy desceu. As duas portas de trás se abriram em seguida. Lazy e um homem que Beauregard não reconheceu desceram e ficaram ao lado do carro. Lazy usava uma camisa polo marrom-claro e calça branca. Parecia que uma criatura silvestre tinha feito um ninho em seu cabelo desgrenhado. Ele sorria mostrando os dentes para Beauregard e começou a andar para a frente, mas Beauregard apontou a espingarda.

— Essa distância está boa — disse.

— Bom, aqui estamos, Bug. Era pra isso ser um confronto? Como em...

Beauregard o interrompeu.

— Não. Não é. É apenas eu te dando o que é seu e você deixando minha família e eu em paz.

Lazy lambeu os lábios.

— Onde estão o Ronnie e o Reggie? — perguntou ele.

— Em nenhum lugar com que você precise se preocupar — respondeu Beauregard.

— Veja bem, se é assim que você trata seus parceiros, como é que eu posso confiar em você? Como é que eu vou saber que você não substituiu toda a platina por placas de alumínio? — perguntou Lazy.

— Vem olhar. É só andar devagar — disse Beauregard.

— Vai olhar, Burning Man. Vai ver se vai todo mundo voltar pra casa feliz — falou Lazy.

Beauregard manteve a espingarda apontada para Billy enquanto ele mesmo andava de costas. Billy o seguiu a uma distância relativamente segura até que os dois chegaram até a porta traseira da van. Beauregard fez um gesto na direção da van com a espingarda. Billy segurou na maçaneta, depois olhou para Beauregard, cujo rosto marrom sagaz era indecifrável. Billy abriu a porta enquanto pulava para trás ao mesmo tempo.

— Não dá pra me culpar por estar apreensivo — disse ele.

Beauregard não tomou conhecimento. Billy enfiou a cabeça pela porta que balançava. Lá, na parte de trás da van, havia um palete de espirais de metal com cinco ou seis níveis de altura. Billy fechou a porta e voltou para o Caddy. Beauregard o seguiu, ouvindo seus passos esmagando a grama ressecada e morta. O suor escorria por seu rosto, mas ele não ousava secar os olhos.

— Bom, e aí, Burning Man? — perguntou Lazy.

— Estão lá dentro — respondeu ele.

— As chaves estão na van — falou Beauregard e começou a se afastar.

— Espera aí. Eu não posso colocar um membro da minha família ali dentro só com a sua palavra — disse Lazy.

— Do que você tá falando? — perguntou Beauregard.

— Estou falando por que é que você não liga a van pra gente? Pra garantir que isso não é igual ao começo de Cassino — falou Lazy.

Beauregard não se mexeu.

— Ou você colocou uma surpresinha pra gente aí dentro, Beauregard? — perguntou Lazy. Alguns corvos crocitaram ao passar voando mais acima. As nuvens se abriram e agora a fúria total do sol caía sobre eles.

— Beleza — disse Beauregard.

Ele passou uma das mãos pela janela do motorista e deu partida no motor, que ganhou vida engasgando e estalando, mas finalmente pegou e ligou. Ele ficou em ponto morto com um ruído tão áspero quanto um polidor de pedra.

— Porra, ela vai chegar até a estrada? — perguntou Billy.

— Ela vai andar numa boa — respondeu Beauregard.

— Então beleza. Sal, entra aí e segue a gente até em casa — mandou Lazy.

Beauregard andou para trás e para a esquerda. O homem que Beau não reconhecia usava uma regata mais cavada e jeans azul que era pelo menos um número menor que ele. O sujeito subiu na van.

— Tem ar-condicionado? — perguntou em uma voz estridente e esganiçada.

— Não — respondeu Beauregard.

Lazy o avaliou com as mãos nos quadris.

— Você sabe que isso ainda não acabou, né? A gente vai te ver em breve, filho — falou Lazy e piscou para Beauregard.

— Se quiser vir atrás de mim, pode vir. Isso... — ele assentiu na direção da van — é pra você deixar minha família fora dessa parada. O que a gente tem é problema seu e meu. Não se preocupa, eu vou estar por perto. Mas acho que você vai ficar ocupado com o sr. Shade e o pessoal dele por um tempo — disse Beauregard.

— Talvez sim. Mas não se preocupe, a gente não vai esquecer você — falou Lazy.

Ele entrou de novo no carro. Billy usou o polegar e o indicador para simular um tiro na direção de Beauregard enquanto ele sentava no banco do passageiro. O motorista engatou a marcha. Ele saiu por cima de uma moita de madressilvas, virou e tomou a direção da estrada. Sal os seguiu. Eles passaram pelos arbustos e por cima dos buracos com a lentidão de um caracol.

Lazy pegou seu telefone.

— Quando ele for embora, vai atrás. Aí pega ele e traz ele e a família pra mim na loja. A gente vai fazer isso rolar por um fim de semana prolongado. Não dá mole perto desse rapaz. Já chega lá atirando. Não deixa ele ganhar vantagem pra cima de você — disse Lazy. Ele encerrou a ligação e pôs o telefone de volta no bolso.

— Você quer que a gente dê cobertura pra eles? — perguntou Billy.

— Não. A gente tem que levar essa van de volta. Preciso pagar umas contas e quero você comigo — respondeu Lazy.

— Tem certeza de que eles conseguem resolver isso?

— É melhor que sim — falou Lazy.

Ele se recostou e observou os cedros que margeavam a estrada. Billy ligou o rádio. Ele continuou girando o dial até encontrar uma música country. Não aquela merda de Nashville, mas uma música country de verdade com guitarras de aço e uma melodia embebida em uísque.

Beauregard ficou olhando enquanto eles desciam pela estrada com cuidado. O sol poente banhava os veículos em um tom leve de magenta. Ele pegou o celular e encontrou o número do telefone descartável que Lazy dera a Ronnie. Beauregard era um homem prático não muito afeito a ironias. Dito isso, ele pensou que era meio apropriado usar esse telefone como gatilho para a bomba.

Ele nunca fizera uma bomba antes, mas não era assim tão difícil. De certa forma, era como o sistema de ignição de um carro. Ele tinha ligado para Loucura e recebido um tutorial pelo telefone mesmo. Depois de uma passada rápida na loja de ferragem e alguns experimentos, a bomba ficara pronta. O comboio chegou ao fim da estrada e parou.

Beauregard apertou o botão de ligar.

A explosão não pareceu uma nuvem em forma de cogumelo, mas ainda assim era bem impressionante. Em um momento, a van estava ali, no outro, era uma bola de fogo que ia se expandindo exponencialmente. Apesar de a van estar a mais de cinco metros de distância, a onda de força atingiu Beauregard como uma marreta. Seus ouvidos estalaram tanto que ele achou que tinha perfurado os tímpanos. Ele viu a van explodir um ínfimo segundo antes de ouvir. A espingarda voou de suas mãos quando ele aterrissou de bunda no chão. Por sorte, ela não descarregou. O mundo era como uma *piñata* que o deixou enojado. Ele fechou os olhos e tentou se reequilibrar. Apoiando-se nas mãos e nos joelhos, ele ouviu sons de sofrimento acima do rugido do fogo.

Eles não tinham morrido. Deviam estar bem fodidos, mas não mortos.

Uma quantidade absurda de saliva se acumulava em sua boca, mas ele não vomitou. Beauregard respirou fundo e se levantou do chão. Protegeu os olhos com as mãos ao olhar para o fogo. A janela traseira do Caddy tinha sumido. A tampa do porta-malas balançava para cima e para baixo como uma stripper no pole dance. O para-choque tinha desaparecido em combate. O fato de o carro ainda estar em movimento atestava a boa engenharia estadunidense. Ele parou um instante quando a porta do motorista se abriu e um corpo foi empurrado para fora. A porta se fechou, e um segundo depois Beauregard viu as rodas traseiras levantarem pedaços de terra e grama morta assim que o Caddy saiu correndo pela Crab Thicket Road.

— Merda — murmurou.

Para sua primeira tentativa de fabricar uma bomba, a completa aniquilação da van era um feito impressionante. No entanto, a van era só metade da equação. Ele pretendia atingir o Caddy também. Quaisquer que fossem suas ideias, não importavam agora. Ele não podia deixar que eles escapassem.

Ele pegou a espingarda e foi até o celeiro. Ficava no meio da urze e da arnica como se tivesse caído da estratosfera. A tinta das portas tinha desbotado havia muito tempo. Havia apenas uma sugestão de vermelho em sua superfície agora. Beauregard escancarou as portas.

O Duster estava nas sombras do velho celeiro como um lobo no recanto de uma caverna. Beauregard jogou a espingarda no banco do passageiro. Ele subiu e ligou o motor. Ele rugiu ganhando vida, revolvendo décadas de pó no celeiro. Os pistões tocaram uma sinfonia quando Beauregard engatou a marcha e saiu voando. Ele contornou os restos mortais da van, passou por cima do corpo na grama e tocou o asfalto a sessenta por hora.

— Caralho, tira a gente daqui! — berrou Lazy.

Vidro e sangue tinham se espalhado pelo banco de trás. A tampa do porta-malas balançava para cima e para baixo como a boca de uma marionete gigante. O carro guinava de um lado para o outro na estrada, mas sem desacelerar.

— Ele não consegue alcançar a gente! — berrou Billy em resposta.

Lazy deu uma olhada no que restava da janela traseira.

O Duster vinha se aproximando deles como uma tonelada de trovões e aço.

Beauregard foi se aproximando do Caddy, como um tubarão mirando em uma foca. Ele passou a quarta marcha. A frente do para-choque do Duster beijou o espaço vazio onde costumava ficar o para-choque do outro carro. O Caddy guinou saindo de seu alcance. A única luz traseira que ainda funcionava no Caddy brilhou como o olho de um demônio quando o freio foi acionado para entrar em uma curva fechada que se aproximava. Beauregard pisou no freio e na embreagem e deslizou pela curva logo atrás do Caddy. Enquanto deslizava, ele se inclinou para a esquerda.

A janela traseira do Duster se estilhaçou. Cacos de vidro choveram em seus ombros e costas. Ele se segurou no volante, mas o Duster tentou escapar dele. A traseira derrapou como se estivesse dançando salsa. Beauregard reduziu, retomou o controle e pisou no acelerador outra vez. Ele deu uma olhada rápida pelo retrovisor. Um Mazda azul-claro o estava perseguindo. Um homem estava debruçado pela janela do passageiro com uma pistola. A perseguição com três carros virou na Route 603. Um trecho reto de 13 quilômetros que cortava o condado de Red Hill. O homem no carro azul disparou contra o Duster outra vez. O retrovisor do lado do passageiro desapareceu.

Beauregard enfiou o pé na embreagem, pisou no freio e engatou a ré. Na mesma hora, ele soltou a embreagem, acionou o freio de novo com o pé esquerdo e pisou fundo no acelerador com o direito enquanto virava o volante para a esquerda. Todo esse trabalho excepcional de pés resultou em um giro de 180 graus do Duster. Agora ele estava a oitenta por hora, de ré, encarando o Mazda. O motorista do Mazda pisou no freio e se preparou para uma colisão imediata. O passageiro foi jogado para a frente e depois caiu de costas.

Beauregard pegou a espingarda com a mão direita, passou-a para a esquerda e enfiou os canos por entre o retrovisor lateral e o batente da porta. Ajustou a mira para a esquerda e disparou os dois canos contra o carro azul. O tranco fez a arma pular de sua mão. Ela caiu pela janela e retiniu na estrada.

Ele tinha mirado no motorista, mas o tiro tinha saído mais baixo e fizera um buraco na grade do carro. Um vapor começou a sair por baixo do capô. Pouco depois, o capô saltou como um boneco de uma caixinha de surpresa. Beauregard repetiu seu estratagema de antes com os pés e virou o Duster 180 graus outra vez. Enquanto completava sua rotação, um caminhão de lixo passou por ele na faixa oposta, quase levando a frente de seu carro. O caminhão guinou para a direita justamente quando o carro azul derrapava em sua pista.

Beauregard mal ouviu a batida enquanto ia se afastando rapidamente. O zumbido em seus ouvidos era implacável. Ele passou a quinta marcha. Os pneus do Duster rasgavam o asfalto. Ele passou para a outra pista como numa ultrapassagem e ficou ao lado do Caddy. Ele teve um breve vislumbre do rosto derrotado de Burning Man antes de uma minivan obrigá-lo a reduzir e voltar para sua pista, que seguia para o norte. Os reflexos de Burning Man deviam ter ficado prejudicados por causa da explosão. Ele atirou pela janela do Caddy, mas errou por completo o Duster e estilhaçou a janela da minivan. A van saiu da estrada e caiu na vala. A paisagem mudou de um bosque denso e rudimentar para campos abertos e amplos. Beauregard voltou a engatar a quinta. Ele encostou rente ao painel lateral traseiro do Caddy e jogou o Duster contra o carro a mais de 140 por hora.

Billy o viu se aproximando pelo retrovisor. Quando o Duster bateu neles, pareceu algo tão inevitável quanto o nascer do sol.

Esse filho da puta sabe mesmo dirigir, pensou ele.

Beauregard viu o Caddy derrapar pela estrada. Burning Man tentou controlá-lo, mas ele não era um piloto. Ele exagerou na tentativa de estabilizar o carro, e o Caddy saiu da estrada, atingiu a vala e deu um salto mortal no ar. O veículo colidiu com uma cerca que protegia o pasto e capotou mais algumas vezes, fazendo vacas saírem correndo para se proteger. Ele parou de cabeça para baixo com as rodas ainda girando. Óleo e gasolina vazavam do capô e se espalhavam pelo chão. Beauregard parou, virou o carro e dirigiu pela pista de serviço rente ao pasto. Ele passou com o Duster pela cerca destruída.

Beauregard parou a alguns metros do Caddy. Ele não desligou o carro, apenas deixou em ponto morto e puxou o freio de mão. Ele pegou sua .45 no porta-luvas e saiu do carro. O cheiro enjoativo do líquido de arrefecimento do motor se misturava ao odor cru e ruim que rodeava os bovinos no meio do verão. Beauregard mirou a .45 na porta do motorista. Sua respiração era curta e rápida enquanto ele se aproximava cada vez mais. Um braço bronzeado estava para fora da janela. A mão repousava em cima de esterco de vaca. Beauregard chutou o braço. O resto do corpo deslizou pelo assento do motorista e desabou em um ângulo frouxo de membros no teto do carro. Burning Man já era.

Beauregard foi até o banco de trás.

Uma saraivada de balas atravessou a porta traseira. Beauregard sentiu duas pontadas agudas e quentes, uma no antebraço e outra na parte inferior da coxa. Parecia que alguém o acertara com um martelinho incrivelmente duro e pequeno. Um martelo incandescente que o queimava até os ossos. Ele cambaleou e caiu no chão, de lado. Sua cabeça e seu pescoço ficaram cobertos de merda de vaca. Onde estava sua arma? Ele devia ter deixado cair. A porta traseira começou a se abrir, rangendo. Beauregard se levantou com esforço e se arrastou até o Duster.

Lazy caiu do banco de trás. Seu braço esquerdo estava retorcido como um arame de fechar saco de pão. Ele ficou de pé com esforço e recostou no Caddy. Ergueu uma Desert Eagle .380 e esquadrinhou o campo.

— Cadê você, rapaz? Está escondido atrás desse carro? Acho que eu te acertei. Eu escutei você guinchar, rapaz. Me dá um minuto, já estou indo acabar com você. Eu te avisei que nem Deus conseguiu me matar. Como é que você achou que ia conseguir fazer isso, porra? — gritou Lazy, e piscou.

Luzes cintilavam ao redor de sua cabeça como fogos de artifício. A .380 era muito pesada. Se não estivesse encostado no carro, talvez caísse para a frente. Sua adrenalina começava a baixar. A dor já alterava sua percepção, subindo pelo braço e atravessando as costas. Estava tudo bem. Ele podia lidar com a dor. Assim como ia lidar com Beauregard.

Ele ouviu o motor do carro vermelho acelerar como se Deus estivesse gritando com Moisés no Monte Sinai. Parecia que seus ouvidos avariados sangravam. Ele viu Bug surgir no banco do motorista. Lazy ergueu sua arma e começou a puxar o gatilho.

Beauregard se abaixou até encostar o queixo no volante. Uma bala abriu um buraco no para-brisa e passou zunindo por cima de sua cabeça.

Beauregard pisou fundo no acelerador.

O Duster atingiu Lazy, prensando-o entre sua grade e a parte de trás do Caddy, que girou como se fosse uma roda-gigante quando o Duster bateu nele. Lazy desapareceu debaixo dos pneus dianteiros. Beauregard sentiu o carro quicar uma, depois duas vezes. Tirou o pé do acelerador, pisou na embreagem, engatou a ré e voltou. O carro quicou uma, depois duas vezes. Beauregard pisou no freio, e o Duster parou.

Beauregard se largou no encosto do banco. Ele sentia uma dormência na perna direita que agora se espalhava por todo o lado direito. Faltava um pedaço de carne do tamanho de uma moeda em seu braço esquerdo. O sangue escorria por ali e se entrelaçava em seus dedos. Havia um buraco na perna direita do jeans que vertia lágrimas vermelhas. Ele respirou bem fundo. O mundo parecia se contrair e expandir ao mesmo tempo. Ele fechou os olhos e deixou as mãos correrem pelo volante de madeira polida, caírem pelo banco de couro, e acariciou a bola 8 no câmbio.

— Você está pronto, Bug?

Beauregard virou a cabeça para a direita. Seu pai estava sentado no banco do passageiro. Usava a mesma roupa que vestia na última vez que Beauregard o vira. Uma regata canelada branca por baixo de uma camisa de botão preta de manga curta. Um maço de cigarros no bolso da frente. Ele sorriu para ele.

— Bora, garoto. Tá pronto pra voar? — perguntou seu pai.

— Você não é real.

Seu pai empalideceu.

— Garoto, do que é que você está falando? Para de bobagem e vamos nessa.

Beauregard virou a cabeça e olhou direto para a frente. Ele ouvia sirenes vindo da parte norte do condado.

— Você não é real. Você está morto. Provavelmente já está morto há muito tempo. Mas eu nunca deixei de te amar — balbuciou Beauregard.

Ele fechou os olhos de novo e deu a partida no Duster. Quando engatou a marcha, ele abriu os olhos e deu uma olhada para a direita. Não havia ninguém no banco do passageiro. Pisar no acelerador era agoniante, mas ele aguentou. Beauregard dirigiu pelo pasto. Algumas vacas o olharam quando ele passou. O Duster virou à esquerda em uma estrada de terra no final do pasto. A pista passou de um barro vermelho para o cascalho. Beauregard foi até o final dela e virou à esquerda em uma estrada de asfalto secundária e estreita. Logo as sirenes eram apenas ligeiras buzinas tocando uma música fúnebre para uma plateia de animais.

Trinta e três

Kia entrou no quarto de Darren com um ursinho de pelúcia segurando um balão onde se lia MELHORAS. As máquinas que monitoravam seu órgãos vitais bipavam e sibilavam enquanto ela se sentava na cadeira ao lado da cama dele. Ela colocou o ursinho ao lado da forma esguia do filho e segurou sua mãozinha.

— Ele vai sair dessa — disse Beauregard.

Kia não se virou para olhá-lo. Ela nem deu por sua presença ali. Beauregard estava de pé no canto mais afastado do quarto. O brilho da luz fluorescente acima da cama de Darren deixava o filho com um aspecto fantasmagórico. Beauregard saiu da sombra e puxou uma cadeira do outro lado da cama de Darren. O batimento estável do eletrocardiógrafo era um conforto para ele. Significava que o coração de seu filho ainda batia. Os segundos se transformaram em minutos, e nenhum deles disse nada.

— Você tinha razão. Eu devia ter vendido o carro — falou Beauregard, por fim.

Kia engoliu em seco e secou os olhos.

— Você nunca vai vender aquele carro — disse ela.

— Você tem razão. Eu mandei o Boonie triturar ele — respondeu.

Kia olhou para ele.

— Como assim, "triturar"?

— Mandei ele se livrar dele — disse Beauregard.

Os olhos de Darren estavam fechados, mas as pálpebras tremiam com movimentos espasmódicos rápidos que provocavam o coração de Beau com a possibilidade de ver o filho abrir os olhos.

— Não acredito — falou Kia.

— Não precisa acreditar. Mas estão fazendo isso. Provavelmente agora mesmo.

— Por que você faria isso com o Duster? Você ama aquele carro — falou Kia.

Beauregard entrelaçou os dedos e olhou para o piso de linóleo fosco.

— Os homens que foram lá em casa... eles não vão voltar — avisou Beauregard.

— Você não sabe.

— Sei, sim.

Kia o olhou. Ela fez um barulho que ficou entre um soluço e uma risada.

— Então você cuidou disso — disse ela.

Beauregard se levantou. Ele foi até a janela e olhou para o estacionamento do hospital. O sol poente era um farol laranja no céu enevoado.

— Um homem não pode ser dois tipos de animal — disse Beauregard.

— O que é que isso significa, Bug? — perguntou Kia.

Beauregard inclinou a cabeça para trás.

— Quando meu pai fugiu, a sensação que eu tinha era de que tinham colocado meu coração numa prensa e espremeram o filho da puta até o braço cansar. Isso acabou comigo. E minha mãe... Não podia ajudar porque, pra ela, ele ter abandonado ela era pior do que ele ter abandonado a gente. Não posso dizer que a culpa é realmente dela. Meu pai era o tipo de homem que deixava um buraco enorme pra trás. Foi fácil pra ela preencher esse buraco com mágoa — disse Beauregard.

Ele se virou e encarou Kia. Ela viu que os olhos dele estavam avermelhados.

— Eu não podia fazer isso. Eu não podia me permitir odiar meu pai. Então o transformei no meu herói. Fingi que ele não era um gângster, ou um bêbado, ou um péssimo marido, ou péssimo pai. Eu saí consertando o Duster todo. Eu dirigia por aí e dizia pra mim mesmo que, ainda que ele fosse todas aquelas coisas, não tinha importância, porque ele me amava. Mas tinha importância. Tinha muita importância. Se o seu pai é o tipo de gente que passa por cima de pessoas com um carro ou atira na cara delas, isso importa pra caralho. E não tem amor no mundo que mude isso — falou Beauregard.

— Bug, você não é seu pai — disse Kia. Seus olhos estavam marejados.

— Você tem razão. Eu sou pior. Meu pai nunca mentiu sobre quem ou o que ele era. Ele assumia. Fui eu que o coloquei num pedestal. Ele nunca subiu lá. Mas eu? Eu menti o tempo todo. Menti pra você, menti pra mim mesmo. Achei que dava pra ser um bandido em meio período e, no resto do tempo, ser um pai e um marido. Essa foi a mentira. A verdade é que eu sou um bandido em tempo integral. Eu estava brincando de ser um homem bom.

— O que eu faço com isso, Bug? Hein? Você quer que eu faça você se sentir melhor? Dizer que não importa o que aconteceu, você é um bom pai e um bom marido? Porque eu não tenho como fazer isso — disse Kia. Ela apertou a mão de Darren. Beauregard foi até o outro lado da cama do filho e pegou a outra mão dele.

— Não. Chega de mentiras. Eu só preciso olhar ao redor e ver o tipo de homem que eu sou de verdade. A Ariel está namorando um fodido, um aspirante a gângster. O Javon teve que matar um homem na escada da própria casa. O Darren está aqui, lutando pra sobreviver. Você teve que assistir tudo indo por água abaixo. O Kelvin está... — A voz de Beauregard falhou.

— O que aconteceu com o Kelvin? — perguntou Kia.

Ele não respondeu.

— Não posso continuar fazendo isso com vocês — disse ele.

Beauregard foi até a cadeira de Kia e pôs as mãos no encosto dela. Ele observou os músculos dela se mexerem sob a camisa e sentiu o corpo dela ficar tenso mesmo sem tocá-la.

— O Boonie vai guardar dez rolos de platina pra você. Ele vai vender e dividir o dinheiro entre você e a Ariel. Ele vai assumir a oficina também. Quando eu me ajeitar, vou mandar mais dinheiro pra você — disse ele.

Beauregard foi até a porta. Sua mão estava na maçaneta quando ele ouviu a voz de Kia.

— Então você está fugindo, é isso?

Beauregard parou na mesma hora. A maçaneta em sua mão parecia tão pesada quanto um saco de tijolo. Ele lambeu os lábios e falou com ela sem se virar.

— Você me mandou ir embora.

— Eu sei o que eu falei. Você não precisa me falar o que eu disse.

— Então o que você quer de mim? Me fala o que você quer, Kia.

— Isso não tem a ver só comigo ou com você, Bug — disse ela.

Beauregard encostou a cabeça na porta. A madeira polida em sua pele estava gelada. Ele girou só um pouco a maçaneta, e a porta abriu uma fresta.

— Eu sei que você está dizendo pra si mesmo que isso é o melhor a fazer, mas será que é mesmo? Ou você só está pegando a saída mais fácil? — perguntou Kia.

— Você acha que isso é fácil pra mim? Você acha que deixar você e os meninos é fácil pra mim? — falou ele.

— Olha, eu não posso prometer nada em relação a nós dois. Mas, se você parasse com essa merda de gângster, eu nunca te impediria de ver os meninos. Se você sair por essa porta, eu nem vou precisar fazer isso. Eles vão te odiar por conta própria, isso eu te prometo — falou Kia.

— Eu posso viver com os dois me odiando, mas sabendo que eles estão seguros. Se eu ficar por perto, eles não vão estar — respondeu Beauregard.

— Você acredita nisso mesmo? Então faz o que o seu pai não foi capaz de fazer. Fica. Muda — falou Kia.

Beauregard abriu a porta. O corredor estava cheio de médicos e enfermeiros ao redor de vários tipos de equipamento. Alguns pacientes presos a medicações intravenosas passavam pela equipe como zumbis esquecidos.

— Eu te amo, Kia — disse Beauregard. Ele saiu rumo ao corredor.

— Bug! — gritou Kia. Ele se virou, com medo de que algo tivesse acontecido com Darren. Kia estava de pé ao lado da cama, de braços cruzados.

— Se você vai embora... precisa ir agora mesmo? Tipo, nesse minuto? A Jean está vindo com o Javon daqui a pouco. Eles liberaram o Javon. Acho que não vão prestar queixa contra ele. Ele tem perguntado de você — disse ela.

Beauregard voltou para o quarto. Kia o encarou. Seus olhos brilharam com uma luz de fúria e desespero. Ele não sabia o que dizer. Ele esperou que a voz do pai compartilhasse algumas breves palavras de sabedoria, mas aquele encosto não falava mais com ele. Beauregard estava por conta própria.

— Tem certeza? — perguntou ele.

— Não. Mas eu não quero mais ficar aqui sozinha — respondeu Kia.

Beauregard voltou para sua cadeira. Ele se sentou e segurou a mãozinha de Darren. Kia se sentou e fez a mesma coisa do outro lado da cama.

A luz do dia que ia se pondo lançou suas sombras na parede mais distante. As silhuetas deles se misturaram, fundidas como se fossem amantes. O silêncio preenchia o espaço entre os dois. Kia abaixou a guarda e se deitou aos pés da cama de Darren. Beauregard observou a nuca de Kia, a curva delicada de seu pescoço.

Depois de um tempo, ela soltou um suspiro.

— Você nunca vai mudar de verdade, vai, Bug? — disse ela. A afirmação saiu monótona e apática. Sem esperança, alguns diriam.

Beauregard fechou os olhos. Vindos da escuridão, os rostos passavam à sua frente.

Red Navely e os irmãos.

Ronnie e Reggie.

Lazy.

Burning Man.

Eric.

Kelvin.

Mais uma dezena de rostos flutuou no rio de suas lembranças, as bocas frouxas, os olhos vidrados. Suas últimas palavras gastas com súplicas de misericórdia. Os últimos suspiros se tornando uma agonia mortal em suas gargantas. Outros rostos se juntaram a eles, seguidos pelo grito de pneus e o som agudo de balas.

Esposas que ele tornara viúvas. Mães que aguardavam em vão que os filhos voltassem para casa. Filhos que nunca mais veriam os pais outra vez. Todos esses rostos, todas essas vidas, nada além de terra, cinzas e corrosão agora.

Por fim, ele sussurrou:

— Eu não sei se consigo.

Agradecimentos

Dizem que escrever um livro é uma empreitada solitária. Isso é verdade, mas só em parte. Tive a bênção de estar cercado por um grupo incrível de amigos, familiares e colegas autores que me apoiaram, me bajularam e, quando necessário, me deram um pontapé no traseiro durante essa jornada.

Antes de mais nada, eu gostaria de agradecer ao meu agente, Josh Getzler, e a toda a incrível equipe da HG Literary. Josh foi a primeira pessoa a acreditar em *Asfalto maldito* e sempre foi seu defensor mais ferrenho. Sempre vou ser grato por ter parado para conversar com você naquele corredor de hotel em Saint Petersburg.

Gostaria de agradecer à minha editora, Christine Kopprasch, e a todo mundo na Flatiron Books. Vocês foram meu Virgílio particular durante a minha Divina Comédia. Sempre me apoiando, sempre cheios de insights e sempre, sempre tentando me transformar em um escritor melhor.

Quero agradecer a algumas pessoas que me deram conselhos inestimáveis enquanto *Asfalto maldito* deixava de ser uma ideia e se tornava um livro de verdade: Eryk Pruitt, Nikki Dolson, Kellye Garrett, Rob Pierce, vocês todos são escritores talentosos que foram generosos com seu tempo e sua sabedoria.

Por fim, quero agradecer a Kim.

Ela sabe por quê. Ela sempre soube.